Siempre nosotros

Primera edición: junio de 2022
Título original: *Us*

© Sarina Bowen y Elle Kennedy, 2015
© de la traducción, Iris Mogollón, 2022
© de esta edición, Futurbox Project, S. L., 2022
Todos los derechos reservados.
Los derechos de traducción de esta obra se han gestionado mediante Taryn Fagerness
Agency y Sandra Bruna Agencia Literaria, SL.

Diseño de cubierta: Paulo Cabral - Companhia das Letras
Corrección: Gemma Benavent

Publicado por Wonderbooks
C/ Aragó, 287, 2.º 1.ª
08009, Barcelona
www.wonderbooks.es

ISBN: 978-84-18509-26-1
THEMA: YFM
Depósito Legal: B 9463-2022
Preimpresión: Taller de los Libros
Impresión y encuadernación: Liberdúplex
Impreso en España – *Printed in Spain*

SARINA BOWEN Y ELLE KENNEDY

Siempre nosotros

SERIE #PARASIEMPRE 2

Traducción de
Iris Mogollón

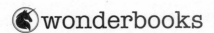

1

Wes

Vancouver es una ciudad preciosa, pero ya tengo ganas de irme.

Acabamos de terminar el viaje por carretera más largo de nuestro programa, y quiero volver a casa. De pie, en una lujosa habitación de hotel con vistas al paseo marítimo, retiro el papel de seda de una camisa que acabo de comprar en la *boutique* de la esquina. Como hace un tiempo que vivo con la maleta a cuestas, me he quedado sin ropa limpia. No obstante, es una camisa estupenda que me llamó la atención al pasar frente al escaparate, cuando volvía de firmar autógrafos en un almuerzo benéfico.

La desabrocho y me la pongo. En el espejo del hotel, compruebo cómo me queda, y veo que me va bien. De hecho, muy bien. El algodón es un tejido fino, y tiene un estampado de cuadros verde lima. Es muy británico. Además, el color tan vivo me recuerda que no siempre será febrero.

Ahora que mi vestimenta incluye traje y pajarita tres o cuatro veces por semana, tengo que prestar más atención a mi vestuario. En la universidad no llevaba traje más de tres veces al año. Aunque tampoco me molesta; me gusta la ropa. Y al espejo del hotel también le gusto.

Soy un cabrón muy *sexy*. Ojalá la única persona que me importa estuviera aquí para apreciarlo.

Anoche arrasamos en Vancouver, y no es por presumir, pero ganamos gracias a mí. Dos goles y una asistencia, mi mejor actuación hasta ahora. Llevo el tipo de temporada de novato que al final aparece en los titulares. Aunque ahora mismo lo cambiaría todo por una mamada y una noche viendo la tele con Jamie. Estoy derrotado. Destrozado. Hecho polvo.

Al menos, para terminar el viaje, solo nos queda un paseo más en nuestro *jet* privado.

Tomo el teléfono del escritorio y lo desbloqueo. Abro la cámara delantera y me saco una foto de los abdominales, con la camisa abierta para enseñar la tableta y la mano en la entrepierna. Tardé mucho en darme cuenta de que Jamie adora mis manos. Podría decir que le gustan más que mi miembro.

Envío la foto. No hace falta ningún comentario.

Echo un último vistazo a la habitación del hotel, aunque ya lo he guardado todo. He aprendido por las malas a no olvidar el cargador y el cepillo de dientes. Viajamos tan a menudo que preparar la maleta se ha convertido en mi nueva habilidad.

El teléfono vibra con un mensaje:

Jamie: Grrrr. Vuelve a casa, ¿vale? No necesito más fotos. Mi pobre y solitaria polla está muy dura.

Eso me recuerda a los viejos chistes de vodevil. Así que le respondo:

Yo: ¿Cómo de dura?

Él responde:

Jamie: Lo suficiente como para clavarla en la pared.

La verdad es que no hemos terminado de decorar nuestro apartamento. Los dos trabajamos mucho, y apenas tenemos tiempo libre.

De todas formas, como siempre, el sexo es más importante que la decoración del hogar.

Jamie: Enséñamela, porfa.

No desbloqueo el teléfono por una simple razón: Jamie y yo nos enviamos fotos íntimas.

Sin embargo, esta vez no responde. Tal vez ha salido. Es tarde en Vancouver, lo que significa que es más tarde aún en

Toronto… Mierda. Estoy harto de pasarme el tiempo sacando cuentas. Solo quiero volver a casa.

Tomo la maleta y bajo las escaleras. Algunos de los chicos ya esperan en el vestíbulo, tan ansiosos por llegar a casa como yo. Me acerco a ellos.

—Por Dios —dice Matt Eriksson mientras me aproximo—. Será mejor que mi mujer esté esperándome desnuda en casa. Y que los niños duerman con tapones en las orejas.

«Ocho días es mucho tiempo», me digo a mí mismo. Pero no lo hago en voz alta, porque, aunque mis compañeros de equipo son unos tíos estupendos, nunca participo en estas conversaciones. No me gusta mentir y fingir que hay una chica esperándome en casa. Y no estoy preparado para decirles quién es, así que me guardo mis comentarios.

Entonces, Eriksson se gira hacia mí y en sus rasgos nórdicos se dibuja una sonrisa bobalicona.

—¡Mierda, mis ojos! Creo que estoy ciego.

—¿Por qué? —pregunto con poco entusiasmo. Eriksson siempre bromea.

—¡Esa camiseta! Por Dios.

—En serio —dice el veterano Will Forsberg, que se ríe mientras se tapa los ojos con una mano—, es muy brillante.

—Es muy gay —corrige Eriksson.

Su comentario no me molesta en absoluto.

—Es una camisa de Tom Ford y es una pasada —murmuro—. Te apuesto veinte dólares a que aparece en los blogs de las grupis antes de que acabe la semana.

—Cómo te gusta llamar la atención —me acusa Forsberg. Él, más que nadie en el equipo, adora estar en el punto de mira de los medios de comunicación. Cuando mi cara apareció en HockeyHotties.com, empezó a verme como su competencia.

Pero me da lo mismo; que se quede con todas las grupis.

—A ver —me presiona Eriksson—, solo digo que con esa camisa ligarías en los bares de la calle Church.

—¿Sí? —pregunto—. ¿Lo sabes por experiencia?

Eso hace que se calle, pero Blake Riley me mira el pecho con los ojos entrecerrados. Es un chico que parece un cachorrito gigante de pelo castaño desordenado y sin filtro.

—Tiene algo hipnotizante, como si dijera: «Eh. Te desafío a que apartes la mirada».

—En realidad, quiere decir: «Son trescientos dólares, por favor» —lo corrijo—. Un aspecto tan increíble no sale barato.

Blake resopla, y Forsberg comenta que debería pedir que me devuelvan el dinero. Luego empezamos a echarnos pullas los unos a los otros y especulamos sobre que el autobús nunca aparecerá, y que todos moriremos de «dolor de huevos» en Vancouver.

Pero finalmente llega y nos subimos. Me siento solo. Estamos a mitad de camino hacia el aeropuerto cuando el teléfono vibra con un mensaje. Lo tengo configurado para que ningún mensaje —en especial las fotos— aparezca en la pantalla antes de que lo desbloquee. Es una precaución esencial, y el mensaje que Jamie acaba de enviarme lo demuestra. Cuando autentifico mi huella digital, una imagen que no es apta para horas de trabajo llena la pantalla. Es subida de tono y graciosísima a la vez. El pene erecto de mi novio llena la imagen. Sin embargo, está inclinado hacia la pared, donde el glande rosado se apoya en un clavo plano, como si estuviera golpeándolo. Además, Jamie ha utilizado una aplicación para dibujarse una carita feliz en la cabeza del pene. El efecto es sorprendente y su miembro parece… un alienígena haciendo una reparación en el hogar.

Suelto una carcajada. Y estos pensaban que mi camiseta era gay. Ya les enseñaré lo que es ser gay…

—¿Wesley?

Blake se levanta del asiento de detrás para decir algo, y yo presiono el botón del menú del teléfono con tanta fuerza que me crujen los nudillos.

—¿Sí? —Me pregunto qué habrá visto.

—¿Recuerdas que te pregunté si te gustaba vivir en el 2200 de Lake Shore?

—Sí, claro.

—Mis cosas llegaron allí ayer. Soy tu nuevo vecino del piso 15.

«¿En serio?».

—Eso es genial, tío —miento. Cuando me preguntó si me gustaba el lugar, debería haberle contado todos los inconvenientes. «Está demasiado lejos del metro». «El viento frío de la costa es una mierda». No tengo nada en contra de Blake, pero no quiero que ninguno de los vecinos me conozca. Me esfuerzo mucho para pasar desapercibido.

—Sí, la vista es alucinante, ¿verdad? Solo la he visto de día, pero las luces por la noche deben de ser espectaculares.

—Sí, lo son —admito. Como si me importara. Las únicas vistas que quiero tener ahora mismo son las de la cara de mi novio. Y todavía nos quedan cuatro horas de vuelo antes de que llegue a casa con él.

—Podrías ayudarme a encontrar los mejores bares del barrio —sugiere Blake—. Yo pago la primera ronda.

—Genial —digo.

«Joder».

Tardamos una eternidad en volver a Toronto.

Para cuando hemos aterrizado y recuperado nuestro equipaje, son las siete. Tengo muchas ganas de pasar un rato con Jamie, pero tenemos poco tiempo. Mañana se va a las seis de la mañana para jugar un partido en Quebec con su equipo juvenil.

Tenemos once horas y todavía no he llegado.

Cada semáforo en rojo en el camino a casa me pone furioso. Pero por fin entro en el garaje —una característica del edificio de la que me había jactado delante de Blake—. Entro con mi gran equipaje en el ascensor y, por suerte, este sube directo hacia el décimo piso. Saco las llaves para tenerlas listas en la mano.

Por fin, estoy a veinte pasos, a diez.

Luego, abro la puerta.

—¡Hola, cariño! —digo, como siempre que llego a casa—. Lo conseguí. —Arrastro la maleta por la entrada, luego tiro la chaqueta encima y lo dejo todo al lado de la puerta, porque lo que necesito ahora es un beso.

Entonces me doy cuenta de que nuestro apartamento huele de maravilla. Jamie me ha preparado la cena. Otra vez. Es el hombre perfecto, lo juro por Dios.

—¡Hola! —responde, y sale del pasillo que lleva a nuestro dormitorio. Viste con unos tejanos y nada más, excepto —y esto es inusual— una barba.

—¿Te conozco? —Me dedica una sonrisa *sexy*.

11

—Iba a preguntar lo mismo. —Miro la barba del tono de la arena. Jamie siempre ha ido bien afeitado. Nos conocemos desde antes de que nos saliera vello en la cara. Parece distinto. Tal vez, mayor.

Y muy *sexy*. En serio, tengo muchas ganas de sentir esa barba contra la cara, y tal vez las pelotas… Mierda. La sangre ya corre hacia el sur, y llevo en casa quince segundos.

Y, sin embargo, durante un momento me quedo de pie en medio de la habitación porque, aunque han pasado ocho meses desde que Jamie y yo empezamos a salir, todavía no me creo la suerte que tengo.

—Hola —repito como un idiota.

Él camina hacia delante; su manera de andar tan tranquila es tan familiar que el corazón se me rompe un poco. Me pone las manos en los hombros y me aprieta los músculos.

—No te vayas tanto tiempo. Si vuelves a hacer eso, tendré que colarme en tu habitación del hotel.

—¿Lo prometes? —pregunto sin pensarlo. Está tan cerca que huelo el aroma a océano de su champú y la cerveza que se ha bebido mientras me esperaba.

—Si alguna vez tuviera un día libre, lo haría —dice—. ¿Sexo en un hotel después de un partido? Suena bien.

Mido la distancia hasta nuestro sofá y cuento las capas de ropa que tendré que quitarme en los próximos noventa segundos.

Pero Jamie me aparta las manos de los hombros.

—Yo ya he comido, pero tu plato está en el horno. Lo he puesto hace unos minutos. He preparado unas enchiladas de pollo. Deberían tardar quince minutos en calentarse.

—Gracias. —Me ruge el estómago y él sonríe. Supongo que tengo hambre de más de una cosa.

—¿Quieres una cerveza?

¿Alguna vez no quiero?

—Yo las traigo. Siéntate. Pon el siguiente episodio. Lo veremos mientras esperamos. —Sueno demasiado cortés para mis propios oídos, pero la vuelta a casa después de un viaje largo siempre es un poco extraña. Hay un breve pero incómodo momento cuando llego en el que no sé qué esperar.

No suelo compartir nada de mis charlas domésticas con mis compañeros, pero, si fuera de los que van por ahí hablando de su vida personal, les preguntaría cosas como: ¿esto siempre será así? ¿Los que llevan diez años juntos también lo sienten? ¿O es la novedad de nuestra relación lo que hace que las cosas sean un poco extrañas, durante una hora o dos, cada vez que llego a casa?

Ojalá lo supiera.

Mi primera parada es nuestra cocina americana, donde busco dos cervezas, que abro y dejo en la mesita del salón. Llevamos casi seis meses viviendo aquí, pero aún no hay muchos muebles. Hemos estado demasiado ocupados para amueblar el piso. No obstante, tenemos lo necesario: un sofá de cuero gigante, una mesa de centro espectacular, una alfombra y un televisor enorme.

Ah, y hay un sillón que se tambalea; lo rescaté de la calle, a pesar de las objeciones de Jamie. Lo llama el sillón de la muerte. Jamie lo evita, dice que tiene mal karma.

Se puede sacar al chaval de California, pero no a California del chaval.

Necesito cambiarme, así que voy al dormitorio. Pero antes le hago una pregunta.

—Oye, ¿qué te parece esta camisa? La he comprado hoy, después de quedarme sin ropa limpia.

Jamie señala con el mando a distancia el televisor.

—Es muy verde —dice sin volverse.

—A mí me gusta.

—Entonces a mí también. —Se gira y tanto su sonrisa como su barba me sorprenden. Salgo disparado hacia el dormitorio.

La cama está perfectamente hecha, y tiro los pantalones, la camisa muy verde y la pajarita sobre el edredón, con prisa por volver con mi novio. Me pongo unos pantalones de deporte y regreso al salón; Jamie está recostado en el sofá, con las piernas estiradas sobre los cojines. No me molesto en ocultar mis ganas. Me tumbo justo delante de él, con la cabeza apoyada en su hombro y la espalda pegada a su pecho.

—Mierda —me quejo al darme cuenta de mi error—. He dejado las cervezas demasiado lejos.

Me pone una mano sobre los abdominales.

—Cógelas —dice.

Me estiro con las dos manos para acercar las botellas y él evita que me caiga al suelo. Si bien la mesa está colocada perfectamente para que pongamos los pies encima al sentarnos, esta pequeña maniobra es para emergencias con la cerveza mientras estamos abrazados. A veces ocurren.

Le paso su botella por encima de mi cabeza y lo oigo dar un trago mientras en la pantalla aparecen los créditos iniciales de *Banshee,* la serie que estamos viendo.

—No habrás hecho trampa mientras estaba fuera, ¿verdad? —pregunto.

—Jamás se me ocurriría. Además, el último episodio tampoco tenía un final demasiado intrigante, así que ni siquiera he sentido la tentación de seguirla.

Resoplo al beber y me recuesto en el sólido calor de su pecho. Por lo general, estoy muy metido en esta serie, con su trama extraña y sus locas escenas de lucha, pero esta noche es solo una excusa para estar piel con piel en el sofá con mi chico, mientras mi cena se recalienta. De pronto, siento el cosquilleo inesperado de su barba en mi oreja. Inclino la cabeza hacia atrás para que también me roce la cara. No veo la televisión y, sinceramente, no me importa.

Agacha la cabeza y me frota la barba contra la mejilla, luego me roza el cuello con los labios, y siento escalofríos.

—¿Qué te parece? —pregunta en voz baja.

Me giro hacia él con cuidado de no derramar la cerveza.

—Estás increíble. Como Justin Timberlake cuando dejó NSYNC y se puso buenorro. Pero quiero sentirla en las pelotas antes de opinar de verdad.

Inclina la cabeza hacia atrás y se ríe de repente. Y, de pronto, se rompe el dique de hielo que se había formado por el viaje. Volvemos a ser nosotros, con su risa fácil y la tranquilidad que me transmite.

Sí... Dejo caer la cabeza y le lamo la garganta justo debajo del borde de la barba. Luego paso la lengua con suavidad por la piel. Jamie deja de reírse y relaja el cuerpo contra el mío. Estamos piel con piel de cintura para arriba, y sentir los latidos de su corazón contra los míos me hace querer llorar de gratitud. Froto la nariz por su incipiente barba, que es más suave de lo que esperaba, mientras tomo una ruta tortuosa hacia su boca.

—Joder. Bésame de una vez —susurra.

Y lo hago. La barba me acaricia la cara mientras coloco la boca sobre la suya, y me sumerjo como si hubieran pasado ocho meses en lugar de ocho días. Un sonido de felicidad brota del fondo de su pecho. Lo beso profundamente para reencontrarme con su sabor y el calor de su aliento en mi cara.

Él suspira y yo voy más despacio. Rozo sus labios lentamente.

No vamos a volvernos locos ahora, pero no es por incomodidad. Más bien se debe a que ambos tenemos una botella de cerveza en la mano, mi cena está en el horno y tenemos toda la noche por delante.

Este es mi pensamiento feliz justo cuando escucho un sonido desconocido: alguien está llamando a la puerta. Es tan raro que al principio doy por hecho que es parte de la serie, pero vuelven a llamar.

—¡Wesley! Maldito loco. Abre, tengo cerveza.

Jamie echa la cabeza hacia atrás y arquea las cejas.

—¿Quién es? —articula.

—¡Joder! —susurro—. ¡Un segundo! —grito. Entonces, dejo caer la boca sobre la oreja de Jamie—. Es mi compañero de equipo, Blake Riley. Se ha mudado al piso de arriba.

Jamie me da un pequeño empujón y me levanto. Tengo que ajustarme los pantalones de deporte para que se me note un poco menos la media erección. Me acerco a la puerta principal y la abro un poco.

—Hola. Me has encontrado.

Blake me dedica una sonrisa estúpida y me da un empujón para entrar al apartamento.

—¡Sí! Tengo un montón de cajas apiladas por todo el salón. Es un desastre. Mis hermanas han encontrado las sábanas y me han hecho la cama, pero, por lo demás, es un infierno. Así que me he comido una hamburguesa, he comprado un paquete de seis cervezas y he pensado en venir a verte, ¿qué te parece?

Por un momento, me planteo echarlo. De verdad. Pero no hay forma de hacerlo sin quedar como un grosero. Es decir, a ver, estoy aquí de pie con un pantalón de deporte, con una cerveza en la mano y la televisión a todo volumen detrás de mí. Parezco alguien que tiene tiempo para tomar una cerveza con su compañero de equipo. Y este tío en concreto ya me ha invitado unas cuantas veces, y siempre le he puesto excusas, a menos que estemos de viaje.

—Entra —concedo, odiándome por ello. Y eso que, en realidad, el muy capullo ya está dentro. Y hace sesenta segundos tenía la lengua de Jamie en la boca.

Joder.

Blake no se percata de mi incomodidad. Deja el paquete de cervezas en la mesa de centro y se sienta en el sofá, justo donde estaba mi novio hace un minuto. La cerveza de Jamie está en la barra que divide nuestra cocina del resto de la habitación, pero él ha desaparecido.

—¿Quieres otra? —pregunta Blake mientras agarra un botellín.

—Estoy bien —digo y doy un trago al mío.

Jamie reaparece en el pasillo con una camiseta puesta, y eso arruina la vista que tenía de su musculoso pecho bronceado.

—Hola —saluda—. Soy Jamie.

—¡Ah, eres el compañero de piso! —Blake se pone en pie y salva la distancia entre ellos de un salto para envolver la mano de Jamie con su gran manaza—. Encantado de conocerte. Eres entrenador, ¿verdad? ¿Eres defensa? ¿Entrenas adolescentes?

—Eh, sí. —Jamie levanta la cabeza y clava la mirada en la mía, con una pregunta implícita.

Sin embargo, estoy igual de confundido. He mencionado a mi compañero de piso quizá a dos personas en toda la temporada, pero, al parecer, Blake fue una de ellas. Nunca hablo de Jamie con mis compañeros de equipo porque no quiero verme obligado a averiguar cuándo parar o cuántos detalles son demasiados.

Y no quiero mentir de una forma tan descarada. Eso no va conmigo.

Blake es un grandullón de sonrisa rápida y, sinceramente, siempre lo he considerado un poco lento. Pero quizá estaba equivocado.

—¿Quieres una cerveza? —pregunta—. ¡Oye! ¡Me encanta *Banshee!* ¿Qué episodio es? —Vuelve al galope al sofá y se sienta.

No sé muy bien qué hacer, así que me siento en el extremo opuesto a él. Jamie va a la cocina y yo miro la pantalla durante un minuto mientras trato de averiguar lo que pasa en este episodio: Hood intenta escapar de un edificio donde ha robado algo. Su extravagante amigo transexual lo ayuda a salir de allí por el pinganillo.

No tengo ni idea de lo que está pasando. Ni en la pantalla ni en el salón.

Jamie vuelve unos minutos después con un plato de enchiladas con queso fundido. Lo trae en una bandeja porque el plato está caliente del horno, y yo tengo fama de quemarme en la cocina. Se me hace la boca agua cuando veo una generosa masa de crema agria y un montón de aguacates cortados en dados. Incluso me ha traído una servilleta y cubiertos.

Vaya.

Que tu novio te traiga una cena casera es lo mejor de todo el puñetero mundo. Sin embargo, los ojos de Jamie se preguntan si será demasiado raro que me la dé. ¿Es demasiado doméstico?

Me levanto y tomo la bandeja, porque, joder, esta es mi casa y aquí hago lo que me da la gana.

—Gracias. Tiene una pinta increíble.

Me lanza el guiño más rápido del mundo, y me siento en el sofá para comerme la cena. No es todo lo que quiero de él, pero tendré que conformarme por ahora.

2

Jamie

No estoy enfadado. En absoluto. ¿Qué más podía hacer Wes? ¿Cerrar la puerta a su compañero de equipo? ¿Señalar su erección, dura como una piedra, y decir: «Lo siento tío, estaba a punto de acostarme con mi novio»? Llevo ocho días esperando este momento y me ha preparado una cena de bienvenida...

De acuerdo. Tal vez esté un poco enfadado.

Mi madre siempre dice que tengo la paciencia de un santo, pero ahora mismo no me siento así. Mi estado natural de tranquilidad y calma infinita se ha visto reemplazado por una profunda sensación de irritación. De resentimiento, incluso.

Tenía muchas ganas de estar a solas con Wes. Lo echo de menos cada vez que viaja. Lo único que quería hacer esta noche era reencontrarme con el hombre al que quiero, a poder ser en forma de sexo salvaje y sudoroso.

«El hombre al que quiero». La frase se me graba en la mente, casi con asombro. El verano pasado no me asusté al darme cuenta de que era bisexual, y tampoco me da miedo aceptarlo ahora. No es la palabra «hombre» la que me fascina en esa frase, sino el amor. Lo que siento por Ryan Wesley... es algo que para mí solo existía en las películas. Es mi otra mitad. Nos complementamos a las mil maravillas. Si estamos en la misma habitación, me atrae como un imán, y enseguida lo echo de menos.

Hay una vieja cita que mi madre pintó una vez en un plato de cerámica: «El amor es una amistad en llamas». Ahora lo entiendo.

Eso no significa que no esté enfadado con él. Lo observo mientras se lleva las enchiladas a la boca. Sus preciosos ojos grises están fijos en la pantalla del televisor, pero sé que no presta atención a la serie. Aunque la tensión en sus anchos hombros sería imperceptible para cualquier otra persona, yo la siento tan clara como el día, por lo que una parte de mi irritación desaparece.

«Odia esto tanto como tú», susurra mi conciencia.

«Vete a la mierda, conciencia. Déjame autocompadecerme».

Blake, por otro lado, está disfrutando de la vida. Grita a la pantalla cuando aparece una escena de acción bestial y bebe cerveza como si el mundo no le importara. Por supuesto, le da igual. Según una búsqueda rápida que he hecho en Google mientras trataba de localizar una camiseta en el dormitorio, este es su tercer año con el equipo, y está petándolo. Y ¿lo más importante? Es heterosexual. No tiene que ocultar con quién se acuesta ni presentar a su pareja como su «compañero de piso». Es un cabrón con suerte.

Un sabor amargo me llena la boca al recordar que, a los ojos del mundo, Ryan Wesley también es heterosexual. Mi novio ha aparecido en docenas de listas de «Los solteros más deseados del *hockey*». En cada partido, encuentras al menos cinco mujeres sujetando carteles con insinuaciones ingeniosas para él: «Me muero por Ryan», «Wesley está más bueno que el muesli» o «¡¡¡QUIERO TENER TUS BEBÉS, #57!!!»; otras no son tan ingeniosas.

Wes y yo nos reímos de toda la atención femenina que recibe, pero, aunque sé que no corro el peligro de que mi novio, que es firmemente gay, se meta en «la piscina de los coños», me molestan las miradas hambrientas que recibe.

—Dios —exclama Blake—. Esas tetas son alucinantes, joder.

La observación lasciva me devuelve al presente. El presente no deseado. En pantalla, uno de los personajes femeninos se ha desnudado —me encanta Cinemax— y sus pechos son increíbles, para qué negarlo.

Y como se supone que soy el inofensivo y superhetero compañero de piso de Wes (y ya estoy siendo más grosero de lo que debería con su compañero de equipo), decido opinar.

—Lo son —coincido—. Esa actriz está buenísima.

Wes frunce un poco el ceño, y vuelvo a irritarme. ¿De verdad? ¿Deja que su compañero de equipo interrumpa nuestra velada y se enfada porque encuentro atractiva a una actriz?

Blake toma mi contribución a la conversación como una señal de que somos mejores amigos y se vuelve hacia mí con unos ojos verdes brillantes.

—Te gustan las rubias, ¿eh? A mí también, hermano. ¿Sales con alguien?

Por el rabillo del ojo, veo que los hombros de Wes se tensan de nuevo. Igual que los míos, pero en mi caso tal vez sea por lo incómodo que es el sillón. Cinco minutos en esta cosa y parece que has pasado por un potro de tortura medieval. Además, estoy seguro al noventa y nueve por ciento de que alguien murió en este sillón. Wes lo encontró en la calle y ha olvidado deshacerse de él, aunque se lo he pedido unas cuantas veces.

Este cabrón estará en la calle la semana que viene.

Me refiero al sofá. No a Wes.

—En realidad no —respondo vagamente, y los sensuales labios de Wes vuelven a fruncirse.

—Tanteando el terreno, ¿eh? Yo también. —Blake se pasa una mano por el pelo castaño. Es muy guapo. Y enorme, mide por lo menos un metro noventa—. Quién tiene tiempo para una relación en un mundo como el nuestro, ¿verdad, Wesley? Parece que nuestra vida se reduce a subir y bajar de un avión.

Wes gruñe algo ininteligible.

—No sé cómo se las apañan Eriksson y los demás —continúa Blake—. Yo estoy agotado durante la temporada. Y estoy soltero. —Finge un escalofrío—. Imagínate con mujer y niños. Es aterrador. ¿Será así como se crean los zombis? ¿Que no se trate de un virus loco, sino de estar tan cansado que comer cerebros de repente parezca una buena idea?

No puedo evitar reírme. Tengo la sensación de que Blake Riley podría mantener una conversación entera consigo mismo. Más o menos como en este preciso instante, ya que Wes y yo no hemos abierto la boca desde hace un rato.

Termina el capítulo y, sin preguntar, Blake agarra el mando a distancia de la mesita para poner el siguiente. Acto seguido, abre otra cerveza.

Estoy tan frustrado que se me forma un nudo del tamaño de un disco de *hockey* en la garganta. Son más de las nueve. Necesito acostarme a las diez. De lo contrario, mañana estaré agotado. Si no duermo al menos siete horas, mi cerebro se vuelve loco, como el de Edward Norton en *El club de la lucha*. Joder, preferiría que mi vida fuera como esa película. Así al menos tendría una buena excusa para sacar a Blake Riley de mi sofá y echarlo a la calle.

Pero le prometí a Wes que mantendría las apariencias hasta el final de su temporada de novato. En este momento, salir del armario perjudicaría mucho a su carrera, y prefiero meterme en una bañera llena de fragmentos de cristal antes que acabar con los sueños de Wes.

Así que me siento en el sillón de la muerte y finjo que me interesa la televisión y lo que Blake está balbuceando. Incluso me río con algunos de sus chistes. Pero nos han dado las diez y cuarto, y ya está bien de mantener las apariencias por hoy.

—Me voy a dormir —digo, y me levanto—. Tengo que estar en el estadio a las cinco y media de la mañana.

Blake parece realmente decepcionado.

—¿No quieres tomarte otra cerveza?

—Quizá en otro momento. Buenas noches, chicos. Encantado de conocerte, Blake.

—Igualmente, Bomba J.

Sí, Blake Riley pone apodos, aunque apenas te conozca. ¿Por qué no me sorprende?

Echo una mirada rápida hacia Wes cuando paso por el sofá. Tiene la mandíbula más tensa que el agarre de la botella. Con la mano que tiene libre juguetea con la barra de plata de la ceja; los dedos giran el pequeño *piercing* una y otra vez. Lo conozco desde que tenía trece años, para mí es como un libro abierto, y su descontento resulta bastante evidente.

A mí también me molesta, pero, a no ser que lo echemos por la fuerza, no hay nada que hacer; excepto fingir que no somos más que unos compañeros de piso que ven la televisión juntos de vez en cuando.

Cansado, avanzo un poco por el pasillo hasta que me doy cuenta de algo: no puedo dormir en nuestra cama. Acabo de conocer a Blake, pero quizá ya ha visto el apartamento. Cuando visitó el edificio, ¿vio el nuestro primero? ¿Wes le mostraría las vistas desde el dormitorio principal?

Aunque la hemos utilizado poco, nuestra coartada es que la habitación de invitados es mía. Así que doy un pequeño giro en U en el oscuro pasillo y entro en el baño de invitados. Hay un cepillo y pasta de dientes que puse aquí hace un tiempo para que la habitación no pareciera tan vacía.

Me creí muy inteligente por haber ideado este atrezo. Pero aquí estoy, fingiendo que mi propia habitación no es realmente la mía.

Me dirijo al cuarto de invitados, cierro la puerta y dejo de oír la banda sonora de la serie. Desde que vivo con Wes, hemos utilizado esta habitación una vez, cuando mis padres vinieron a pasar un fin de semana desde California. Esta noche soy yo el que tira la ropa al suelo y abre el edredón desconocido para meterse en la fría cama de matrimonio. Y no me gusta.

Me pongo de lado y analizo todas las cosas que están mal en este momento. Las cortinas son transparentes en lugar de un color azul marino opaco. El colchón es más blando de a lo que estoy acostumbrado, y la almohada es tosca.

Mi novio está en el salón, en lugar de haciéndome el amor como debería.

Cierro los ojos y trato de dormir.

Estoy soñando con una bañera de hidromasaje, y los chorros son estupendos. Sin embargo, mi pene es la única parte de mí que cabe en la bañera de hidromasaje, pero no me importa, porque estoy empalmado y el agua es increíble. Incluso mágica.

Oh, espera...

Olvida eso.

Hay una boca caliente alrededor de mi polla, que está muy dura. Y quizá todavía estoy soñando, porque no identifico mi entorno cuando abro los ojos. La luz no es la adecuada y el cabecero emite un chirrido suave y desconocido mientras una cabeza oscura se inclina sobre mí, con una boca *sexy* que me devora el miembro.

Joder, qué bien.

—¿Estás despierto, cariño? —dice Wes con voz ronca.

—¿Más o menos? No pares.

Su risa me masajea la punta de la polla.

—Menos mal. Empezaba a sentirme como un perturbado.

Una mano fuerte me agarra el pene y se me escapa otro gemido áspero.

—¿Qué hora es? —Aún tengo la cabeza nublada por el sueño. Mi plan era colarme en nuestro dormitorio después de que Blake se hubiera marchado, pero me he dormido en cuanto mi cabeza ha tocado la almohada.

—Las once y media. —Su voz es suave—. No te mantendré despierto mucho tiempo, lo prometo. Yo solo… Mmm. —Suena como si le saliera de lo más profundo del alma—. Te he echado tanto de menos, joder.

El resentimiento que he llevado como un escudo toda la noche se desintegra hasta convertirse en polvo. Yo también lo echaba de menos, y sería una estupidez reprocharle la inoportuna aparición de Blake. No es culpa suya que su compañero de equipo se haya pasado por aquí. Y tampoco lo es que tenga que viajar tanto. Los dos sabíamos que, mientras Wes se dedicara al *hockey* profesional, tendríamos que lidiar con largas ausencias.

Entrelazo las manos en su pelo oscuro y lo levanto de un tirón.

—Ven aquí —digo con voz ronca.

Su cuerpo cálido y musculoso se desliza hasta que me cubre. Entonces, tiro de su cabeza hacia abajo para darle un beso. Me encantan sus labios, firmes y hambrientos. Son hipnotizantes. Nuestros besos son cada vez más profundos y desesperados; mientras tanto, nos balanceamos sobre el colchón, que no para de crujir.

Wes aparta la boca con una carcajada.

—Tío, menos mal que tus padres no follaron cuando durmieron aquí. Esta cama hace mucho ruido.

—Me habrían traumatizado de por vida —coincido. Y lo beso. Mierda, es tarde y tengo que levantarme en seis horas, pero ahora necesito esto.

Como si me leyera la mente, Wes se lanza a mi boca entreabierta. Devoro su lengua con avidez y luego gruño de decepción.

—Echo de menos el *piercing* de la lengua —le digo sin aliento. Se lo había quitado al principio de la temporada. Supongo que el equipo no creía que fuera seguro.

—No te preocupes —bromea—. Todavía puedo poner tu mundo patas arriba sin él.

Un momento después, esa talentosa lengua me recorre el pecho desnudo y regresa a mi dolorido miembro.

Me engulle y mis caderas se sacuden sobre la cama. Dios mío. Nos hemos practicado felaciones el uno al otro desde que estamos juntos, pero nunca deja de sorprenderme lo bien que me hace sentir. Wes sabe qué hacer exactamente para que me corra. Esa confianza que tiene en sí mismo me pone muchísimo, y no necesita ninguna indicación cuando se trata de darme placer.

Por supuesto, eso no me impide murmurar órdenes, pero eso es porque a los dos nos gusta decir guarradas.

—Eso es. Lame la punta. Sí, así.

Tengo una mano sumergida en su pelo, y con la otra me aferro a las sábanas. Hacía mucho tiempo que no tenía su boca sobre mí, y la presión en mi escroto es casi insoportable.

Wes dibuja un círculo lento y húmedo alrededor del glande con la lengua, y luego se desliza por mi longitud, una y otra vez, hasta que mi polla brilla y mi paciencia se agota.

—Necesito correrme —grito.

Él se ríe suavemente.

—No te preocupes, cariño. Haré que te corras.

Y, joder, sí que lo hace. Los lametones provocadores se convierten en tirones húmedos y apretados, que hacen que me retuerza de placer. Con la mano, me masajea las pelotas mientras su boca me atrae hasta la parte posterior de su garganta mientras succiona fuerte y rápido, hasta que estoy listo para explotar. Y exploto.

Wes gruñe cuando me corro en su boca, pero no deja de chupar hasta que estoy flácido y sin sentido. Mientras los ecos del orgasmo revolotean a través de mi cuerpo saciado, noto, somnoliento, que él está a mi lado. Me besa el cuello, me acaricia los abdominales y frota la mejilla contra mi barba.

—Joder, me encanta esta barba —susurra.

—Joder, te quiero —respondo en un murmullo. De alguna manera, encuentro la energía para levantar un brazo, rodear sus grandes hombros y acercarlo a mí. Siento su erección como una marca caliente contra el muslo y, cuando giro la cabeza para

besarlo, gime en mi boca y frota esa dura longitud contra mí.
Entonces le paso el dorso de los nudillos por el pene y él sisea.

—¿Qué quieres? —pregunto entre besos—. No hay lubricante en esta habitación.

Wes gruñe e inclina las caderas hacia mí.

—No necesitamos lubricante. Quiero tu boca sobre mí.

Me muevo un poco más arriba en la almohada.

—Entonces, sube aquí. Muéstrale a la barba quién manda.

Con un gruñido, agarra la otra almohada y la empuja detrás de mi cabeza. Luego pasa una rodilla por encima de mi pecho y trepa por mi cuerpo.

Poso una mano en sus abdominales y abro los dedos. Me gusta sentirlo bajo la palma, cálido y sólido. Estoy cansado de pasar la noche solo. Me gusta la resistencia de otro cuerpo en la cama. Cuando se va, echo de menos darme la vuelta y apoyar el culo en su piel caliente.

Pero ahora no está dormido. Abre sus grandes piernas y yo le agarro el culo y lo acerco más. Su pene está rígido y gotea por mí. Y se acerca. Para provocarlo, cierro la boca, y él deja escapar un ruido de impaciencia. Le agarro la polla y me paso el glande por los labios, con la intención de hacerle cosquillas con la barba en la parte inferior.

Encima de mí, Wes, excitado, tiene un escalofrío. A través de las cortinas, entra la suficiente luz para mostrarme los tatuajes de sus brazos, que parecen sombras cuando se mueve. Su aroma masculino me vuelve loco. Saco la lengua y lo pruebo mientras él jadea.

Sin embargo, mi tortura aún no ha terminado. Estiro el cuello, aplasto la cara contra su ingle y le mordisqueo el pubis. Juro que siento cómo presiona la polla contra el cuello, tan excitado que se follaría cualquier parte de mi cuerpo. Un Wes desesperado es un Wes divertido. Me encanta obligarlo a deshacerse de una parte de ese férreo control. Un periodista deportivo lo llamó: «Impenetrable. Inquebrantable. Con nervios de acero».

Yo sé que no es así.

Atrapo su ansiosa polla con la mano y giro lentamente el cuello mientras froto toda su superficie con la barba.

—Joder —farfulla—. Vas a acabar conmigo. Chúpamela ya.

Lo beso una vez en la punta y gime. Luego, pongo fin a su sufrimiento de una vez. Abro la boca de par en par y me lo trago. Suelta un grito poco varonil que me hace sonreír alrededor de su pene. Entonces retrocedo y le doy otra chupada buena y fuerte. Ahora soy despiadado. No hay ritmo, solo un objetivo: chupar, lamer y tragar. Él empuja salvajemente mientras disfruta del viaje. Un par de minutos más tarde respira profundamente y dice:

—Me corro.

Y no miente. Bombea en mi boca más veces de las que puedo contar, y me trago la tensión sexual de una semana. Luego, mi cabeza cae contra las almohadas y siento cómo el cansancio me invade de nuevo. Sobre mí, Wes deja caer la cabeza y veo cómo su pecho se agita mientras respira. Levanto las dos manos y extiendo los dedos sobre su caja torácica.

—Pareces más delgado —digo mientras recorro con el pulgar la suave piel de su pecho.

—He bajado siete kilos desde que empezó la temporada.

—¿Siete? —Sé que los jugadores a veces pierden un poco de peso. Pero ¿siete kilos?

—Sí, a veces pasa.

Tiro de él hacia abajo, y se desliza sobre mí hasta que nos abrazamos.

—Aun así, has perdido mucho peso —murmuro en su oído—. Tendrás que comer más enchiladas.

—Si las preparas tú, me las comeré. —Entierra la cara en mi cuello—. ¿Jamie?

—¿Mmm?

—Creo que tienes semen en la barba.

—Qué asco.

Se ríe.

—¿Te supone un problema?

—No lo sé. Es mi primera barba, y tú eres el primero que se corre en ella.

—¿Qué tal si nos vamos a nuestra cama? —Su voz suena apagada.

—Mmm, sí. —Cierro los ojos durante un segundo.

Nos quedamos dormidos en la habitación de invitados, enredados el uno en el otro.

3

Jamie

Ocho horas después, la vida no es tan maravillosa.

Estoy en un autobús con una veintena de adolescentes. Pero no importa, me gustan estos chicos. Trabajan duro y juegan muy bien al *hockey*. Pensé que ya había visto a muchos jugadores jóvenes increíbles, pero parece que los canadienses cultivan campeones. La temporada no está siendo muy buena, aunque no pierdo la esperanza. El equipo tiene una intuición y una actitud estupendas.

Mi actitud, por otra parte, no lo es tanto en este momento.

Como Wes y yo nos quedamos dormidos en la habitación equivocada, no tenía el despertador. La razón por la que solo he llegado cuarenta minutos tarde ha sido que la cama era demasiado pequeña. Me he despertado cuando Wes me ha golpeado en la ceja con el codo tatuado y, al mirar el reloj de la mesita de noche, marcaba las seis menos diez de la mañana.

Me he levantado de un salto, con el corazón en la boca. Me he dado la ducha más corta del mundo y he dado saltitos como un idiota mientras metía los pies mojados en los calcetines y recogía las cosas. Lo único que me ha salvado es que había dejado preparada la maleta para el torneo en Montreal. Había intentado ahorrar tiempo para pasarlo con Wes, así que al menos mi bolsa de viaje estaba lista para salir.

Wes se ha tambaleado fuera de la habitación de invitados y me ha mirado entre parpadeos.

—¿Tienes que irte?

—Llego tarde —he murmurado mientras enviaba un mensaje al entrenador con el que viajaría.

Yo: Llego tarde. No os vayáis. Lo siento.

—Te echaré de menos.

No hace falta decir que yo también lo echaré de menos. Le he dado un rápido e insatisfactorio beso y he corrido hacia la puerta. De alguna manera, me las he arreglado para tropezar con la gigantesca maleta de Wes cuando trataba de alcanzar mi abrigo de la percha.

—Hazme un favor y deshaz esta cosa.

Esas han sido mis cariñosas palabras de despedida, mientras sudaba y me odiaba por ser ese tío al que tendrían que esperar con el autobús. Y, además, por regañar a mi novio para que guardara sus cosas.

Pero es que nunca lo hace. En general, se desentiende de la maleta hasta que la necesita para otro viaje.

Estoy terminando un café malísimo que he comprado en una gasolinera cuando el autobús ha parado a repostar, y oigo a mi compañero de trabajo hablar a gritos. David Danton es solo un par de años mayor que yo. Técnicamente, ambos tenemos el mismo título: entrenador asociado, pero, como el entrenador principal de nuestros chicos tiene varios equipos a su cargo, Danton hace las veces de entrenador principal, sobre todo en los viajes.

Detalles que hay que saber sobre Danton: tiene un precioso *slap shot** y una personalidad horrible.

—¿Sabéis cuál es el primer equipo contra el que jugamos? —dice mientras mastica tabaco—. Son esos maricas a los que aplastasteis en Londres el año pasado. Sus estadísticas no han mejorado. Mantened vuestras líneas firmes y anotad en el primer tiempo. Estarán llorando entre los guantes para el descanso. En serio, vaya panda de maricas.

El café malo me provoca acidez en el estómago. Para empezar, esos consejos no son de ninguna ayuda. El otro equipo es bueno, tanto en defensa como en ataque, y nuestros chavales necesitan más detalles para prepararse. Hace falta una estrategia y una buena dosis de valentía.

---

*Término utilizado en *hockey* sobre hielo para describir un tipo de tiro muy potente y de gran alcance. *(N. de la T.)*

Y mejor no hablar de los insultos de Danton. Es el tipo de persona que utiliza «gay» para describir cualquier cosa que no le gusta —desde un coche feo hasta un sándwich de pavo decepcionante—, y «marica» o «maricón» para cualquier jugador de *hockey* que no cumpla con sus estándares.

De hecho, después de un partido en nuestra pista, le pedí al muy imbécil que dejara de emplear esos insultos. Habíamos ganado con facilidad, y yo estaba orgulloso de nuestros chicos. Pero, cuando terminó el partido, Danton gritó: «¡Habéis dado una lección a esos maricas!», así que aproveché la ocasión para mencionar que algo así podría meterlo en un buen lío.

—Nunca se sabe quién puede oírte —comenté, insinuando que mucha gente le llamaría la atención por utilizar esas palabras. Pero, en realidad, estaba más preocupado por nuestros jugadores. No quería que su figura de autoridad validara ese tipo de odio. Y Dios no quiera que uno de estos chicos se llegue a cuestionar su propia sexualidad. Nadie debería oír esas cosas. Tener dieciséis años ya es bastante confuso.

Sin embargo, Danton me ignoró. Y cada vez que usa «marica» o «maricón», me imagino a un Wes de dieciséis años, aterrorizado en su propia piel. Me había contado lo mucho que lo asustó darse cuenta de que era gay. Ahora lo ha superado, por supuesto, pero no todos poseen su fuerza. No quiero que ningún adolescente, del equipo que sea, oiga las tonterías de Danton.

Trabajar con este tío me irrita, y no me importa una mierda lo que piense de mí. Perdió mi respeto la primera vez que soltó una de sus barbaridades en mi presencia. También utiliza la palabra «negrata» (nuestro Danton es todo un personaje). Quise que lo sancionaran e incluso le dije a Bill, nuestro jefe, que las palabras de Danton eran de mal gusto y para nada inclusivas.

—A ver si consigues que se controle un poco —respondió Bill, dándome una palmada en el hombro—. Sería una pena que apareciera una amonestación en su expediente. Son permanentes.

Una marca permanente en el expediente de Danton me parece bien, pero aún no he presentado la queja porque soy un paranoico. No obstante, en cierto sentido, salir del armario resultaría divertido; tengo ganas de ver la cara que pondría el imbécil este. Pero no puedo hacerle eso a Wes. Está teniendo una excelente temporada de novato, y la prensa debe centrarse en sus goles y asistencias, no en su vida sexual. Creo que está muy cerca de convertirse en candidato al trofeo Calder, el premio anual de la NHL al novato del año. De verdad.

Estamos atrapados en el tráfico de Montreal de camino a la pista de patinaje, y tengo un nudo en el estómago. Nuestro primer partido del torneo es a la una de la tarde, y ya son más de las doce.

—Solo queda un kilómetro y medio —dice Danton mientras consulta el mapa en su teléfono—. Chicos, creo que solo tendremos unos quince minutos para cambiarnos. Es posible que la próxima vez el entrenador Canning se levante de la cama a tiempo.

Joder. Odio haber llegado tarde. Y lo odio a él.

Eso es mucho odio para un chico de California. El día no va bien.

Por fin llegamos, sacamos a los chicos del autobús, y yo ayudo a meter todo el equipo dentro. Por suerte, el torneo se retrasa media hora y les da tiempo a vestirse y concentrarse en el partido.

—Vamos —digo al tiempo que doy una palmada con los guantes—. ¡Tú, Barrie! Mantén la barbilla baja en el *faceoff*.* Este equipo es un poco lento a la hora de mover el disco, ¿recuerdas?

El joven asiente con gesto serio.

Luego me centro en el portero, Dunlop. Es un jugador muy hábil y brillante en los entrenamientos. Por desgracia, ha desarrollado una tendencia a ponerse tenso durante los partidos. Lo hizo bien al principio de la temporada, pero este mes se ha estancado.

—¿Cómo estás? —le pregunto.

Desvía su mirada azul de mí.

—¿Te refieres a si siento que me ahogo?

* Término utilizado en *hockey* sobre hielo para referirse al inicio de cada partido y período, o para reiniciar un encuentro tras un gol o una infracción. En este acto, un árbitro deja caer el disco al hielo entre los palos de dos jugadores rivales para que se disputen la posesión del disco. *(N. de la T.)*

—Dunlop, mira. Sé por lo que estás pasando. Todos los porteros tienen momentos así, y parece que serán para siempre, pero no lo son. Quizá el bajón termine hoy o el próximo mes, lo importante es que llegará a su fin. Ya lo verás.

Gruñe como un adolescente enfadado. No le convence.

—Posees las habilidades. Todo el mundo lo sabe, incluso cuando se enfadan contigo. —No ayuda demasiado que sus compañeros estén molestos con él por su rendimiento—. Si creyeran que no puedes hacerlo, ni siquiera se molestarían. —Le doy una palmada en la hombrera—. Relájate. Lo harás muy bien.

Su mirada cauta se encuentra al fin con la mía.

—De acuerdo. Gracias, entrenador Canning.

Y ahí está la razón por la que me dedico a esto.

—De nada. Ahora vete.

La pulidora de hielo ha terminado de limpiar la pista, y nuestros chicos dan una vuelta para calentar. Dunlop patina con la cabeza alta y raspa el pliegue como lo hace un portero antes de un partido. Golpea el tubo derecho de la portería una vez, y el izquierdo dos veces; es su pequeño ritual. Hoy podría ser su día de suerte.

El móvil me ha sonado en el bolsillo un par de veces, y ahora tengo un momento para ver quién era. Tengo una llamada perdida de Wes. Habrá terminado su sesión de patinaje matutina. Mientras sostengo el teléfono, este vibra con un nuevo mensaje.

Wes: Está dura otra vez.

Recuerdo nuestra broma de ayer.

«¿Cómo de dura?».

«Tan dura como para levantarse y saludarte».

Echo un vistazo a la pista. Los árbitros aún no han llegado, así que todavía tengo un minuto. Me apoyo en una pared de bloques de hormigón para que nadie vea mi pantalla.

Yo: ¿Vas a enseñármela o qué?

Un segundo después aparece la foto. Wes se ha tomado la molestia de doblar un pequeño sombrero de papel para ponérselo a la erección. Me sonríe desde lo que parece nuestro sofá. También ha dibujado un brazo que me saluda junto a una cara feliz. Suelto una carcajada inapropiada, y justo en ese momento oigo el pitido del árbitro. Le respondo:

Yo: Muy gracioso. Te echo de menos.

Wes: Yo también, cariño.

Bloqueo y guardo el teléfono, y me encamino al banquillo para dirigir el partido. Me siento un poco más ligero que antes.

4

Wes

No estoy en casa para recibir a Jamie cuando regresa de Montreal el domingo; estoy embarcando en un vuelo a Chicago para otro partido. Lo bueno es que, después de este, nos espera una semana de partidos en casa. Una bendita semana en la que dormiré en mi propia cama. Una semana de Jamie.

Joder, qué ganas.

Meto el abrigo en el compartimento superior y me pongo los auriculares. Pero, antes de que me siente, Forsberg grita desde el asiento de atrás:

—¡Chicos, la camiseta gay! ¡Ha vuelto a ponérsela!

Me paro y le hago un guiño cursi.

—Me la he puesto para ti, guapo. Te gustó mucho la última vez.

Forsberg me lanza un pañuelo arrugado y yo lo esquivo al dejarme caer en mi asiento.

En realidad, la razón por la que llevo la misma camisa es que no he puesto la lavadora y la encontré tirada sobre una silla y sin arrugas. Y también porque está chulísima. Que le den a Forsberg.

Me acomodo, cierro los ojos y me reclino en el asiento mientras me preparo mentalmente para un partido tan importante como este, contra los primeros de la clasificación. La mayoría de mis compañeros hacen lo mismo.

Cuando siento que el asiento de al lado se hunde bajo el culo de alguien, asumo que es el de Lemming, porque nos sentamos juntos a menudo, en los vuelos y en el autobús. Lemming, un defensa pelirrojo, también creció en Boston.

Pero, cuando abro los ojos, compruebo que se trata de Blake, que me sonríe. Está claro que mi nuevo vecino, que me arranca los cascos de las orejas, se ha propuesto establecer vínculos conmigo.

—Tío —gimotea—. Estoy aburrido. Cuéntame algo.

Ahogo un gemido. Ni siquiera hemos empezado nuestro vuelo de dos horas. De repente, me viene a la mente esa vieja canción de Nirvana, y trato de recordar la letra... *«Here we are now, entertain us...».*[*] Eso es, más o menos, lo que ha querido decir Blake Riley: «Estoy aquí, y debes entretenerme».

Y, sin embargo, no me cae mal. Es divertidísimo.

Como es evidente que no piensa irse, apago el iPod y le hago caso.

—¿Has oído algo más sobre Hankersen? ¿Si al final se ha lesionado o no? —Hankersen es el delantero estrella de Chicago, y en lo que va de temporada ha marcado al menos un gol por partido. Es nuestra mayor amenaza en el hielo, así que, si no juega esta noche, tendremos más posibilidades de ganar a los invictos Hawks.

—Todavía no hay noticias —responde Blake. Desliza un dedo sobre el teléfono y abre una aplicación de deportes mientras sostiene la pantalla hacia mí—. Lo he comprobado religiosamente.

—Bueno, si juega, espero que nuestra defensa consiga detenerlo. —Es poco probable, pero soñar es gratis.

—¿Cómo le ha ido a tu compañero de piso este fin de semana?

La pregunta hace que me sobresalte.

—¿Qué?

—Bomba J —aclara Blake—. Su equipo juvenil jugaba un torneo o algo así, ¿no?

—Oh, cierto. —Aún me resulta increíblemente incómodo hablar de Jamie con mis compañeros de equipo, pero ya que Blake estuvo con nosotros, sería incluso más sospechoso que me callara cada vez que sale su nombre—. Ganaron uno y perdieron dos. El equipo no está teniendo una temporada muy buena —admito. Jamie está muy molesto con el asunto. Mu-

[*] «Aquí estamos, entretenednos». *(N. de la T.)*

cho. No por ser entrenador, en lugar de jugador profesional, es menos competitivo. No soporta que sus chicos no estén teniendo éxito esta temporada.

—Es un asco —comenta Blake con simpatía—. Sobre todo, cuando eres el entrenador. Solo puedes quedarte en el banquillo y mirar. Si fuera yo, me pasaría todo el tiempo diciéndole cosas como: «¡Déjame jugar, entrenador! ¡Sácame a mí! ¡Le daré la vuelta al partido!».

Me río.

—Eso es porque te encanta llevarte toda la gloria. —Blake incluso tiene un movimiento característico de celebración cada vez que anota un gol. Es una mezcla entre montar su palo de *hockey* como si fuera un poni y conducir una locomotora. Es muy estúpido, pero el público se vuelve loco con eso.

—Ja. Lo dice el tío que tiene millones de grupis que lo siguen a donde quiera que vaya. Como una fila de patitos. —Blake sonríe—. Apuesto a que consigues el doble de coños que yo en mi año de novato.

«Perderías esa apuesta, idiota». Es hora de cambiar de tema. Señalo el periódico que tiene enrollado en la mano.

—¿Qué está pasando en el mundo?

—La misma mierda de siempre: los políticos son unos imbéciles y la gente se pega tiros entre sí.

—Nosotros «nos pegamos tiros» unos a otros —señalo—. Y nos pagan bien por ello. —Es un trabajo extraño.

Pone los ojos en blanco, algo que debería parecer ridículo en un tío, pero, de alguna manera, no lo es.

—Nosotros no estamos matando gente, Wesley.

Hace tres minutos queríamos que otro jugador estuviera lesionado, pero no me molesto en mencionarlo.

—Y han descubierto un nuevo *velociraptor* en Dakota del Norte. Mira esto: medía cinco metros de altura, con garras y plumas. —Asiente con efusividad—. Es un dinosaurio brutal. La verdad es que da miedo. Pero esa nueva gripe da más miedo todavía. ¿Te has enterado? —Finge un escalofrío exagerado—. Viene de las ovejas. Odio las ovejas.

Se me escapa una carcajada.

—¿Quién odia a las ovejas? Son esponjosas e inofensivas.

—Las ovejas no son inofensivas, hermano. ¿Te he contado lo de las ovejas de la carretera de la granja de mis abuelos? —Sacude su gigantesca cabeza como si recordara un antro de *crack* en su barrio—. Esas cabronas eran malas. Y ruidosas. Cuando era niño, mis padres decían: «¡Oh, Blakey, mira los corderitos!». Y los muy desgraciados se acercaban a la valla y me balaban en la cara. —Blake abre la boca y emite un «BEEEEEE» tan fuerte que todas las cabezas en el avión se giran hacia nosotros.

—Parece que te dejó huella —digo, y trato de no reírme—. A todo esto, ¿dónde vivían tus abuelos?

Blake hace un movimiento despectivo con la mano.

—En las tierras agrícolas al oeste del culo del mundo, en las afueras de Ottawa.

¿El «culo» del mundo? Suena al tipo de lugar que me gusta.

—Mucha agricultura. Muchas ovejas. Y ahora esas cabronas nos matarán con la gripe. Sabía que eran malvadas.

—Claro. —Miro el iPod con anhelo. Ahora estaría relajándome con algunas canciones, pero, en su lugar, estamos reviviendo los terrores de la infancia de Blake—. Siempre hay algún susto de gripe, y luego resulta que no es nada. —Aunque me divierte ver asustado a un tío grande como Blake—. He oído que las nuevas cepas se propagan especialmente rápido en los aviones.

Me lanza una mirada maligna.

—No tiene gracia. Encontraron un caso en la isla del Príncipe Eduardo.

—Pero eso no está cerca de aquí, ¿verdad? —Mis conocimientos sobre la geografía canadiense son un poco flojos, pero estoy bastante seguro de que alguien que vive a miles de kilómetros de Toronto no puede contagiarme.

—Esa mierda viaja, tío. Quiero decir, ahora mismo podríamos estar propagándolo por Chicago.

Le doy un codazo.

—Digamos que toda Canadá se ha contagiado, así soltarán el disco cada vez que hagan un *back check*.*

---

* Término utilizado en *hockey* sobre hielo para referirse al proceso de transición del ataque a la defensa. Implica presionar al equipo contrario para recuperar la posesión del disco. *(N. de la T.)*

Suelta una carcajada y me da una palmada en el pecho con su manaza. En ese momento, se ilumina mi móvil. Por desgracia, el nombre que aparece en la pantalla es el de mi padre; se me forma un nudo en el pecho.

Las cosas no han mejorado mucho con mis padres desde que me gradué en la universidad. Insisten en que mi homosexualidad es una «fase». Mi padre sigue tratando mi éxito como jugador profesional como si todo fuera gracias a él. Y, la mitad de las veces, mi madre olvida que me dio a luz.

Pasé las vacaciones con la familia de Jamie en California y, cuando Cindy, la madre de Jamie, sugirió que invitáramos a mis padres a volar hasta allí, respondí con cinco minutos de risa histérica, hasta que me reprendió para que parara. Entonces, me dio un gran abrazo y me dijo que me quería, porque ese es el tipo de madre que es.

Solo recibí una breve llamada de mis padres en la que me deseaban unas felices fiestas y me recordaban que, si quería ir a casa de visita, tendría que presentarme solo. Sí, Jamie no es bienvenido. Mejor dicho: Jamie no existe. Mis padres no reconocen que estoy viviendo con un hombre. Para ellos, soy un deportista heterosexual soltero que se tira a un montón de mujeres.

—Tengo que ver esto —digo a Blake.

Desbloqueo el teléfono y echo un vistazo rápido al correo electrónico. Y «rápido» es el asunto, porque el mensaje consta de dos líneas.

Ryan, tu agenda indica que estarás en Boston el próximo mes. Tu madre y yo esperamos que vengas a cenar con nosotros. En el Hunt Club, el sábado, a las nueve.

No firma como «papá», ni siquiera como «Roger».

—Cena con los padres, ¿eh?

Doy un respingo y veo que Blake está mirando por encima de mi hombro. Joder. Menos mal que tengo el teléfono bloqueado, porque estoy seguro de que este tío no se lo pensaría dos veces antes de meter las narices en él.

—Sí —digo, tenso.

—¿Estáis muy unidos?

—Ni lo más mínimo.

—Joder. Qué mal. —Blake se recuesta en su asiento—. Te presentaré a mis padres después del próximo partido en casa. Son increíbles. Créeme, después de diez minutos, serán tu familia postiza.

Ya tengo una «familia postiza»: los Canning, pero eso me lo guardo para mí. Y luego me siento molesto por hacerlo, porque, joder, ¿por qué mi vida tiene que ser un secreto? Anhelo el día en que presente con orgullo a Jamie Canning como mi novio y hable con mis compañeros de equipo sobre mi vida personal y sobre la increíble familia de Jamie, o los invite a tomar algo sin que Jamie tenga que dormir en la habitación de invitados; no es un invitado, joder. Es su casa. Y él es mi hogar.

No suelo regodearme en la injusticia de todo ello. Entiendo el mundo en el que vivo. Ser gay todavía es un estigma. No importa cuánto progrese la sociedad, siempre habrá gente que no aceptará que me gusten los penes, gente que juzgará y escupirá sus prejuicios e intentará hacerme la vida imposible. El hecho de que ahora esté en el punto de mira solo lo empeora, porque hay muchos otros factores que debo tener en cuenta.

Si salgo del armario, ¿qué significará para mi carrera?

¿Para el equipo?

¿Para Jamie?

¿Para la familia de Jamie?

Los medios de comunicación revolotearán a nuestro alrededor como un enjambre de abejas. Aparecerán intolerantes e imbéciles por todas partes. Los focos ya no se centrarán solo en mi juego, sino en la vida personal de todos los que me importan. Una sensación de malestar se agita en mi estómago. Me recuerdo a mí mismo que no siempre será así. La próxima temporada, algún otro novato guapo de moda arrasará en los medios de comunicación y yo caeré en el olvido. Y, para entonces, habré demostrado a mi nuevo equipo que no sobrevivirían sin mí, y que la orientación sexual da igual.

—¡Toma ya! —exclama Blake de repente. Lo miro y veo que está leyendo algo en su móvil—. Adivina quién está lesionado.

Se me acelera la respiración.

—Estás de broma.

—No. Lo pone aquí. —Levanta el teléfono y luego se gira en su asiento para dirigirse a Eriksson y Forsberg—. Hankersen no juega. Se pierde al menos cinco partidos.

Se oye un grito detrás de nosotros y al instante el anuncio de Eriksson resuena en la cabina:

—¡Hankersen no juega!

Hay un estallido colectivo de felicidad. No me malinterpretéis, todos lo sentimos por él. Una lesión es lo peor que le puede pasar a un deportista, y no se lo deseo a nadie. Pero al mismo tiempo, el *hockey* no es solo un juego, es un negocio. Todos jugamos por el mismo objetivo: todos queremos la copa del campeonato, y una victoria en Chicago esta noche nos acerca un poco más a la meta.

Mi teléfono vuelve a encenderse. Esta vez, el nombre de Jamie aparece con el icono del mensaje de texto al lado. Pero Blake vuelve a acomodarse en su asiento, así que no cedo al impulso de desbloquear la pantalla.

Mi compañero de equipo, por supuesto, echa otro vistazo a hurtadillas.

—Un mensaje de tu compañero de piso —dice amablemente, como si no me diera cuenta.

Aprieto los dientes y me meto el teléfono en el bolsillo.

—¿No vas a leerlo?

—Más tarde —murmuro—. Seguramente quiere recordarme que haga la compra cuando vuelva mañana por la mañana. Nada importante.

Esas dos últimas palabras son como un veneno: me queman en la garganta y me destrozan el estómago. Me siento mal y culpable por haberlo dicho en voz alta. Por insinuar que Jamie Canning no es importante, cuando, en realidad, es la persona más importante del mundo para mí.

Soy horrible.

—¿Sabes qué? —dice Blake, ajeno a mi dolor—, leí que Detroit fichó a Bomba J. Menuda pasada. ¿Por qué no fue?

Por un segundo, me limito a mirarlo y a pestañear.

—¿Dónde has leído eso?

—En Google, amigo mío. ¿Has oído hablar de ello? ¿Bomba J no quería mudarse a Motor City?

¡Mierda! Blake es un maldito entrometido.

—Quería ser entrenador. El tío jugaba de portero, ¿sabes? Ese equipo tiene muy buen banquillo, y pensó que no jugaría. Un viejo entrenador nuestro le consiguió un trabajo. Una gran oportunidad. —Noto cómo empiezo a balbucear, y aprieto la mandíbula. ¿He dado demasiados detalles? ¿Parece que sé demasiado? Ahora odio mi propia paranoia.

—Ya veo —dice Blake, que ahora parece distraído—. Bueno, entonces, ¿cómo podría un tío derrotar a un *velociraptor* de cinco metros? Quiero decir, se necesitaría un gran armamento. Además, ese cabrón sería rápido. Tanto como los coches que corren en las 500 Millas de Indianápolis.

—Mmm… —He perdido el hilo de la conversación hace un rato—. ¿Tal vez con una pistola eléctrica?

—Bien. Buena idea. Sería divertido darle una descarga eléctrica a un *velociraptor*.

Más tarde, cuando Blake se levanta para ir al baño, protejo la pantalla y desbloqueo el móvil para ver el mensaje. El texto dice:

Jamie: MPESTÁD.

Me cuesta un segundo, pero luego entiendo la abreviatura y respondo:

Yo: ¿Cómo de dura?

Jamie: Tan dura como para manejar el mando a distancia.

La foto está cuidadosamente angulada desde nuestro sofá hacia el televisor, pero el foco está en el pene de Jamie, que apunta con el mando a la televisión. Un brazo dibujado pulsa un botón, y el otro tiene la mano dibujada en su… cadera. Bueno, los penes no tienen caderas, pero, aun así. Le respondo:

Yo: Dile que no vea ningún episodio de *Banshee*.

Jamie: Ha elegido *Jungla de cristal II*.

Yo: Dile que la echo de menos.

Jamie: Lo sabe.

Me paso el resto del vuelo con los auriculares puestos mientras pienso en fotos de pollas que puedan sacarle una sonrisa a Jamie.

5

Jamie

Veo el partido de Chicago solo en el sofá. Aunque los partidos en directo son más emocionantes, la privacidad de mi propio salón tiene sus ventajas. Cuando le grito al televisor, nadie me mira.

—¡Vamos, cariño! —exclamo mientras aplaudo en señal de apoyo, aunque nadie me oiga—. ¡En una de estas lo conseguís!

Wes lleva un millón de tiros esta noche, pero se enfrenta al mejor portero de la liga, que lo para todo como si estuviera cazando moscas; qué asco de tío. Aprovecho el descanso y voy a la nevera a por una cerveza. El partido sigue sin goles hasta el tercer período: qué tensión. Wes golpea el disco de nuevo desde la segunda línea, y yo contengo la respiración.

Cuando llega su siguiente oportunidad, prácticamente levito de la expectación. Wes saca al portero fuera del área con un largo y arriesgado centro hacia la banda izquierda. Y funciona. Cuando el ala se la devuelve, marca un gol por toda la escuadra.

Salto en el sofá y derramo un poco de cerveza, pero vale la pena. Otro gol, otra muesca en el cinturón de Wes. Lo está consiguiendo. Está teniendo una temporada de novato fantástica; quizá termine en un libro de récords. Y estoy muy emocionado por él.

La cámara enfoca la cara sudorosa del gigantesco portero, e imagino sus pensamientos: «La montaña debe permanecer frente a la red».

Mientras me río para mis adentros, vuelvo a sentarme y pongo los pies sobre la mesita. Mi hermana me preguntó el otro día si estaba celoso y si me arrepentía de haber dejado pasar esa oportunidad. La respuesta era simple: no. Aunque a mi pobre cuenta bancaria le habría venido bien el dinero del fichaje. No obstante, si me hubiera ido a Detroit (donde los porteros del año pasado tienen sus puestos muy consolidados), me habría perdido formar parte de esto.

De eso sí que me arrepentiría.

Durante lo que queda de partido, siento que se me va a salir el corazón por la boca mientras me pregunto si la ventaja de Wes se mantendrá. Y los últimos quince minutos de juego son muy emocionantes. Menos mal que no tengo problemas de corazón, porque Chicago responde con un gol y Toronto lanza un penalti. Casi me desmayo con el penalti que falla el equipo de Wes. En los últimos dos minutos, Eriksson marca, y evitan una prórroga. Toronto gana el partido: 2-1.

Aliviado, me desplomo en el sofá. Y ahora comienza la verdadera espera. Wes pasará una o dos horas con sus compañeros de equipo, sus entrenadores y la prensa. Luego, como el viaje de vuelta a Toronto es corto, el avión del equipo volará de regreso esta noche.

Dedico un rato a ordenar nuestro apartamento. La cocina ya está impoluta, la he limpiado antes, así que abro el correo y me estremezco al ver la factura del gas. Pago la mitad del agua, la electricidad, etcétera, y una parte del alquiler, aunque, si fuera por Wes, él lo pagaría todo. Me opuse cuando lo sugirió, porque no quiero vivir en este apartamento sin contribuir. En el contrato de alquiler aparece el nombre de Wes, de acuerdo, pero, joder, esta también es mi casa.

La maleta gigante de Wes sigue al lado de la puerta principal, donde la puso después de su largo viaje. No acabo de decidir si la dejo allí o no. Me parece cruel lavar mis cosas y dejar las suyas sucias, pero no estoy muy seguro de lo que Wes cree que pasa con la ropa cuando la deja en una maleta o en un montón en el suelo de nuestro dormitorio. Tal vez piense que hay un hada de la ropa sucia que pasa de vez en cuando para mantener limpia su ropa interior.

En cualquier caso, no dejo de darle vueltas. Así que me rindo, abro la gigantesca bolsa y saco un montón de prendas arrugadas. Las meto en la lavadora y la enciendo.

Luego me voy a la cama, y dejo una luz encendida en la cocina para cuando llegue Wes.

A la mañana siguiente, la luz se filtra por los huecos de la persiana. Hay un hombre musculoso, desnudo y con un brazo tatuado que duerme apoyado sobre mi cintura. Me deslizo con cautela hacia el borde de la cama, pero el brazo se aferra con más fuerza.

—No —dice Wes con voz somnolienta.

—Déjame ir al baño —susurro.

—Vuelve rápido.

—De acuerdo. —De camino al lavabo, miro su rostro relajado. Creo que hace un momento estaba hablando en sueños, parece dormido.

Tras lavarme los dientes, voy a la cocina a por un vaso de agua. Me he bebido la mitad cuando oigo unos suaves pasos en el pasillo, me giro y veo a Wes, que se acaricia lentamente una prometedora erección, apoyado en la puerta. Me sigue con la mirada por toda la habitación mientras dejo el vaso en el fregadero.

—No has vuelto rápido —dice con voz ronca.

—Tenía sed —murmuro. El seductor movimiento de la mano con la que se masajea el pene es una gran distracción. Las mamadas que nos hicimos la otra noche fueron demasiado apresuradas. Satisfactorias, sí, pero no lo suficiente. Hace mucho tiempo que no tenemos una noche entera para nosotros. Una noche para divertirnos, explorar y volvernos locos el uno al otro.

—¿Por qué llevas eso todavía? —Los ojos de Wes brillan con la luz de la mañana mientras me señala el bóxer.

Tiene razón. Los calzoncillos se desploman en el suelo de baldosas.

—¿Por qué no me has despertado cuando has llegado? —contesto.

Sonríe.

—Estabas muy dormido. —Su voz es grave, y solo ese familiar sonido áspero hace que mi sangre bombee—. Y tenemos toda una semana por delante. —Pronuncia las últimas palabras

44

de la misma manera que otra persona diría diez millones de dólares. Es probable que Wes ya tenga diez millones de dólares. Su familia es rica, y a él le importa un bledo. Lo que más quiere es a mí. Y mentiría si dijera que eso no me emociona. Wes nunca es tacaño con su cariño.

Ahora, se acerca a mí al tiempo que me atrae hacia él.

Me aprieto contra su cuerpo duro y su piel suave. Cuando nuestras ingles entran en contacto, mi pene, cada vez más tieso, parece exclamar: «¿Dónde has estado?». Wes me sonríe con malicia y mete la mano entre nosotros para agarrar mi erección.

—Hola —digo con una sonrisa.

—Hola.

—Qué golazo el de anoche.

—¿Quieres hablar ahora mismo? —bufa—. Porque prefiero follar.

—¿Charlamos más tarde, entonces?

Wes me agarra de la nuca y me atrae para besarme. Gruñe de satisfacción cuando nuestras bocas chocan. Su beso es fuerte. Hambriento.

Tomo el control del beso y le abro los labios con la lengua. Wes gime y frunce el ceño por la concentración. Me empujo contra él, lo que hace que nuestras ansiosas pollas se rocen, y él me sujeta las caderas como si me prohibiera hacerlo todavía.

—¿Dormitorio? —digo como puedo.

Deja un segundo mi boca y niega con la cabeza.

—Demasiado lejos.

La urgencia en su rostro me hace reír, pero el sonido se corta cuando, de repente, se arrodilla y se traga mi miembro sin pestañear siquiera.

Dios mío.

Mi culo golpea la encimera mientras Wes me la come hasta el fondo. Su boca está húmeda, caliente y ávida. Se me acelera el corazón, y el placer se acumula en mis pelotas con cada codiciosa chupada y cada movimiento de su lengua. Me encanta lo que me hace, pero, por desgracia, ya siento un cosquilleo que me sube por la columna. Estoy a punto de llegar al orgasmo, señal de que, después de todo el tiempo que llevamos separados, estaba hambriento de sexo. Mierda, normalmente tengo más aguante. Sin embargo, últimamente estoy tan excitado por tener a Wes cerca durante más de cinco minutos que exploto en cuanto me toca.

—No quiero correrme todavía —digo, y aprieto los dedos en su pelo.

Su boca me suelta. Con una suave risita, se levanta y me pasa las yemas de los dedos por la mandíbula mientras me acaricia la barba con suavidad. Un escalofrío me recorre el cuerpo. Este hombre... Madre mía, este hombre... Me atrapa con una sola caricia. Con una mirada ardiente.

—Date la vuelta —susurra—. Apoya las manos en la encimera.

Hago lo que me pide, y, al cabo de un momento, un par de manos fuertes me agarran el culo. Él aprieta y yo gimo al tiempo que, instintivamente, muevo las caderas hacia delante, solo para golpear mi polla, aún húmeda, contra el frío y duro granito. Deslizo la mano hacia abajo para agarrarme la erección y froto lentamente el pulgar alrededor del glande mientras Wes me masajea las nalgas. Cuando desliza un dedo en mi hendidura, empujo hacia atrás, contra la juguetona caricia, pidiendo más en silencio.

—He echado de menos este culito. —Su aliento me hace cosquillas en la nuca; luego, me lame para saborearla y dibuja círculos sobre mi piel febril—. No sabes cuántas veces me he masturbado mientras estábamos de viaje. Cuántas veces me he corrido mientras pensaba en deslizar mi polla dentro de este apretado culo. —Me toca ahí con la punta de un dedo, y un montón de terminaciones nerviosas resucitan.

El pene me gotea en la mano. Mierda. Me falta poco. Muy poco. Me aprieto la punta del glande lo bastante fuerte como para provocarme una punzada de dolor en un intento por frenar la descarga que amenaza con explotar.

—Deberías haberme llamado por Skype —digo—. Nos habríamos masturbado juntos. —Es algo que nunca hemos probado.

Eso le provoca un gemido estrangulado. Oh, sí, le gusta la idea. Pero me guardo ese pensamiento. Ahora mismo, no hay necesidad de pensar en formas creativas de follar cuando estemos a miles de kilómetros de distancia. Porque estamos juntos. Estamos aquí, en persona, y follaremos como queramos.

—No te muevas. —Su orden resuena en la oscura cocina. Oigo cómo sus pasos desaparecen por el pasillo. Me quedo quieto. La anticipación crece dentro de mí, y el pene me palpita en la mano, suplicando que Wes vuelva.

No tarda mucho en regresar. Oigo un clic, el inconfundible sonido de un tapón que se abre. Ha ido a buscar lubricante, y ahora sus dedos están resbaladizos cuando los coloca de nuevo en mi trasero. Su escurridiza mano me atormenta mientras se desliza entre los cachetes y me roza el escroto. Cuando me mete un dedo, maldigo y suspiro al mismo tiempo.

—Qué estrecho —exclama. Se desliza más adentro y mis músculos se tensan alrededor de su dedo—. ¿Quieres mi polla, Canning?

—Sí. —Aprieto más fuerte su dedo. No es suficiente. Necesito más. Necesito que su gruesa erección me llene, que empuje ese dulce punto que no sabía que existía hasta el verano pasado, cuando Ryan Wesley volvió a mi vida y me mostró una nueva faceta de mí mismo. Añade otro dedo, con el que acaricia mi canal y me abre, hasta que estoy ardiendo. Hasta que mi visión se nubla y mi cerebro se paraliza.

—Más —ruego, y es todo lo que soy capaz de decir. «Más. Más, más, más». Suplico, pero Wes sigue privándome de lo que quiero. Aprieta su erección contra una de mis nalgas y, mientras, me mete los dedos. Su otra mano me rodea el pecho y se desliza hacia abajo hasta que, apartando mi mano, me agarra el pene.

—Dios —siseo cuando empieza a moverla arriba y abajo.

—¿Te gusta esto, cariño? ¿Te gusta que te sobe la polla mientras te penetro con los dedos?

Murmuro algo incoherente como respuesta, y él se ríe. El sonido ronco me calienta un lado del cuello, y doy un respingo cuando sus dientes se hunden en mi carne. Joder, me vuelve loco. Suaviza el dolor con la lengua, pasa por los tendones del cuello, donde me besa y me vuelve a morder hasta llegar a mi hombro.

—¿Estás listo? —susurra.

Se me escapa un gemido.

—Joder, mucho.

Con otra risita, retira los dedos y todo mi cuerpo se decepciona. Quiero que me toque más. Wes no me hace esperar mucho; en un abrir y cerrar de ojos, me toca el culo con su instrumento, y luego su polla, grande y lubricada, se hunde en mí.

Los dos gemimos. Se aferra a mis caderas y me clava los dedos en la piel mientras la saca muy despacio y, de golpe, vuelve a meterla.

—Joder, Canning, te quiero mucho. —Suena como si estuviera luchando por respirar y, cuando la mitad de su vocabulario se reduce a palabrotas, significa que Wes está perdiendo el control. Pero me encanta cuando pierde la cabeza. Sé que me espera un viaje salvaje y, joder, por supuesto, él me lo da.

Me embiste por detrás, balancea la pelvis y los testículos me golpean el culo con cada empuje profundo y desesperado. Me inclino hacia delante, doblado sobre la encimera. Mi pene está más duro que el granito bajo mis palmas. Quiero acariciarla, pero Wes me penetra con tanta fuerza que necesito las dos manos para sujetarme. Sin embargo, también se fija en mis necesidades, y deja caer una mano desde mi cintura hasta mi miembro erecto. Luego inclina las caderas de forma que me golpea la próstata cada vez que se impulsa.

—Córrete para mí —ordena—. Córrete en mi mano, Jamie. Déjame sentirlo.

Acabo tan rápido que es casi cómico. Lo único que necesito es la orden áspera de Wes, y me corro con un grito salvaje. Le empapo la mano, tal y como él quería. Mientras me estremezco por el placer, Wes gruñe, y sus embestidas se vuelven cada vez más erráticas, inestables y frenéticas hasta que, por fin, deja caer la cabeza sobre mi hombro y tiembla detrás de mí. Siento el pulso de su descarga en mi interior y, cuando se retira unos instantes después, mi culo y mis muslos se han quedado pegajosos, y ambos vibramos de risa.

—Ha sido... intenso —dice Wes, escueto.

Resoplo.

—Creo que acabas de descargar unos tres litros de semen.

—No es que me queje. Me encanta saber que tengo el poder de

convertir a Wes en un maníaco sexual. Aun así, refunfuño un poco mientras nos pasamos los siguientes cinco minutos limpiando. Mi estallido también ha sido de locura, y una parte se ha quedado en la encimera y en el armario que hay debajo. Insisto en fregar toda la superficie, mientras Wes se burla de mí por tener un TOC.

—Comemos aquí encima, tío —le recuerdo—. Eso no es un TOC, es limpieza básica.

Se ríe y sigue fregando el suelo con el trapo y el producto de limpieza que le doy.

—¿Qué quieres hacer esta noche? ¿Deberíamos ir a ese nuevo restaurante del que me habló Eriksson?

El próximo partido de Toronto en casa es mañana, lo que significa que tenemos todo el día y la noche para nosotros. Y resulta que los martes es la noche de las entradas a mitad de precio en todos los cines de la ciudad.

—Desde luego —respondo—. Pero podemos ir después de la película. No sé cuánto tiempo más estará en los cines.

—Oh, mierda, *¿The Long Pass?* Sí, tienes razón. Tenemos que verla hoy. —Los remordimientos se reflejan en su rostro. Está pensando en lo que pasó la última vez que tuvo una tarde libre. Me moría por ver esa maldita película, pero Wes también, y me hizo prometer que no iría sin él. Sin embargo, cuando por fin tuvimos la oportunidad de verla, el representante de Wes lo llamó, justo en el preciso instante en que salíamos por la puerta, para informarle de que se requería su presencia en una rueda de prensa de última hora para anunciar un cambio sorpresa en la organización. Eso fue hace tres semanas.

Pero no lo menciono, porque sé que ya se siente fatal por haber tenido que cancelar nuestra cita nocturna.

—Vale, ¿qué te parece si vemos la sesión de las siete y después cenamos tarde? —sugiero.

—Me parece un buen plan. —Me sonríe—. Entonces, ¿listo para el segundo asalto? Y luego desayunamos. Tenemos que recuperar fuerzas para el ejercicio que vamos a hacer ahora y esta noche.

Bajo la mirada a su entrepierna, y enarco una ceja al fijarme en la media erección que tiene.

—Estás muy cachondo esta mañana, ¿eh? —La situación me excita y se me pone dura. Una sonrisa se dibuja en su cara.

—Le dijo la sartén al cazo... —Se adelanta, me besa y me aparta de la encimera.

Entre risas, salimos de la cocina reluciente y libre de semen, y corremos hacia la ducha. Por primera vez en semanas, siento el pecho más ligero. Quiero pasar todo el día desnudo con mi novio adicto al sexo.

En cambio, como compruebo diez minutos más tarde, no siempre tenemos lo que queremos.

6

Wes

Esos golpes en la puerta solo pueden ser de una persona. Nadie más en el edificio sabe quién soy. E incluso aunque lo supieran, nadie sería tan grosero como para aporrear la puerta a las ocho de la mañana. Nadie, excepto Blake Riley, claro.

Jamie y yo nos quedamos paralizados mientras nos besamos en nuestro dormitorio. Tras la ducha, seguimos desnudos, húmedos y empalmados. Jamie parece tan molesto como yo.

—A lo mejor se va si lo ignoramos —murmuro.

Jamie emite un sonido de irritación en voz baja.

—¡Wesley! ¡Abre!

La voz apagada de Blake viaja por el dormitorio, y la expresión de Jamie se ensombrece aún más.

—¡Vamos, hermano, es una emergencia!

Se me tensan los hombros. Mierda. Por alguna razón, lo primero que pienso es que la verdad sobre mi orientación sexual ha salido a la luz. ¿Es muy egocéntrico? Como si los medios de comunicación de Toronto no tuvieran nada mejor que hacer que informar sobre las aventuras amorosas de Ryan Wesley. Aun así, es mi mayor temor. Eclipsaría por completo el éxito que he tenido durante mi primera temporada en Toronto; ser un deportista profesional gay es un titular muy jugoso.

—Quizá es importante —digo a Jamie, mientras le trasmito mi descontento con la mirada.

Me pongo un pantalón cómodo y voy a la puerta. Blake entra vestido con unos pantalones de deporte y una camiseta gris que deja al descubierto sus enormes bíceps.

—Gracias, joder —se queja—. ¿Tienes café? Estoy desesperado.

Lo miro boquiabierto mientras entra en la cocina y empieza a abrir los armarios como si fuera el dueño del lugar. ¿En serio? ¿Casi derriba mi puerta porque quiere café? Tengo que morderme la lengua para no señalar que hay cientos de Tim Hortons en Toronto, dos de ellos a menos de tres manzanas de nuestro edificio.

—Qué suerte tenemos de ser vecinos, ¿eh? —Blake saca una taza del armario y se dirige al otro lado de la encimera para encender la máquina de café.

¿Suerte? Estoy a diez segundos de cometer un asesinato. El problema es que ese cuerpo gigante no entraría en el conducto del pasillo que alimenta el compactador de residuos del edificio.

El corazón me da un vuelco cuando me fijo en la taza que ha escogido. Es la que tiene escrito «SUYO», cortesía de Cindy Canning. Nos regaló las tazas durante las fiestas y, sinceramente, es el regalo más considerado que he recibido nunca. Me gustaría quitársela de las manos y decirle: «¡Es mía!». Tal vez orinar en ella para marcar mi territorio. Pero Blake ya ha llenado mi taza favorita de café y está llevándosela a la boca.

Se apoya en la encimera y sorbe el líquido caliente; luego deja escapar un suspiro de satisfacción.

—Gracias, tío. No puedo funcionar sin mi vitamina C matutina.

Me lo agradece como si lo hubiera invitado amablemente a tomar algo conmigo. Nada más lejos de la realidad.

Unos pasos resuenan en el pasillo y entonces Jamie entra en la cocina. También se ha puesto un pantalón de deporte y una camisa azul con botones, que lleva desabrochada y deja al descubierto sus abdominales y su piel suave y dorada.

—Buenos días —murmura sin mirar en mi dirección.

—Oh, mierda, ¿te he despertado? —Blake suena muy arrepentido—. Se me da mal llamar a las puertas. —Levanta su enorme mano—. Estas manazas son muy poco delicadas.

—No pasa nada, tenía que levantarme de todas formas —responde Jamie. Se sirve una taza de café y luego me mira por encima del hombro—. ¿Tienes algún plan para hoy?

Pretende actuar como un compañero de piso educado, pero el dolor en sus ojos me destroza. Me gustaría responder que mi plan es pasar todo el día bajo su cuerpo desnudo. Que le den a Blake. Sin embargo, mantengo la boca cerrada. Jamie y yo hemos trabajado duro para mantener nuestra relación en secreto desde el comienzo de la temporada. Sobreviviremos a unos cuantos meses más a escondidas.

—Todavía no estoy seguro —respondo con tranquilidad.

—Tenemos esa gala benéfica esta noche, ¿recuerdas? ¿Champán y modelos? Siento que se avecina una noche loca. ¿Y tú? —dice Blake.

Niego con la cabeza.

—No. Por una vez, no estoy en la lista. El Departamento de Relaciones Públicas pidió que solo fueran los veteranos.

—Mierda, ¿me consideran veterano? Solo es mi tercera temporada —protesta Blake, y da un sorbo rápido—. Espero que no me vean como a un viejo.

—Tienes veinticinco años —digo con brusquedad—. Seguro que todavía te consideran un chavalín.

Blake apoya un antebrazo en la encimera y casi me atraganto con mi propia lengua cuando me doy cuenta de dónde está: en el lugar exacto en el que Jamie se ha agachado hace menos de diez minutos. Está claro que mi chico está pensando lo mismo, porque me lanza una sonrisa irónica por detrás del hombro de Blake.

Blake da otro sorbo a su café, y entonces veo un destello en sus ojos.

—¡Ah! Tengo una idea. Soy un genio, ¿lo sabías? —Saca el móvil del bolsillo y empieza a enviar mensajes. No hace falta que le pregunte, Blake cuenta todo lo que se le pasa por la cabeza. Por tanto, disfruto del silencio y, para servirme un café, busco entre las tazas que nunca utilizo, porque Blake se ha agenciado la mía.

Jamie da vueltas por la cocina y saca cosas de la nevera. Una docena de huevos. Algunas tortillas de maíz del mercado ecológico que tanto le gusta. Chorizo. Salsa. Saca un bol de cristal para batir los huevos. Me encanta el cuidado que pone en la cocina. Contemplaría sus manos durante todo el día. Estarían mejor alrededor de mi pene, pero tampoco están mal así. Pone un par de salchichas en una sartén caliente que chisporrotea un poco.

—Vaya —dice Blake al levantar la vista de su teléfono—. ¿Qué estás haciendo ahí, Bomba J?

—El desayuno —contesta Jamie mientras tira las cáscaras de huevo a la basura—. Wesley me ha dicho que tiene un entrenamiento muy duro planeado para más tarde. Pensé que podría reponer un poco de proteína. —Jamie saca una batidora de mano de un cajón y me dedica una mirada cargada de intención. Luego, comienza a batir los huevos.

—¡Madre mía! ¿Cocinas? —dice Blake, y su enorme cara de cachorro se ilumina—. No me extraña que le gustes a Wesley.

Veo que Jamie se muerde el labio al sonreír. Hay una larga lista de cosas que me gustan de Jamie. Su forma de cocinar no está ni siquiera entre las cincuenta primeras. Está su sonrisa, su cuerpazo, su personalidad tranquila, su lengua…

Está bien. Debería pensar en otra cosa.

—¿Te quedas a desayunar, Blake? —pregunta Jamie por encima del hombro.

Nuestro vecino saca un taburete de la encimera y se sienta en él.

—Nunca os libraréis de mí.

Joder. Si lo repite, acabaré llorando como un crío, así que busco platos y cubiertos, por hacer algo útil.

Intento ayudar a Jamie a colocar la comida en los platos cuando tomo el mango de la sartén de las salchichas. Antes de terminar el movimiento, la mano de mi novio sale disparada y aparta la mía de la sartén.

—¡Tío! —brama Blake—. ¡Bomba J no quiere que toques su salchicha! —Se ríe como un loco de su propia broma.

De todos modos, Jamie lo ignora; está ocupado mirándome fijamente.

—Una vez más, el paño que cubre el mango significa…

—Que está caliente. Lo había olvidado. —Soy famoso por quemarme, y ni siquiera cocino.

Jamie me hace un gesto para que me mueva y sirve el desayuno.

—Esos reflejos de portero —dice Blake— te han salvado la mano.

Un par de minutos después, estamos comiendo huevos revueltos con salchichas y queso en tortillas de maíz calientes con salsa.

Blake da otro bocado y gime de manera cómica.

—Te quiero, tío.

—Eso es lo que me dicen todos los tíos —añade Jamie, impasible. Es posible que esté pensando en la última vez que desayunamos juntos, un tranquilo fin de semana, en nuestra cama, desnudos.

Pero, a pesar de todo, es difícil odiar a Blake. De verdad que lo es. Sobre todo cuando recoge los platos después del desayuno y se pone a fregar sin preguntar. Cuando termina, lava las sartenes y hasta las encimeras. Jamie se sirve otra taza de café y se deja caer en el sofá mientras alguien que no es él se ocupa de la cocina.

A Jamie también le cuesta odiar a Blake. Se nota.

Finalmente, Blake nos agradece el desayuno y hace amago de marcharse.

—Déjame que compruebe... —dice, y toca su teléfono—. Genial. ¡Te he conseguido una invitación para la gala benéfica de esta noche! Es una fiesta brutal. Mi favorita de la temporada. Van un montón de *supermodelos,* tío.

—No creo que... —empiezo.

—Revisa tu correo electrónico, ¿eh? El publicista ha dicho que vayas. Dos tíos se han rajado porque sus mujeres se han enfadado con ellos. El equipo reservó una mesa, y quedará fatal si está medio vacía. Así que ¡estás invitado!

En el extremo de la encimera, mi teléfono suena de pronto.

—Hasta luego, chicos. Tu comida es la bomba, Bomba J. —Blake sigue hablando solo cuando sale de nuestro apartamento y cierra la puerta.

Jamie observa la puerta como si fuera una serpiente venenosa y mi teléfono suena de nuevo. Me acerco y lo miro con los ojos entrecerrados.

—Mierda. Tengo que contestar. —Lo cojo y saludo al responsable de relaciones públicas—: ¿Hola? ¿Frank?

—Buenos días, Ryan. Siento molestarte durante el fin de semana.

—No hay problema, señor. —Soy extremadamente educado porque estoy hablando con el hombre que gestionará mi «gran momento gay» cuando mi secreto finalmente se filtre. Lo tengo en mente cada vez que hablo con él.

—Blake Riley dice que estás disponible para ir a la gala benéfica de etiqueta de esta noche. Sé que a veces es una faena pasar otra noche lejos de nuestras familias, y quiero que sepas que de verdad aprecio el hecho de que te hayas ofrecido a hacerlo.

—Eh... —«No me he ofrecido», lo tengo en la punta de la lengua—. ¿Has dicho que hay que vestir de etiqueta? —Dios. Voy a matar a Blake.

—¿Tienes un esmoquin? Podría enviarte el número de un servicio de alquiler de ropa...

—Tengo uno —suspiro—. Gracias.

—No, gracias a ti. Nos vemos a las ocho. Y, ¿Ryan...? —duda.

—¿Sí?

—¿Piensas traer acompañante?

—No —digo demasiado rápido.

—Está bien —añade con tranquilidad. Sabe que es una pregunta compleja. Frank es una de las pocas personas que sabe lo mío con Jamie. Se lo conté el verano pasado, porque quería saber si el equipo iba a despedirme—. Diviértete.

«Lo dudo».

—Lo haré, gracias.

Jamie está sentado en el sofá cuando cuelgo. Mira el televisor, que ni siquiera está encendido. Me acerco y me siento a su lado. Pongo los pies junto a los suyos en la mesita y mi cabeza sobre su pecho.

—Déjame adivinar. Esta noche irás a alguna fiesta.

Hundo mi cara en su cuello.

—Llamaré de nuevo y diré que estoy enfermo.

Jamie suspira.

—Te pondrían en la reserva de lesionados si creen que tienes esa gripe que ha salido en las noticias. La gente está muy asustada. Tienes que jugar contra Detroit mañana.

—Joder. Maldito Blake. —Nos quedamos en silencio durante un minuto. Alargo la mano y le acaricio la barba. Todavía estoy acostumbrándome a ella—. Vale, llamaré a un agente inmobiliario el lunes y buscaré un nuevo apartamento.

—¿Qué? —Jamie se ríe.

—Hablo muy en serio. Esto es... Él... —No termino ninguna de las dos frases, porque esto es algo de lo que Jamie y yo no hablamos. Las cosas que hacemos para ocultar nuestra relación, como las pequeñas omisiones incómodas o las mentiras directas, son horribles. A él también le molesta. No hablamos de ello porque es embarazoso. Lo puse en esta situación porque quería tener una temporada de novato en la que se me juzgara únicamente por los méritos de mis habilidades. Pero solo estamos a medio camino, y cada vez me resulta más difícil.

—No podemos mudarnos —dice Jamie sin entusiasmo—. Es un dolor de muelas, y no hay garantía de que vayamos a tener más privacidad.

Por desgracia, tiene razón.

—Solo necesito tres meses más. Cuatro, como mucho.

—Lo sé.

Otro silencio. Pero, al menos, me pasea la mano por la espalda. Mientras Jamie me pueda tocar, todo irá bien.

—Siento lo de la película de esta noche.

—Podríamos ir a una sesión matinal.

—Claro —acepto. Pero ninguno de los dos nos levantamos para comprobar la hora. En cambio, empiezo a darle pequeños besos en el cuello, por dentro de la camisa. Se resiste durante uno o dos minutos, enfadado porque nuestra cita se ha ido al traste. Pero no me detengo. Y, al final, cede. Le recorro la clavícula y los amplios pectorales con los labios. Abro la camisa y le acaricio el pezón, y luego empiezo a chuparlo.

Se mueve en el sofá y abre las piernas. Le beso el cuerpo hasta llegar al bulto de su pantalón de deporte.

Jamie deja caer una mano en mi pelo y suspira. Está un poco triste, pero también excitado.

No llegamos ni de lejos a ver la película. Después de chupársela en el sofá, nos retiramos a nuestra cama, donde alternamos entre dormir y juguetear todo el día. Y, cuando por fin tengo que levantarme y recomponerme para un evento benéfico al que no tengo ningún interés en asistir, él está demasiado relajado y sexualmente satisfecho como para preocuparse.

A las siete, maldigo mi pajarita mientras él me observa desde la cama.

—Estás muy *sexy* con esmoquin —dice—. Aunque no sepas ponerte bien la pajarita.

—Ayúdame —gimoteo mientras lo intento por tercera vez.

Se levanta y me aparta las manos.

—El truco es empezar de forma descuidada y apretar después. Es como hacer una mamada.

Resoplo de risa. ¿Quién iba a decir que mi amor de la infancia aprendería a hacer una felación? En el instituto, Jamie era mi fantasía. Y ahora, los dedos de ese rubio guaperas están arreglándome la pajarita en este momento, y todavía me sobresalto cada vez que me tocan. No muevo ni un músculo, quiero que esto dure. Con tal de ver en primera fila sus ojos marrones —tan sorprendentes en un chico rubio— y sus pómulos dorados y cincelados, lo dejaría juguetear con el nudo de la pajarita toda la noche.

—Listo —anuncia con suavidad al tiempo que aprieta la pajarita un poco más.

A regañadientes, desvío la mirada hacia el espejo y me encuentro con una pajarita recta y centrada a la perfección. No tengo más excusas para quedarme en casa.

—Gracias —digo en voz baja, aunque es mucho más que un simple agradecimiento por haberme anudado la pajarita.

Me acaricia la mejilla.

—De nada. Ahora vete. Pórtate bien. Saluda en la alfombra roja o lo que sea. Cuando te pregunten qué llevas puesto, invéntate alguna estupidez.

—Buena idea. —Me inclino hacia delante y lo beso rápidamente. Y, sin pensarlo más, salgo pitando.

7

Wes

Tengo el ánimo por los suelos.

Estoy acostumbrado a las fiestas, pero detesto las de este tipo: un montón de gente con trajes de chaqué que intentan impresionarse los unos a los otros. Al menos, la comida está rica y el licor sabe muy bien; eso sí, el servicio es escaso. Mi vaso vuelve a estar vacío, así que miro a mi alrededor. En este tipo de eventos siempre hay varias barras. El truco es ir a la que está menos concurrida. Hay una cola enorme en la más cercana a la puerta, así que examino la sala hasta que encuentro lo que busco.

Cinco minutos más tarde, estoy bebiendo un *whisky* de malta y volviendo con mis compañeros de equipo. Aunque no los vea, los oigo. Puedo seguir la risa de Eriksson y las carcajadas de Blake.

Estoy evitando a Blake porque sigo molesto con él. Tal vez sea una actitud infantil, pero mi objetivo es que la noche pase rápido. Ya le he oído decir algo sobre ir a un bar después de que nuestra aparición forzada aquí haya terminado. Lo he descartado. Una vez terminen los discursos, me escabulliré por la parte de atrás.

—Hola, Wesley. —Eriksson me saluda con un fuerte golpe en la espalda—. ¿Te diviertes?

¿Mentir o no mentir? Esa es la cuestión. Joder, estoy harto de mentir todo el rato.

—No especialmente. Esto no me va mucho.

Eriksson abre los ojos de par en par.

—¿Al soltero de oro no le interesa una sala llena de mujeres ricas con vestidos diminutos? Yo arrasaba en este tipo de eventos. Una vez, hace siete años, me llevé a casa a un par de gemelas y lo hicimos durante toda la noche. —Está claramente borracho—. Qué tiempos aquellos.

Mi compañero de equipo está hecho polvo, y solo son las diez. Tiene los ojos enrojecidos y parece agotado.

—¿Estás bien? —pregunto. La verdad es que lleva toda la semana con un aspecto horrible. No sé por qué me acabo de dar cuenta.

—Claro que estoy bien. Salvo que mi mujer me ha dicho esta mañana que quiere el divorcio y, luego, se ha llevado a los niños a casa de su hermana. Al parecer, me he perdido otra sesión de terapia en pareja. Así que ha tirado la toalla.

«Madre mía».

—Lo siento mucho, tío. Tal vez solo necesita una noche para pensar las cosas.

¿Eso es todo lo que se le dice a un tío cuya vida está desmoronándose? No tengo ni idea.

Eriksson se encoge de hombros.

—Este estilo de vida no es nada fácil, ¿sabes? Pero basta de mis tonterías. ¿Qué tienes en contra de las fiestas?

—No de todas las fiestas —me apresuro a responder—. Estas cosas me recuerdan a mi infancia. Mi madre se pasaba la vida planeando eventos así. ¿Ves estas flores? —Señalo uno de los ostentosos centros de mesa. Hay millones de ellos, y, como estamos en febrero en Canadá, habrán llegado en avión desde los trópicos. Del techo cuelgan nubes de mariposas falsas, cada una suspendida de una especie de hilo de pescar invisible—. Alguien se ha dejado una buena cantidad de pasta para decorar este lugar. Porque los ricos que se han gastado cuatro mil dólares por cabeza para venir esta noche quieren que los sorprendan. Siempre me he preguntado por qué no podemos quedarnos todos en casa y hacer un cheque en ropa interior. Todo iría destinado a la caridad. Bum. Problema de recaudación de fondos resuelto.

Eriksson echa la cabeza hacia atrás y se ríe.

—Qué cabroncete más cínico. Te quiero, joder. Pero ya estás aquí, así que deja de poner esa cara, que parece que la pajarita te está estrangulando.

Le doy un tirón más a la pajarita; la muy cabrona está asfixiándome.

—De todas formas, ¿para qué es esta organización benéfica? —Me había perdido una información crucial. Y como estas fiestas siempre tienen el mismo aspecto, no hay pistas en la decoración, a menos que la fiesta sea para ayudar a los floristas y las mariposas falsas.

—Para la investigación de la psoriasis —dice Eriksson—. Por lo visto, es un auténtico suplicio.

—¿Qué? —resoplo—. ¿La enfermedad cutánea? —Vuelvo a escudriñar a la multitud, pero solo veo la piel de mujeres jóvenes con vestidos sin espalda. La investigación estará yendo muy bien.

—Atento —Eriksson señala con la cabeza hacia un grupo de chicas guapas que avanzan hacia nosotros entre la multitud—. Tú estás soltero, y yo podría estarlo. Admiremos a estas bellezas. Es por una buena causa, ¿no?

Tras un buen trago de mi *whisky,* finjo una sonrisa. Pero entonces me doy cuenta de que, en realidad, conozco a una de las chicas.

—¡Kristine! ¿Qué demonios haces aquí? —La conocí en la universidad, salía con el hermano de mi amigo Cassel. No la he visto en tres años, desde que rompió con Robbie.

Al verme, me dedica una gran sonrisa.

—Cuando vi a tu equipo en el programa, me pregunté si estarías aquí. El pequeño Ryan, el famoso delantero novato. ¿Por qué no puedo decirlo sin reírme?

La envuelvo en un gran abrazo y mis manos encuentran piel por todas partes. Su vestido brillante de color bronce es tan diminuto que está prácticamente desnuda.

—Me alegro de verte, Krissi. ¿Cómo estás? ¿Has vuelto a Toronto? —Había olvidado que era canadiense. Estuvo en Boston cuando yo visitaba a la familia Cassel durante las vacaciones universitarias.

—En primer lugar, no soy Kristine. Soy Kai.

—¿Qué? ¿Quién es Kai?

—Soy yo, idiota. —Me da un pellizco en el culo—. Kristine no estaba lo bastante de moda para mi agencia, así que me cambiaron el nombre.

Cierto, es modelo. Me había olvidado de que trabajaba en eso.

—¿Dejaste que te cambiaran el nombre? Qué locura. —«Lo dice el hombre que oculta su sexualidad para jugar en la NHL». Vale, visto así, un cambio de nombre no suena tan dramático—. Kai, suena a nombre de chico. Me gusta.

Ella se ríe.

—Baila conmigo. Animemos este lugar.

—Claro —digo de inmediato. Hablar con Kristine/Kai me ha puesto de mejor humor. Me recuerda a tiempos más sencillos, cuando ella, Robbie, Cassel y yo buscábamos problemas en los aburridos bares de Boston. Ojalá volviéramos a estar allí en lugar de aquí, pero no se puede tener todo. Y bailar con una vieja amiga hace que hasta el *swing* de este sexteto suene interesante.

La tomo de la mano y la llevo a la pista de baile.

Jamie

Mientras veo un partido de baloncesto y echo un vistazo al móvil en el sofá, aprovecho para doblar la ropa. Nada interesante.

La última sesión de la película que quería ver es en cuarenta minutos. Tengo que decidirme rápido, en los próximos cinco minutos, o no llegaré.

¿Wes se enfadará si voy solo? Probablemente no. No demasiado, al menos. Y, si es buena, no me importaría verla de nuevo con él, en casa, cuando la saquen en DVD.

Doblo dos camisetas más e intento decidirme. La entrada al cine no cuesta mucho, pero luego están las palomitas y los refrescos, que son demasiado caros. Y dos viajes en metro. No es gratis, y trato de ahorrar dinero para salir por la noche con Wes. El alquiler que insisto en pagar es casi más de lo que me puedo permitir, así que estoy sin blanca la mayor parte del tiempo.

Además, fuera hace frío. En Toronto soplan vientos invernales que te atraviesan. Como he vivido toda mi vida en la Costa Oeste, nunca he entendido lo brutal que es un invierno. Tal vez parezca una razón poco convincente para quedarse en casa, pero el factor de la sensación térmica no inclina la balanza a favor de la película.

Sin embargo, si Wes estuviera aquí, iría sin dudarlo. Y que le dieran a la meteorología.

Sigo perdiendo el tiempo y abro Instagram. Y —esto es increíble— Wes aparece en la primera foto que veo. La imagen está colgada en la cuenta del equipo, alguien de publicidad está haciendo fotos en la fiesta. En la foto, Wes le sonríe a una joven muy atractiva que viste con un vestido color cobre. Se rodean mutuamente con los brazos. El pie de foto dice: «El delantero novato Ryan Wesley baila con la modelo Kai James en la #FiestaPorLaPsoriasis».

Wes está bailando con una modelo y, mientras tanto, yo estoy aquí, doblando su ropa interior.

Ya está. Ese es el empujón que necesito para levantarme del sofá y salir.

Veinte minutos más tarde, me bajo en la parada Dundas en la línea Yonge. El viento gélido me golpea la cara cuando salgo a la calle desde la estación de metro. Me apresuro a ponerme los guantes y la capucha, pero cuando llego al cine tengo la cara medio congelada.

Cuando intento comprar una entrada en la taquilla, el chico con acné del mostrador me da la mala noticia:

—Lo siento, pero se ha cancelado la sesión.

—Pero estaba en la página web del cine —digo.

—Lo sé, pero *Morph-Bots* se ha estrenado este fin de semana y las entradas de todas las sesiones están agotadas desde el viernes pasado. Hace días que no vendemos una entrada para *The Long Pass,* así que el gerente del cine ha decidido utilizar la sala para una reproducción extra de *Morph-Bots.* —Se frota torpemente la barbilla cubierta de granos—. ¿Quiere una entrada para *Morph-Bots?*

Si dice las palabras *Morph-Bots* una vez más, me va a explotar la cabeza.

—… quedan algunos asientos libres. Todos en primera fila, pero… —Se encoge de hombros tímidamente, como si se hubiera dado cuenta de que no me está convenciendo para ver esta estúpida película de robots.

—No, no pasa nada. Gracias de todos modos.

Me meto las manos en los bolsillos de la chaqueta y me alejo de la taquilla. Mierda. ¿Y ahora qué? He venido hasta aquí, pero no hay ninguna otra película que me interese ver.

Con una sensación de opresión en el pecho, salgo del cine. Acabo de salir al frío cuando el teléfono me vibra en el bolsillo. Es un mensaje de Wes. Se me encoge el corazón.

Wes: Ojalá estuvieras aquí.

¿Lo dice de verdad? ¿O se siente aliviado de que no esté, porque eso significa no tener que responder a ninguna pregunta incómoda de sus compañeros de equipo y fans?

Joder. Eso no es justo. Soy un idiota por pensar eso, pero cada vez me resulta más difícil mantener esta situación. No me educaron para ocultar lo que soy. Mis padres nos enseñaron, a mí y a mis hermanos, a sentirnos orgullosos de nuestra identidad, a seguir nuestros corazones y a perseguir lo que nos gusta, y a ignorar lo que piensen los demás. Todos mis hermanos se han tomado ese consejo muy en serio.

Tammy se casó con su novio del instituto a los dieciocho años, rechazó una beca en una escuela de la Costa Este y fue a una universidad pública porque su marido Mark y el clan Canning eran lo más importante para ella.

Joe fue lo bastante valiente para convertirse en el primer Canning que solicitó el divorcio, a pesar de que me había admitido lo avergonzado que estaba por ello y cómo le hizo sentirse un fracasado.

Jess cambia de novio y de carrera como si quisiera establecer un récord en el Libro *Guinness*. Pero nosotros no la juzgamos. No demasiado, al menos.

¿Y yo? Durante veintidós años solo salí con mujeres, hasta que la vida decidió sorprenderme. Me enamoré de otro hombre y lo acepté. Ser bisexual no es un camino de rosas. Créeme, el verano pasado aprendí por las malas que no todo el mundo es tan abierto de mente y comprensivo como mi familia. Pero elegí la felicidad en lugar de las críticas y las opiniones tóxicas. Me quedé con Wes.

Pero ahora tengo que ocultar esa elección. Debo fingir que Ryan Wesley no es mi alma gemela. Tengo que ver unas malditas fotos en Instagram, donde aparece bailando con una tía buena, y fingir que no estoy celoso.

«Yo también desearía estar allí», respondo. Porque es cierto. Desearía ser yo el que estuviera junto a él en esa gala benéfica.

—¿Canning?

Sorprendido, me doy la vuelta mientras meto instintivamente el teléfono en el bolsillo, por si el nombre de Wes aparece en la pantalla. Lo que me hace enfadar todavía más, porque estoy escondiéndome de nuevo.

Coby Frazier, uno de los entrenadores asistentes de mi equipo principal juvenil, se acerca a mí con una cálida sonrisa. Lo sigue Bryan Gilles, entrenador asociado de uno de los otros equipos de mi jefe. Gilles es un francocanadiense con barba, tranquilo y amante de los cuadros escoceses; de hecho, la parka que lleva esta noche luce un estampado de cuadros escoceses y los faldones de la camisa que asoma debajo del abrigo… también tienen el mismo estampado.

—Así que sí que existes fuera de la pista de hielo —bromea Frazier. Me da una palmada en el hombro a modo de saludo, al igual que Gilles, que me saluda con la cabeza—. ¿Tienes una cita con alguna tía buena?

Niego con la cabeza.

—Mi acompañante ha cancelado en el último minuto. Y, de todos modos, iba a ver la película, pero al parecer ya no la ponen aquí.

—Deberías ver *Morph-Bots* —me insta Frazier—. Acabamos de salir de la sesión de las siete. Joder, ha sido increíble. Es una pasada lo que se puede hacer con CGI hoy en día.

Me encojo de hombros.

—No me atrae demasiado la moda de robots contra robots. Al final, siempre me quedo frito.

Frazier sonríe.

—¿Y las cervezas frías y las tías buenas? ¿Eso te gusta? Gilles y yo vamos a un bar, vente con nosotros.

Desde que me mudé a Toronto y empecé mi nuevo trabajo de entrenador, mis colegas no han parado de invitarme a planes. «Ven a tomar unas cervezas, tío». «Vamos a comer algo». «Ven a una barbacoa esta semana, a mi mujer le encantaría que asistieras».

Rechazo la mayoría de ellas porque no puedo llevar a Wes. ¿Qué sentido tiene, entonces? Además, es mucho más fácil ocultar el hecho de que te gustan los penes si mantienes a todos los que te rodean a distancia.

Esta noche no declinaré la oferta; una cerveza con los chicos será una buena distracción. La alternativa es volver solo a mi apartamento y estar pendiente de Wes en Instagram toda la noche.

—Claro, me apunto —digo a los chicos.

Me vibra el teléfono en el bolsillo antes de que termine la frase. Esta vez lo ignoro y sigo a Frazier y Gilles por la acera hacia el bar.

8

Wes

—¿No lo sabe nadie? ¿De verdad? —Kristine/Kai se queda boquiabierta en nuestro tranquilo rincón de la sala de baile. Después de casi una hora en la pista, finalmente decidimos tomarnos un respiro, y ahora nos estamos rehidratando. O, más bien, deshidratándonos, porque mi *whisky* y su Cosmo no aportan demasiado a nuestra ingesta diaria de agua.

—Nadie —confirmo.

Mueve la cabeza con incredulidad y su melena de rizos oscuros cae sobre un hombro desnudo.

—¿Ni uno solo de tus compañeros de equipo?

—No.

—Pero todos los miembros de tu equipo de la universidad sabían que eras gay. —Baja la voz al pronunciar la última palabra, y su mirada revolotea para asegurarse de que nadie nos oye.

—Eso fue en la universidad —digo en voz baja—. La NHL es un juego de pelota totalmente diferente, nena.

—Querrás decir juego de discos.

Sonrío.

—Juego de disco —repito.

Kai da un trago a su bebida.

—Menudo rollo, Ryan. —Ahora suena consternada—. ¿De verdad crees que sería un gran problema si se supiera?

—Los medios de comunicación estarían por todas partes, cariño. Ya lo sabes.

Emite un sonido de disgusto.

—Eso es ridículo, joder. El matrimonio homosexual es legal en Canadá desde hace años. ¿Por qué todavía hay tantos imbéciles intolerantes en este mundo? ¿Y por qué no los enviamos a todos a la Antártida?

Me río.

—Porque somos mejores personas que ellos.

—Tal vez no deberíamos serlo. Quizá deberíamos juzgarlos y perseguirlos para que sepan lo que se siente.

Agradezco su apoyo y su muestra de solidaridad, pero la verdad es que no tiene ni idea de lo que se siente. Solo puedo compartir la frustración con Jamie; en realidad, es el único que sufre esto conmigo. Y, aun así, no hablamos sobre ello a menudo, porque nos entristece mucho a los dos.

—¿Qué susurráis aquí en la esquina? —Blake aparece con un vaso en la mano y su característica sonrisa. Recorre lentamente con esos ojos verdes el cuerpo semidesnudo de Kai, antes de dirigirse a mí—. ¿Y por qué no me has presentado a esta diosa, Wesley? Creía que éramos amigos.

Hago las presentaciones, mientras Kai se sonroja de forma adorable, y pasamos los siguientes minutos charlando hasta que ella se excusa para ir al baño. En el momento en que Blake y yo nos quedamos solos, me hace un guiño exagerado.

—Bueno…

—Bueno… —repito.

—Buen trabajo, Wesley. Aunque me fastidia un poco que te me hayas adelantado. Está buenísima. Esos labios… Dios. Se me ocurren unos cuantos sitios donde ponerlos.

—Ya lo imagino.

—¿Y a ti? Porque se os ve muy cómodos el uno con el otro. Estoy algo celoso.

La paranoia me provoca un escalofrío que me recorre la columna vertebral, y elijo mis palabras con cuidado, porque Blake lo ha dicho de forma extraña. ¿O puede que no? Probablemente, solo quiere saber si Kai está disponible y si hay algo entre nosotros. Me apresuro a dar un sorbo al *whisky*.

—No, no es lo que estás pensando. Ella salía con el hermano de mi compañero de equipo. Es como una hermana para mí.

Se le ilumina la cara.

—Entonces, ¿no hay nada entre vosotros?

—No, tío. —Echo un vistazo a la pista de baile, aún abarrotada, y me pregunto cuánto tiempo más tengo que quedarme. Los discursos han terminado hace diez minutos, pero nadie se marcha, y no quiero ser el primero en largarse.

—¿Crees que es de las que solo quieren sexo o de las que BUA?

—¿BUA? —repito, como un eco.

—Buscan un anillo.

Sonrío. Joder. La verdad es que Blake Riley es muy gracioso.

—Creo que estás a salvo —digo—. Ahora mismo está centrada en su carrera de modelo. No creo que busque nada serio.

—Las palabras más dulces que he escuchado, hermano. —Procede a parlotear sobre lo mucho que le gusta estar soltero, y no deja de hacerlo hasta que pasa un rato sin recibir una respuesta por mi parte.

Me siento como un insecto bajo un microscopio ante el repentino e intenso escrutinio de Blake.

—He metido la pata, ¿verdad? —dice.

Arrugo la frente.

—¿Qué quieres decir?

—No querías venir a la fiesta esta noche.

No deja de analizarme y sus ojos se vuelven serios.

—No debería haber asumido que querías venir. He metido la pata, ¿verdad? —Agita una mano—. Te he arruinado la noche, ¿eh?

Lo dice como si fuera una afirmación, no como una pregunta. Y ese cosquilleo paranoico reaparece en mi nuca.

—Vestir de etiqueta no es lo mío. Me recuerda a las fiestas de mis padres.

Blake ladea su gran cabeza.

—Dijiste que no te llevas bien con tus padres. ¿A qué se debe?

—Eh —digo con evasivas—. Les gustan más sus fiestas de sociedad que yo.

Sigue mirándome.

—Siento haber insistido, Wesley. Lo siento.

Me encojo de hombros y busco una manera de zanjar la conversación.

—Aquí estoy, con o sin traje de pingüino. Y la verdad es que las mujeres son agradables a la vista.

Hay una larga pausa, y luego Blake vuelve a hablar:

—¿Qué hace Jamie esta noche?

El cosquilleo se convierte en un escalofrío que hace que me ponga tenso. ¿Por qué saca el tema de Jamie? Y lo ha llamado Jamie, no Bomba J o algún otro apodo que relegue a Jamie al territorio de compañero de piso.

—No lo sé —murmuro—. Quizá ha salido.

Blake no deja de observarme.

La necesidad de huir me golpea con fuerza, y tal vez sueno más seco de lo que debería cuando suelto:

—Mira, no pasa nada. No me entusiasma estar aquí esta noche, pero me lo he pasado bien, ¿vale?

Por suerte, nuestros compañeros nos interrumpen antes de que Blake responda o siga cotilleando. Eriksson lidera el grupo, con Forsberg y Hewitt a su lado. Por el ruido que hacen y el escándalo que montan cuando se unen a nosotros, es evidente que los tres han visitado bastante la barra libre esta noche.

—Vamos a The Lantern House —anuncia Eriksson, que golpea el aire delante de nosotros—. Y vosotros dos también os venís.

—Lo siento, tío, pero tengo planes —dice Blake. Mira en la distancia y una lenta sonrisa se extiende por su cara—. Y ahí está ella.

Forsberg abuchea a Blake mientras este se aleja del grupo y se acerca a la impresionante morena que acaba de entrar en el salón de baile. Kai lo saluda con una sonrisa deslumbrante, y no tardan en enredarse en la pista de baile.

Bien. Esto es genial. Blake está oficialmente ocupado esta noche, lo que significa que no hay posibilidad de que aparezca en el apartamento cuando llegue a casa.

Si eso se me hubiera ocurrido antes, habría pasado toda la noche presentándole mujeres.

Eriksson, sin embargo, no se desanima por la deserción de Blake. Me pasa un gran brazo por los hombros y me dice:

—Supongo que solo somos nosotros cuatro, chaval. Venga, vamos a nuestro *pub*.

La exasperación me aprieta la garganta. Joder, ni hablar. No iré a un *pub* con estos tíos; menos todavía cuando Jamie está esperándome en casa y he permitido que este maldito evento benéfico nos arruine la noche. Si me voy ahora, al menos tendría unas horas con Jamie antes de acostarnos. Mañana entrenamos temprano.

—Lo siento, yo también paso.

Pero he subestimado la tenacidad de Eriksson. O tal vez no me había dado cuenta de lo mucho que aprecia nuestra amistad.

—Ay, no me abandones. Hoy ha sido un día de mierda desde el momento en que me he despertado. —Su voz se vuelve torpe—. Necesito que mi equipo esté conmigo esta noche.

—Por supuesto, hermano —dice Forsberg—. No me creo que vaya a dejar pasar un polvo fácil por ti, pero incluso yo puedo respetar la regla de «primero los amigos, luego las tías» de vez en cuando.

Cómo odio esa frase. Sin embargo, la patética expresión en los ojos enrojecidos de Eriksson me hace sentir culpable. Su mujer le ha pedido el divorcio, por el amor de Dios. ¿Y yo he estado a punto de pasar de él para irme a casa y acurrucarme con mi novio?

—Está bien —digo finalmente mientras extiendo la mano y le doy unos golpecitos en el brazo—. Me apunto.

9

Jamie

Mis nuevos amigos eligen The Lantern House, que es un lugar bastante grande. Conseguimos una mesa alta en la parte de atrás, y Frazier se abre paso entre la multitud para traernos una jarra. El estruendo de la música y el zumbido de la charla a mi alrededor me levantan el ánimo. Me sorprende darme cuenta de lo poco que salgo a bares como este. Para ser un chico de veintitrés años, últimamente parezco un ermitaño. Gilles cuenta una anécdota divertida sobre cómo su equipo se perdió en Quebec, y me río con más facilidad que en mucho tiempo.

Echaba de menos esto. Wes y yo vamos a restaurantes juntos a veces, pero no es lo mismo que pasar unas horas en un bar.

—¿Jugamos a los dardos? Ese tablero acaba de quedarse libre —dice Gilles mientras señala hacia el fondo.

—Vamos —acepto.

Gilles nos explica las reglas de una partida de tres personas, y empezamos a tirar. Y con ello llegan las inevitables bravuconadas.

—Eres un portero, Canning. Apuesto a que no das en la diana —se pavonea Frazier.

Cuando lo hago, le toca pagar la siguiente ronda.

Tal vez sea inevitable, pero tres tipos atractivos que juegan a los dardos un sábado por la noche es algo que atrae a las mujeres. No pasa mucho tiempo hasta que tres chicas se fijan en nosotros.

Frazier y Gilles se pavonean aún más. Vamos por la segunda jarra cuando Frazier desafía a Gilles a que le deje disparar con un dardo a una manzana sobre su cabeza. Las chicas se deshacen en risas. Y menos mal que nadie encuentra una manzana, porque no quiero pasar el resto de la noche en urgencias con Gilles y un dardo en su ojo.

En cualquier caso, las chicas se nos echan encima en cuanto dejamos la diana. La morena decidida se lanza a por Frazier, que está más bueno que Gilles, con sus hoyuelos y unos impresionantes brazos en los que no debería fijarme. La morena no es tan guapa como sus dos amigas rubias, pero tiene un aire de mandona que, a su manera, es muy *sexy*.

Al parecer, a una de las rubias le gustan los cuadros escoceses, porque no tarda en pegarse al brazo de Gilles. Aunque he evitado a propósito el contacto visual con las tres, se aplica la ley de la selva. La tercera chica se acerca, se coloca delante de mí y asiente cada vez que hablo. Me pone una mano en la espalda y se ríe cuando cuento un chiste.

No es la primera vez que alguien intenta ligar conmigo en un bar, así que tampoco voy a asustarme. Además, no tiene pinta de ser insistente. Puedo invitar a una chica a un par de copas amistosas durante una hora y luego marcarme un «oh, vaya, qué tarde es, tengo que irme». No obstante, estoy agotado de fingir. Ya hay alguien en mi vida, y disfrutaría mucho más si pudiera pasar un buen rato con él.

Pero no se puede tener todo en la vida.

Eso es lo último que pienso antes de girar la cabeza y escudriñar la parte delantera del *pub*. Me fijo en un grupo de hombres con esmoquin que están cerca de la barra. Reconozco a uno de ellos de inmediato. Lo único que veo desde aquí es la parte posterior de la cabeza de Wes, su pelo oscuro y de punta, rapado cerca del cuello. Y conozco bien ese cuello. Me gusta posar la boca en esa piel suave, y cuando le lamo justo ahí, siempre gime.

La rubia que está a mi lado habla sin parar, y ahora tiene la mano en mi brazo. Pero ni siquiera oigo lo que dice, estoy muy distraído con todo este lío en el que me he metido. Busco en el bolsillo, saco el móvil y abro los mensajes de texto. Le envío uno a Wes:

Yo: Estoy detrás de ti.

Quiero avisarlo de que estoy aquí.

Yo: Date la vuelta.

Pero no lo hace.

Mientras tanto, mi nueva mejor amiga, Tracie, tiene una mano en mi brazo y un vaso de cerveza en la otra. De repente, esta noche ya no es divertida.

Wes

Eriksson es un desastre.

Nunca lo había visto borracho hasta las cejas. Está sociable, enfadado y al borde del llanto, todo a la vez.

—¿Otra ronda, chicos? —dice, arrastrando las palabras—. No me espera nadie en casa.

Verlo así me está matando. Eriksson es un tipo duro. Una vez, en el banquillo, se recolocó un diente que tenía suelto, en medio de un partido, tras haber recibido un golpe en la cara. Jugó el tercer período con una sonrisa de oreja a oreja y la sangre chorreando por la barbilla. Pero la resistencia, al parecer, no se extiende a que tu familia te abandone. Está colgando de una cornisa emocional, y no creo que pudiera atraparlo, incluso aunque fuéramos más cercanos.

Se hace tarde y está cada vez más borracho. ¿Qué puedo hacer? Sigo esperando a que alguien que lo conozca mejor dé un paso al frente y se ocupe de meterlo en un taxi y llevarlo a casa.

Eriksson es como un choque de trenes a cámara lenta que tengo que presenciar.

Y no ayuda que los fans no dejen de acercarse. Un grupo de tíos con esmoquin en un *pub* no pasa desapercibido. Pero Toronto es una ciudad de *hockey,* y las caras que me rodean son famosas. Los fans borrachos se acercan a pedir autógrafos. Una chica me pide que le firme el abdomen; lo hago sin tocarla con las manos.

—¡Me hace cosquillas! —grita.

—Mi casa está... vacía —gime Eriksson.

Voy a perder la cabeza en cuestión de minutos.

Se oye otro grito de una fan, y siento que se nos acerca otro grupito. Una morena se pone delante de mí.

—¡Dios mío, eres el novato Ryan Wesley! ¡Me encantó tu gol en Montreal la semana pasada! ¿Me firmas la funda del teléfono?

—Claro —respondo mientras ella invade mi espacio personal. Sonrío de todos modos, ¿acaso tengo alternativa? Entonces, levanto la cabeza para ver quién más está a nuestro alrededor... y me quedo pálido.

Jamie está de pie a metro y medio, y me fulmina con la mirada. Una chica rubia y delgada lo arrastra hacia mí.

—¿No quieres conocer al equipo? ¡También sois jugadores de *hockey!* Qué emoción.

Tres chicas se arremolinan a nuestro alrededor, y dos de los hombres que las acompañan se quedan atrás, a una distancia más cómoda, con las manos en los bolsillos y sonrisas de disculpa en los rostros.

Luego está Jamie, que levanta una ceja como si preguntara: «¿Cómo narices nos metemos en estas situaciones?».

La insistente morena agarra a uno de los otros tíos.

—¡Estos son Frazier, Gilles y Canning! —dice alegremente, como si fuéramos mejores amigos. Yo también reconozco los nombres de esos tíos. Son los coentrenadores de Jamie—. ¡Saludad, chicos! Esto es increíble.

Sus acompañantes se dan la mano con mis no tan borrachos compañeros de equipo, aunque Eriksson se balancea un poco. Jamie mantiene los brazos cruzados, y yo no aguanto más. Le tiendo una mano.

—Hola, ¿cómo estás? Cuánto tiempo sin verte. —Le guiño un ojo con la esperanza de que me responda con una sonrisa.

Jamie me estrecha la mano.

—Sí, ha pasado mucho tiempo —murmura.

—¡Espera! —chilla la rubia que está pegada a él—. ¿Conoces a Ryan Wesley? ¡No puede ser!

«Pues sí. Bíblicamente».

—Nos conocemos desde hace tiempo —digo—. De un campamento de *hockey.*

Su bonita boca se abre, y veo que mira a Jamie como si lo viera por primera vez. Pone los ojos como platos y le da un apretón en el brazo.

No soporto ver esa mano ahí.

—¡No me lo habías dicho! —chilla, y luego le da un ligero golpe en el pecho.

—Así es. —La cara de Jamie parece bastante amable para todos los que están en este bar menos para mí. Tendrías que conocerlo tan bien como yo para darte cuenta de lo enfadado que está.

Ella se acerca y levanta la barbilla hacia él. La maniobra es, sin duda, insinuante.

—¿En qué posición juegas?

Resoplo sin pensarlo. Pero, de todos modos, ella no se da cuenta. La chica rodea a mi novio con los brazos y lo aparta del grupo.

Joder, no puedo más, así que me doy la vuelta. Si hace diez minutos pensaba que la noche era desalentadora, ahora estamos hablando de un «callejón del suicidio».

—Oye, Forsberg. —Me abro paso entre la multitud para dirigirme al hombre con el que Eriksson lleva tres años patinando—. ¿Qué plan tienes para nuestro amigo aquí presente? —Si no se ocupa de resolver este problema, lo obligaré a hacerlo.

—Supongo que debería llevarlo a casa.

«¿Tú crees?». Espero tres minutos más y, como Forsberg no reacciona, insisto:

—Cuantas más copas beba, más difícil será.

—Supongo que tienes razón. —Por fin, por fin, agarra a Eriksson del cuello y le dice—: Es hora de irse, amigo. Ya hemos armado bastante jaleo esta noche.

No me digas.

Me doy la vuelta para ver cómo se lo está montando Jamie, y, joder, casi se lo está montando con la rubia. Se ha pegado a él, y sus manos van hacia el culo de mi novio. No estoy preparado para la oleada de impotencia y celos que me ahoga al ver sus dos cabezas rubias tan cerca. En serio, tengo ganas de lanzar un taburete de la barra contra la pared.

A Jamie le atraen las mujeres. Incluso después de ocho meses juntos, todavía me resulta difícil aceptarlo. He visto cómo mira a las chicas por la calle, y me duele. No es que yo sea un santo... A veces también miro a otros chicos. Apreciar el atractivo de los demás forma parte de la naturaleza humana, pero me aterra pensar que compito contra hombres y mujeres por el afecto de Jamie.

«No compites por él, idiota. Él ya es tuyo».

Ese pensamiento me tranquiliza un poco. Pero, mientras los observo, me percato de algunos detalles más de la escena. En realidad, Jamie se retuerce de irritación, no de lujuria. Y la mano con la que yo creía que sostenía la de ella, en realidad está tratando de despegar la de ella de su nalga.

—Perdona —lo oigo decir—. Tengo que ir al baño.

Juro por Dios que oigo un sonido de succión cuando la separa de su pecho. Entonces, Jamie sale disparado hacia los servicios, más rápido de lo que nunca lo he visto, ni siquiera en patines.

Y así, sin más, lo sigo. Me importa una mierda quién me vea. El nudo de celos en mi estómago es más urgente que el miedo a que me descubran.

Un tío que sale del baño me abre la puerta. Entro en la oscura estancia, donde encuentro a Jamie de pie, junto al lavabo, mientras se frota las manos.

—Hola —dice, sorprendido.

No digo nada. Lo agarro por el codo y lo llevo hacia una de las tres cabinas. Lo meto dentro y cierro la puerta de un golpe. Luego, lo empujo contra la abollada pared metálica y lo beso con fuerza.

Me agarra la cara con las dos manos mojadas, y da tanto como recibe. Me mete la lengua hasta hacerme daño con los labios. Es un beso furioso. Me oigo gruñir de sorpresa y angustia.

No me malinterpretéis... Es muy *sexy*, pero Jamie y yo no somos de besos furiosos. Somos más bien de esas parejas que se besan con deseo, se hacen cosquillas y luego se ríen mientras caen en la cama.

Pero esta noche no.

Golpeo las caderas contra las suyas y la cabina se tambalea. Ataco su boca y me aferro a su camisa. Sabe a cerveza, y hay un olor empalagoso a perfume que se adhiere a él. Sigo besándolo al tiempo que intento perder ese extraño aroma y olvidar esta noche desastrosa.

Pero oímos un sonido repentino de voces, que se elevan y ganan fuerza, y luego se callan de nuevo cuando alguien abre la puerta y la cierra de nuevo.

Nos quedamos paralizados, boca contra boca. Nuestros ojos se encuentran a una distancia demasiado corta, y eso distorsiona la vista, por lo que Jamie parece un cíclope rubio enfadado.

Aparto la boca de la suya, pero nuestras frentes permanecen presionadas la una contra la otra. Y ambos intentamos no jadear por la rabia y el esfuerzo.

Quien esté fuera de la cabina silba borracho para sí mismo. Oigo el revelador sonido del chorro de orina que cae en el urinario. Es posible que solo haya pasado un minuto cuando el tipo se sube la cremallera y se va, pero parece más tiempo, porque tengo que mirar fijamente a los ojos iracundos de Jamie. Me preguntan por qué tiene que ser así.

La puerta vuelve a cerrarse y el baño se queda en silencio. No obstante, pasa un rato antes de que hablemos.

—Despídete de tus amigos —digo con brusquedad—. Vamos a casa.

—Tú primero —espeta—. Tú eres el famoso que no puede caminar por aquí sin que lo paren.

Quiero rebatirlo, pero eso solo retrasaría nuestro viaje a casa. Así que hago lo que debo: salgo de la cabina y del baño. Solo quedan dos de mis compañeros de equipo en el bar. Me despido de ellos y salgo a esperar a Jamie en la acera.

Tarda un poco, quizá se está despidiendo de sus compañeros de trabajo. Me doy cuenta de que no he conocido a ninguno de los tíos con los que trabaja a diario. Joder, ¿cómo de retorcido es eso?

Recuerdo a la chica que se frotaba contra él. Tal vez quiera convencerlo para que no se vaya solo. Sé que no lo hará, pero me dan náuseas solo de pensarlo.

Por fin sale, con las manos en los bolsillos y una expresión sombría en el rostro.

Levanto la mano con la esperanza de que un taxi nos recoja y acabe con esta noche de mierda. Para mi alivio, uno frena delante de mí de inmediato. Abro la puerta y le hago un gesto a Jamie para que suba primero. Cuando lo hace, casi me desplomo de alivio en las calles de Toronto.

De camino a casa, no hablamos y, cuando llegamos, Jamie va directo a la ducha. Quizá le molesta el olor de ese perfume, o tal vez quiera prepararse para una sesión intensa de sexo de reconciliación.

Cuando por fin sale, estoy en la cama. Desnudo. Listo.

Pero Jamie se pone unos pantalones de franela y ahueca la almohada antes de meterse, de espaldas a mí. Sin perder la esperanza, me acerco hacia él y le beso el hombro.

—Lo siento, cariño —digo—. Deja que te compense.

—Me duele un poco la cabeza —murmura.

Si fuera de los que lloran, eso habría acabado conmigo.

En cambio, le beso el hombro una vez más. Luego me doy la vuelta y empiezo a contar las semanas que faltan para que acabe la temporada. No lo soportaré mucho más, no si hace infeliz a Jamie.

10

Jamie

La mañana siguiente transcurre en una lenta rutina de tensión y frustración.

Wes y yo no estamos muy bien. Sabe que estoy enfadado por lo que pasó anoche: me encontré con él en ese *pub* y tuvimos que fingir que éramos viejos conocidos en lugar de amantes. Mejor dicho, novios.

Para empeorar las cosas, el padre de Wes llama la tarde siguiente a nuestra debacle. Como el señor Wesley nunca se molesta en llamar, me pongo tenso en cuanto oigo a Wes decir:

—Hola, papá. ¿Qué necesitas?

El hombre nunca llama, a menos que necesite algo.

—Ya veo —dice Wes después de escucharlo un rato—. Supongo que es posible.

Esto no me dice nada. Limpio a fondo el fregadero de la cocina como si estuviera enfadado. Me pregunto cuándo colgará el teléfono y me contará qué pasa. Y al ver que no lo hace de inmediato, me encuentro echando agua al fregadero. Luego silbo para mí mismo. Hago estos ruidos porque a Roger Wesley no le gusta que su hijo viva con un hombre. Yo no existo para ese imbécil, así que me divierto recordándole que estoy aquí.

Es divertido y patético a la vez.

Pero Wes se aleja y se lleva el teléfono a nuestro dormitorio, donde puede oírlo mejor.

Así que mi intento infantil porque me reconozcan no da resultado, pero al menos tengo el fregadero impecable.

Cuando Wes reaparece, estoy de mal humor y ni siquiera le pregunto por su conversación, porque no estoy seguro de poder hablar con calma.

Se sienta en la barra y me observa hasta que, por fin, abandono la farsa y tiro la esponja.

—¿Qué?

Pasa un rato antes de que hable. Nunca había estado tan molesto como ahora. Acabo de descubrir que enamorarse tiene un lado oscuro. Cuando estás enfadado con el amor de tu vida, es imposible sentir alegría.

—Mi padre ha llamado —dice por fin.

—Eso ya lo sé —contesto, pero mi tono es más amable que las palabras en sí.

Él asiente con la cabeza.

—¿Recuerdas a su amigo del *Sports Illustrated?*

—Claro. El tío quería hacer una especie de serie sobre tu temporada de novato en la que él tuviera acceso total.

Wes asiente con la cabeza.

—Pues, como mi temporada de novato va tan bien, está molesto porque rechacé la oferta, y está presionando a mi padre para conseguir una entrevista exclusiva.

—¿No puedes negarte? —Tampoco sería la primera vez.

Mi novio se mira las manos.

—Esta vez también me insiste por otro lado. Está apoyándose en Frank para conseguir la historia.

Ah. Frank es el encargado de relaciones públicas, y Wes nunca le dice que no; cree que todo el asunto de su salida del armario será más fácil si Frank está de su lado.

—Bueno... ¿Y si le dices al tío que, si espera hasta junio, tú le darás una historia por la que habrá valido la pena esperar?

Wes me mira.

—No puedo hacer eso. Sería como colgar un ratón delante de una pitón y pedirle que no se lo coma. Se pondría a cavar. Con ese tipo de pista, ¿cuánto crees que le costaría encontrar lo que quiere y, simplemente, contar la historia sin más?

Mierda.

—Vale. Eso no funcionará.

—¿De verdad lo crees? —Se le quiebra la voz—. Cariño, solo pienso en eso. He imaginado todos los escenarios posibles. No es que no lo intente, ¿vale?

Sé que se siente acorralado, y lo entiendo. El problema es que no veo que eso vaya a cambiar en junio, y me preocupa que él no pueda sobrellevarlo. Que la idea de un circo mediático le resulte tan horrible que no sea capaz de tomar una decisión.

¿Qué narices haré entonces? Si Wes decide que necesita otro año para jugar al *hockey* profesional antes de salir del armario, no creo que pueda aguantar.

De repente, nuestro apartamento es demasiado pequeño.

—Voy a correr —anuncio.

—¿Ahora? —pregunta. Por lo general, pasamos juntos las horas previas a un partido, a menos que yo esté en un entrenamiento o jugando fuera.

—Solo será un rato —murmuro, sin mirarlo a los ojos.

Me cambio a toda prisa, me pongo los auriculares y salgo del apartamento. Hay cintas de correr en el «gimnasio» de la azotea de nuestro edificio. Pongo una máquina a un ritmo vertiginoso y libero mis frustraciones en la cinta de correr.

Se supone que debemos hablar de esto. El problema es que sé exactamente lo que dirá Wes: que en junio se acaban los secretos. Pero ahora mismo esa fecha me parece escogida al azar. ¿Por qué no en mayo? ¿O en julio?

¿Por qué?

Aunque sé que Wes es un hombre de palabra, estoy preocupado. Sé que lo que le pido es complicado, y no me gusta ser el que le obligue a hacerlo. No quiero que me odie si algo de esto sale mal.

No soportaría que eso ocurriera.

Media hora más tarde, estoy sudado, pero no menos triste.

Mientras bajo al apartamento, me pregunto qué diré si Wes quiere hablar de ello.

Pero resulta que no hablaremos al respecto.

Al salir del ascensor en nuestra planta, oigo unos golpes.

—¡Wesley! ¡Bestia loca! ¡Abre!

Blake Riley está de pie frente a nuestra puerta.

—Hola —digo, porque no soy lo bastante inteligente como para volver al gimnasio para hacer uno o dos kilómetros más hasta que se dé por vencido.

—¡Bomba J! —El rostro de Blake se ilumina al verme—. Tengo una resaca de la leche. ¡Es como si una oveja con colmillos me estuviera comiendo la cabeza!

—¿Una… oveja? —¿Qué? Lo empujo a un lado y abro la puerta del apartamento.

—Tío, necesitas una ducha —comenta Blake mientras me sigue dentro y se dirige a la cocina—. Necesito dos *pizzas* y un litro de café. ¿Cómo va tu equipo, tío? ¿Qué quieres que lleve tu *pizza?*

—Um… —No sé a qué responder primero.

—¿Salchicha o setas?

Al menos esta es una pregunta de opción múltiple.

—¿Las dos?

—Sabía que me gustabas. Ve a ducharte. Yo haré café —dice el tipo desde el centro de mi propia cocina.

La puerta del baño se abre desde el interior de nuestro dormitorio.

—¿*Babe?* * —Wes me llama.

«¡Mierda!».

—¿Qué necesitas, Ryan? ¡Por cierto, Blake quiere saber qué quieres en la *pizza!*

Blake levanta la vista de su teléfono.

—¿Tu apodo es Babe? ¿Como el cerdo de la película? —Se ríe.

—No, imbécil —dice Wes al doblar la esquina—. Como Babe Ruth[†].

—¿Estás de mal humor, Wesley? ¿También tienes resaca? Voy a pedir *pizza.* —Se pone el teléfono en la oreja—. Esperaré. Pero, por favor, dese prisa, estamos desesperados.

Los dejo ahí sin decir nada más y me ducho en nuestro baño. Blake está demasiado ocupado hablando como un loco para darse cuenta. Cuando vuelvo diez minutos después, no se ha movido de la cocina. Ahora sostiene el café en una de las tazas que hizo mi madre, y me molesta, porque tengo que utilizar una con la insignia del equipo de Toronto en su lugar.

---

* Significa «cariño» en inglés. *(N. de la T.)*

† Jugador profesional de béisbol estadounidense. *(N. de la T.)*

Dado el estado de ánimo en el que me encuentro, es probable que el café sea una mala idea, pero me lo sirvo de todos modos.

No es un consuelo que Wes parezca tan deprimido como yo.

Las *pizzas* llegan durante un monólogo de Blake Riley sobre la película *Babe*, la modelo con la que se enrolló anoche y algo sobre que las ovejas dan miedo. No presto mucha atención. Mientras Blake sale al pasillo para pagar, Wes se inclina sobre la encimera y pone una mano sobre la mía.

—¿Qué tal te ha ido la carrera?

—Bien. —No estoy seguro de que pudiera contarle todos los miedos que siento, incluso aunque Blake no estuviera aquí. Pero su presencia no ayuda.

Wes suspira y Blake reaparece. Comemos *pizza* y vemos un programa diurno de entrevistas que solo le interesan a Blake.

Me aseguro de mirar al sillón de la muerte mientras Blake deja su plato en la mesa de centro. Wes no es estúpido. Va hacia allí y se deja caer sobre la fea tapicería como un hombre resignado. Ahora me siento como un imbécil, porque tiene que jugar contra los Oilers dentro de unas horas, y espero que toda la parte baja de su espalda no se resienta por estar sentado ahí.

Si pierden esta noche, me sentiré aún más culpable. Qué bien.

—¿Alguna vez vienes a nuestros partidos, Bomba J? —pregunta Blake mientras me termino la *pizza*.

—A veces —digo con la boca llena—. Pero tengo entrenamiento esta noche.

—Genial —responde mientras me quita el plato de las manos. Aprecio sus habilidades de limpieza, aunque no estoy seguro de que compensen del todo sus irrupciones.

Mientras Blake se va a la cocina, me suena el móvil. Me inclino hacia delante y veo el icono de notificación de Facebook. Por lo general, no me importaría lo suficiente como para hacer clic en él, a menos que sea de alguien de mi familia, pero Wes está enfurruñado en su sillón y yo lo estoy por dentro, así que necesito desesperadamente una distracción antes de iniciar una discusión de pareja justo delante de Blake.

Abro la aplicación y encuentro una actualización de estado de Holly, mi amiga de la universidad. Dice que ahora tiene una relación, y hay dos fotos: a la izquierda, una de Holly, del tamaño de un duendecillo y, a la derecha, una de un hombre tan enorme como una montaña. Hacen una pareja tan extraña —físicamente, al menos— que no puedo evitar un soltar una carcajada.

Esto, por supuesto, capta la atención de Blake. Ha terminado de limpiar, y ahora se inclina sobre el respaldo del sofá para echar un vistazo a mi teléfono.

—Ooooh —dice en señal de aprobación mientras da un golpecito con la punta del dedo en la foto de Holly para ampliarla—. ¿Y quién es esta pequeña y *sexy* criatura?

—Ah, es una amiga de la universidad —contesto. Por alguna razón absolutamente estúpida, me veo obligado a añadir—: Una ex, supongo.

Blake me mira sorprendido. O, más bien, confuso; su expresión es indescifrable. Tampoco se me escapa cómo a Wes se le tensan los hombros en mi visión periférica.

—¿Mensajes de Holly? —Wes suena indiferente, pero sé que no es así.

—Qué va —digo sin mirarlo—. Ha aparecido una actualización de su estado en Facebook. Supongo que tiene un nuevo novio.

—Me alegro por ella. —Una vez más, el tono de su voz solo se percibe si lo conoces tan bien como yo.

Uno de los mayores temores de Wes cuando empezamos a salir era que mi atracción por las mujeres se interpusiera entre nosotros. Le he asegurado una y otra vez que él es el único al que quiero, pero a veces me pregunto si alguna vez me creerá. El problema es que Wes está acostumbrado a llevarse decepciones. Creo que no es algo que tema, sino algo que espera, como si viviera siempre asumiendo lo inevitable. «¿Cuándo me repudiarán oficialmente mis padres?». «¿Cuándo se enterará el mundo de que soy homosexual?». «¿Cuándo me echarán del equipo?». «¿Cuándo me dejará Jamie?».

Yo hago todo lo que puedo para ofrecerle esa tranquilidad que necesita, pero en este momento tengo los nervios a flor de piel. No puedo darle lo que quiere ahora mismo, así que me centro en Blake e ignoro a mi claramente preocupado novio.

—¿Estuviste con esta preciosidad? —dice Blake muy despacio.

Asiento con la cabeza.

—Fue más bien una cosa de «amigos con derechos». —Tengo la sensación de que no me cree. O que, si lo hace, no le encuentra sentido.

La preocupación me quema por dentro. Creía que Wes y yo habíamos hecho un buen trabajo para mantener a Blake Riley en la inopia, pero ahora empiezo a preguntarme hasta qué punto hemos tenido éxito.

Por fin me atrevo a buscar los ojos de Wes, pero él no me mira. Su mandíbula está tensa. Y está agarrando con fuerza los brazos del sillón de la muerte. Joder. ¿Por qué todo es tan difícil de pronto? ¿Será siempre así?

—Deberíamos irnos ya —comenta Blake a Wes.

Mi novio se levanta de la silla y evita mi mirada.

—Voy a por mi equipo —murmura.

Unos minutos más tarde, Wes y Blake se van a calentar antes del partido, y casi me siento aliviado. La tensión entre Wes y yo es insoportable. Por supuesto, ahora el apartamento está tan silencioso como una tumba, y me quedo a solas con mis pensamientos pesimistas.

No sé qué es peor.

A la mañana siguiente, salgo de casa mientras Wes ronca suavemente en la cama. No me escabullo intencionadamente como un ladrón en la noche, bueno, en la mañana. Tengo que llegar a una reunión de personal a primera hora y me da pena despertarlo, aunque sea con un rápido beso de despedida. O, al menos, esa es mi excusa, y me aferro a ella.

Pero no tengo una buena excusa para explicar por qué anoche me hice el dormido cuando llegó a casa después del partido. ¿Cobardía, tal vez? ¿Agotamiento?

Estoy seguro de que Wes está tan cansado de la tensión como yo. Lo sé. Durante los años que pasamos juntos en el campamento de *hockey*, nunca tuvimos problemas para hablar el uno con el otro. Lo único que hacíamos era hablar. Sobre música. Sobre dónde habíamos crecido. Sobre nuestras opiniones de las diferentes marcas de desodorante y el cisma de Superman/Batman, y sobre qué candidatos presidenciales tenían los nombres más estúpidos.

Y, ahora que somos pareja, hemos olvidado cómo tener una conversación. Es como si fuéramos dos conocidos que hablan del tiempo. Joder, durante los últimos dos días nos hemos comportado como simples conocidos que caminan de puntillas y se evitan, temerosos de decir algo incorrecto y molestar al otro. Ni siquiera hemos hablado de la noche en el *pub*, por el amor de Dios. ¿Y el sexo? Olvídalo. Ni siquiera nos hemos besado desde nuestro furioso encuentro en el baño del *pub*.

No sé cómo mejorar la situación. Lo quiero, de verdad, pero no me imaginaba lo difícil que sería esto.

Durante la reunión de entrenadores me siento fatal, y espero desesperadamente que mis compañeros no se den cuenta de lo distraído que estoy mientras nuestro jefe, Bill Braddock, habla y habla sobre el pedido de nuevos equipos y las clases prácticas de verano que llevará a cabo la organización. Una hora más tarde, la reunión llega a su fin y me levanto de la silla, ansioso por llegar a casa. Es un poco ridículo por mi parte volver al apartamento ahora mismo, pero el entrenamiento no empieza hasta dentro de tres horas, y lo último que me apetece es dar vueltas por el estadio.

—Jamie. —La voz de Braddock me detiene antes de que pueda salir corriendo por la puerta.

Me trago un suspiro y me doy la vuelta lentamente.

—¿Sí, entrenador?

—¿Va todo bien? —Su tono es suave, pero noto la preocupación en sus ojos.

—Todo bien —miento.

—Parecías un poco distraído esta mañana. —Mierda. Supongo que alguien se ha dado cuenta. La mirada de Bill se agudiza—. Sé que tu portero tiene problemas, pero no quiero que te lo tomes como algo personal.

No lo hago. Es una cosa más que va mal en mi vida.

—Se recuperará —digo—. Tiene las habilidades, pero está pasando por una mala racha. A todos los porteros les ocurre.

Bill asiente pensativo.

—Cierto, pero tal vez tengamos que ofrecerle algo más de apoyo. Podría pedirle a Hessey que pase un tiempo con el chico, que lo ayude a encontrar su confianza. Aquí no solo creamos campeones, formamos a jóvenes. Por suerte, tenemos todos los recursos que necesitamos para ayudar a los que tienen dificultades.

Un estallido de pánico me recorre la columna vertebral.

—Dame un par de semanas con él —digo con más calma de la que siento. No puedo permitir que Bill crea que mi entrenamiento no es suficiente, porque, entonces, ¿para qué narices estoy aquí?—. Dunlop no se sentirá seguro de sí mismo si tiene la impresión de que es un niño problemático.

Braddock se frota la barbilla.

—Si eso es lo que piensas, me parece bien, pero la moral de tu equipo está por los suelos, y Dunlop no es el único que necesita relajarse. Creo que un poco más de cariño y atención por parte del cuerpo técnico sería justo lo que necesitan para recomponerse.

Se me cae el alma a los pies. No quiero que un entrenador más veterano resuelva el problema de Dunlop cuando yo mismo puedo ayudarlo. Y Braddock es un hombre inteligente, pero si hay un entrenador en nuestro equipo que necesita una intervención, ese es Danton y su maldita bocaza. No puedo creer que Braddock no lo vea.

—Hablaré contigo la próxima semana —le prometo.

Bill me da una palmada en el hombro.

—Eso espero; hablaremos pronto. —Luego me deja y yo le doy vueltas al asunto.

Tengo la sensación de que lo único que he hecho durante los últimos dos meses ha sido «perder». He perdido la paciencia, la capacidad de hablar con mi novio, y esa facilidad indescriptible que siempre ha existido entre Wes y yo.

Pero ¿de verdad la hemos perdido, o solo la hemos traspapelado? Me torturo un poco más mientras me subo al metro y me dirijo a casa. Wes ya se ha ido a patinar por la mañana, y me siento aliviado. Luego me siento culpable por sentirme aliviado. Y enfadado por sentirme culpable. Y molesto por estar enfadado. Hoy no me gustan mis emociones.

Lo primero que veo al entrar en el salón es el sillón. O, todo lo contrario, más bien. El sillón de la muerte ha desaparecido.

Se me desencaja la mandíbula. Me acerco al nuevo sillón, que ocupa el lugar del que ha aparecido en mis pesadillas durante meses. Wes debió de encargarlo ayer; es un mueble grande, negro y cómodo, que tiene más botones y diales que cualquier otro sillón.

Hay una nota adhesiva pegada en uno de los brazos acolchados. La quito y ojeo la familiar letra de médico de Wes:

El tío de la tienda dijo que este nos iría mejor para la espalda. Tiene diez configuraciones de masaje diferentes. Deberíamos usarlo en las pelotas y ver si sirve como juguete sexual. Crucemos los dedos.

Vuelvo a leer la nota y miro el sillón de nuevo. Me debato entre reír y maldecir.

Sin embargo, mi buen humor se desvanece en un suspiro, porque… Mierda, es típico de Wes pensar que un mueble borrará la tensión que hay entre nosotros.

Arrugo la nota entre los dedos. Wes se engaña a sí mismo si cree que los sentimientos heridos y el resentimiento se suavizan con un sillón.

11

Jamie

El viernes, Wes se marcha a un partido en Nueva York y, sinceramente, vuelvo a estar aliviado. Me odio a mí mismo por sentirme así, pero me ha costado mucho trabajo poner buena cara
esta semana. Tampoco me sale ahora, porque el entrenamiento
de mi equipo está siendo un auténtico desastre.

Mientras que el equipo de Wes ha ganado sus dos partidos
en casa esta semana, el mío lleva una racha de cuatro derrotas
seguidas desde el torneo de Montreal. La moral está baja. Los
chicos están enfadados y frustrados, y eso se refleja en su juego.

Hago sonar el silbato por tercera vez en diez minutos mientras patino hacia los dos adolescentes con la cara roja que están
intercambiando palabras poco agradables en el *faceoff*.

—Calmaos —exclamo al oír un insulto bastante desagradable sobre la madre de un compañero de equipo.

Barrie ni siquiera parece arrepentido.

—Ha empezado él.

—¡Una mierda! —protesta Taylor.

Estallan en otra ronda de acaloradas discusiones, y tardo
unos segundos en entender por qué se pelean. Al parecer, Barrie
acusó a Taylor de ser la razón por la que perdimos el último
partido, ya que este último fue quien cometió un penalti totalmente innecesario que hizo que el otro equipo marcara en el
«juego de poder».* Taylor se negó a cargar con la culpa —¿y
por qué debería hacerlo? Se necesita mucho más que el error de

---

* Término deportivo utilizado para describir un período de juego en el que un
equipo tiene una ventaja numérica en los jugadores, generalmente debido a
una violación de las reglas por parte del equipo contrario. *(N. de la T.)*

un jugador para perder un partido—, y empezó a gritar que la madre soltera de Barrie es una asaltacunas.

Es evidente que mis jugadores no están gestionando muy bien nuestras últimas derrotas.

—¡Basta! —Corto el aire con la mano y silencio a los dos adolescentes. Miro fijamente a Barrie—. Echar la culpa a los demás no hará que recuperemos esos partidos. —Miro a Taylor—. Y hablar mal de la madre de alguien no te hará ganar ningún amigo.

La expresión de los chicos se ensombrece con resentimiento.

Toco el silbato de nuevo y ambos dan un respingo.

—Un minuto de sanción por conducta antideportiva. Al banquillo los dos.

Mientras patinan hacia sus respectivos banquillos, me doy cuenta de las expresiones de descontento de sus compañeros de equipo. Lo entiendo, yo también odio perder. Pero soy un exjugador de *hockey* universitario de veintitrés años con muchas derrotas en su haber y una piel gruesa como resultado. Ellos son jóvenes de dieciséis años que siempre han destacado en el deporte y han sido los mejores jugadores de los equipos del colegio o del instituto en los que jugaban. Ahora están en una categoría superior donde compiten con chicos que son tan buenos o mejores que ellos, y no están acostumbrados a dejar de ser los primeros.

—Me cago en todo —protesta Danton una hora más tarde, mientras entramos en el vestuario de los entrenadores—. Estos pequeños maricones son unos malcriados…

—No los insultes —lo interrumpo, pero es como gritar al viento, así que no se da por aludido y sigue despotricando.

—… por eso no dejan de perder —continúa—. No tienen disciplina ni ética de trabajo. Creen que les van a servir las victorias en bandeja de plata.

Frunzo el ceño mientras me siento en el banco y me desato los patines.

—Eso no es cierto. Han trabajado duro durante años para llegar hasta aquí. La mayoría de estos chicos aprendieron antes a patinar que a caminar.

Hace un sonido burlón.

—Exacto. Eran niños prodigio del *hockey*, a los que sus padres, profesores y entrenadores colmaron de elogios. Creen que son los mejores porque todo el mundo lo dice.

Me gustaría decirle que, de hecho, son los mejores. Estos niños tienen más talento en los dedos que la mayoría de los jugadores, incluso de los que juegan en la NHL. Solo necesitan pulirlo, desarrollar sus habilidades y seguir aprendiendo.

Pero no tiene sentido discutir con Danton. El tío es un jugador decente, pero empiezo a pensar que su ignorancia es una enfermedad incurable. Frazier me dijo la otra noche que Danton creció en un «poblacho del norte» —palabras de Frazier, no mías—, donde los prejuicios y la intolerancia se transmiten de generación en generación. No me sorprendió oír eso.

Me apresuro a meter los patines en la taquilla y me pongo las botas y el abrigo de invierno. Cuanto menos tiempo pase con Danton, mejor. Aunque me fastidia que el tío no me caiga bien, ya que es con quien más trabajo.

Cuando salgo del estadio cinco minutos después, me desanima comprobar que sigue nevando. Esta mañana me he despertado con una tormenta de nieve que arreciaba frente a mi ventana. Por ello, el entrenamiento se ha aplazado tres horas hasta que las máquinas quitanieves de la ciudad han deshecho las montañas que se habían formado en las calles durante la noche. He conducido el Honda Pilot de Wes al trabajo porque no tenía ganas de hacer la larga caminata hacia y desde el metro en tales condiciones.

Atravieso a duras penas el aparcamiento cubierto de nieve, me meto en el gran todoterreno negro, enciendo al instante el calentador del asiento y pongo la calefacción a tope. Los copos blancos caen sin cesar más allá del parabrisas, y me pregunto si el tiempo será tan malo en Nueva York. Wes me ha enviado un mensaje de texto para decirme que habían aterrizado sin problemas, pero ahora la nieve cae con más fuerza que esta mañana y me preocupa que no pueda volver esta noche. O quizá simplemente estoy aliviado, otra vez. Si Wes se queda atrapado por la nieve, esta noche no tendré que fingir que las cosas van bien entre nosotros.

Me trago un gemido y salgo del aparcamiento, pero cuando solo llevo cinco minutos de camino a casa, me suena el teléfono.

Como tengo el móvil conectado al todoterreno por *Bluetooth,* veo en la pantalla del salpicadero del coche que es mi hermana la que llama. Solo tengo que pulsar un botón para contestar, y dejar las manos libres para conducir entre toda la nieve que hay en la carretera.

—Hola —saludo a Jess—. ¿Qué tal?

En lugar saludarme, dice:

—Mamá está preocupada por ti. Cree que los extraterrestres han bajado a Toronto y te han convertido en uno de ellos.

—C-3PO —digo de forma monótona.

La risa de mi hermana resuena en el coche.

—He dicho extraterrestres, no robots. Estoy bastante segura de que los extraterrestres tienen un lenguaje más avanzado que C-3PO. —Hace una pausa—. Pero, en serio, ¿estás bien en Siberia, Jamester?

—Estoy bien. No tengo ni idea de por qué mamá está tan preocupada; anoche hablamos por teléfono.

—Precisamente por eso. Dijo que no sonabas como siempre.

No es la primera vez que maldigo a mi madre por conocerme tan bien. Llamó mientras Wes y yo veíamos *Banshee* en extremos opuestos del sofá. Fue otra noche llena de tensión entre nosotros, pero creía que había sonado bastante convincente al teléfono.

—Dile que no hay de qué preocuparse. Todo va bien por aquí. Lo prometo.

Por desgracia, Jess me conoce tan bien como mamá. De todos mis hermanos, ella es la más cercana en edad a mí y siempre hemos estado muy unidos.

—Mientes. —La sospecha agudiza su voz—. ¿Qué no me estás contando? —Hay un jadeo repentino—. Oh, no. Por favor, no me digas que Wes y tú habéis roto.

El dolor me atraviesa el corazón. La mera idea me asusta.

—No —me apresuro a responder—. Por supuesto que no.

Parece aliviada:

—Vale. Menos mal. Ya me tenías preocupada.

—Wes y yo estamos bien —le aseguro.

Nos quedamos en silencio, y luego:

—Mientes otra vez —maldice en voz baja—. ¿Tenéis problemas?

93

La frustración hace que apriete los dedos sobre el volante.

—Estamos bien —repito cada palabra de forma mecánica.

—James. —Su tono es firme.

—Jessica. —Pero el mío más.

—Te juro por Dios que, si no me dices lo que está pasando... se lo diré a mamá. Y a papá. En realidad, no, llamaré a Tammy.

—Mierda, no lo hagas. —La amenaza es suficiente para soltarme la lengua, porque, por mucho que quiera a nuestra hermana mayor, Tammy es incluso peor que mamá cuando se trata de mí. Cuando nací, Tammy, que tenía doce años, dijo a toda la familia que yo era su bebé. Me llevaba de un lado a otro como si fuera su muñeco, y se encargaba de mí como una mamá gallina. Con el tiempo, se relajó un poco, pero todavía es ridículamente sobreprotectora conmigo, y es la primera persona que viene a mi rescate cuando tengo problemas. O cuando cree que tengo problemas.

—Estoy esperando...

La voz severa de Jess me provoca otro gemido silencioso. Respiro y le doy la menor cantidad de detalles posible:

—Wes y yo estamos en un lugar extraño ahora mismo.

—¿No estás siendo muy misterioso? A ver, define raro. Y por lugar, ¿estamos hablando de un lugar literal? ¿Estás en un club S&M ahora mismo? ¿Te has unido al circo?

Pongo los ojos en blanco.

—Sí, Jessica, nos unimos al circo. Wes entrena focas y yo monto osos. Dormimos con la mujer barbuda y el tío que se traga espadas.

—¿Es un eufemismo gay? ¿Tragar espadas? —Se ríe de su propia broma estúpida antes de ponerse seria de nuevo—. ¿Habéis discutido?

—En realidad no.

Llego a una intersección y piso el freno lentamente hasta que el todoterreno se detiene. Más adelante, observo una inquietante fila de coches y un montón de luces traseras rojas. Mierda, ¿ha habido un accidente? Llevo diez minutos conduciendo y apenas estoy a un kilómetro de distancia del estadio. A este ritmo, nunca llegaré a casa.

—Joder, Jamie. ¿Podrías ser más claro y hablarme como un adulto de una maldita vez?

Aprieto los labios, pero eso no evita que la confesión salga volando:

—Joder, mira, es complicado, ¿vale? Wes no está en casa la mayor parte del tiempo y, cuando está, lo único que hacemos es ocultarnos del mundo, hostia. Nos encerramos en nuestro apartamento, nos escondemos de la prensa... Solo nos escondemos, joder. Y estoy harto, ¿vale?

Su respiración se entrecorta.

—Oh. Vale, guau. Has dicho muchos tacos. Eh... —Jess suaviza el tono—. ¿Desde cuándo eres infeliz?

La pregunta me pilla desprevenido.

—Yo... no soy infeliz. —No, eso no es cierto. Soy infeliz. Solo echo de menos a mi novio, joder—. Estoy frustrado.

—Pero tú sabías que al entrar en esto mantendríais la relación en «la lista de lesionados» —señala Jess—. Wes y tú acordasteis que no saldríais del armario hasta el final de la temporada.

—Si es que lo hacemos. —Mi parte más cínica sigue empeñada en eso. ¿Y si Wes decide que no está preparado para decirle al mundo que es gay? ¿Y si me pide que guarde silencio durante un año más? ¿O durante toda su carrera profesional? ¿O para siempre?

—Espera, ¿Wesley ha cambiado de opinión? —pregunta mi hermana—. ¿O el equipo le ha pedido que siga fingiendo que es heterosexual?

—No creo. Wes me contó que el Departamento de Relaciones Públicas ya tiene una nota de prensa preparada para cuando se conozca la noticia. Y no tengo ni idea de si ha cambiado de opinión. Últimamente no nos comunicamos demasiado bien —admito.

—Pues empieza a hacerlo.

—No es tan fácil.

—Todo depende de ti. —Se queda callada durante un rato—. Jamie, eres la persona más abierta y honesta que conozco. Bueno, tú y Scottie. ¿Joe y Brady? —Nombra a nuestros otros dos hermanos—. Actúan como si hablar de sus sentimientos fuera admitir que son débiles, o algo así. Pero tú y Scott sois una gran inspiración para mí, la prueba de que no todos los hombres son unos idiotas herméticos. En realidad, Wes también es bastante abierto. Creo que por eso hacéis tan buena pareja. Nunca, nunca rehuís las conversaciones difíciles. Siempre encontráis una forma de solucionar los problemas.

Tiene razón. Wes y yo nos conocemos desde que éramos niños. La única vez que tuvimos problemas para hablar entre nosotros fue cuando Wes desapareció de mi vida, durante tres años, después de que nos hubiéramos liado en un campamento de *hockey*. Sin embargo, se lo perdoné. Entendí por qué me apartó: se sentía culpable por haberse aprovechado de mí, y estaba confundido con su propia sexualidad. En ese momento, era algo que tenía que resolver por sí mismo.

Pero este distanciamiento entre nosotros... es algo que debemos resolver juntos. Ignorar el problema no es la solución. Jess tiene razón, Wes y yo no somos de evitar las conversaciones difíciles. Pero esta vez lo estamos haciendo, y eso solo empeora las cosas.

—Debería hablar con Wes —digo con un suspiro.

—¿En serio, Sherlock? Ahora dame las gracias por mi sabiduría suprema y pregúntame cómo me va.

No puedo evitar reírme.

—Gracias, oh, sabia. ¿Y cómo te va?

—Bien y mal. Creo que mi negocio de diseño de joyas es un fracaso.

Yo también quiero soltar un «¿en serio, Sherlock?», pero me muerdo la lengua, porque sé que Jess es sensible con el tema de su carrera. O su falta de ella, más bien. Mi hermana, Dios la bendiga, es la persona más indecisa que he conocido. Tiene veinticinco años y ha tenido más trabajos de los que puedo contar. También se ha matriculado y ha abandonado media docena de programas universitarios, y ha creado una docena de tiendas de Etsy que no han llegado a ninguna parte.

—¿Mamá y papá no te han prestado dinero para todos esos materiales de joyería? —pregunto con cautela.

—Sí —responde con tristeza—. No les cuentes esto, ¿vale? Mamá ya está bastante preocupada por el parto de Tammy, y no quiero preocuparla más.

Todo mi cuerpo se tensa.

—¿Por qué está preocupada por el parto de Tammy? ¿El médico ha dicho que deberíamos preocuparnos? —Nuestra hermana mayor está embarazada de nuevo y sale de cuentas el mes que viene. En su primer parto no tuvo problemas, así que di por hecho que este sería igual.

—No, creo que solo son nervios —me asegura Jess—. Este bebé es mucho más grande que Ty. Creo que mamá tiene miedo de que Tammy necesite una cesárea. De verdad, no te preocupes. Tammy se encuentra bien. Está más grande que una casa, pero totalmente resplandeciente y todo eso. En fin, lo de las joyas era mi mala noticia. ¿Quieres oír las buenas?

—Venga.

Hace una pausa dramática y luego anuncia:

—¡Voy a convertirme en organizadora de fiestas!

Por supuesto que sí. Suspiro y digo:

—Suena divertido.

—Podrías alegrarte un poco más por mí —resopla—. ¡Por fin sé lo que quiero hacer con mi vida!

Algo así dijo cuando supo que quería ser chef. Y cajera de banco. Y diseñadora de joyas. Pero mantengo la boca cerrada, porque en la familia Canning nos apoyamos los unos a los otros, pase lo que pase.

—Entonces me alegro mucho por ti —digo con sinceridad.

Jess no deja de hablar de su nueva empresa durante todo el trayecto de vuelta al apartamento. La interrumpo justo antes de llegar al aparcamiento subterráneo, donde no hay cobertura. Quedamos en hablar durante el fin de semana, luego subo al ascensor hasta el piso y me quito capas y capas de ropa de invierno.

Me ducho y me preparo algo de cenar mientras espero a que empiece el partido de Wes. Después, me siento en el sofá con un plato de *risotto* y pollo a la parrilla. Pasaré la noche animando a mi chico. Y, cuando llegue a casa, seguiré el consejo de Jess y hablaré con Wes sobre lo que siento.

No puede ser tan complicado, ¿verdad?

La pregunta «¿Será muy difícil?» crea un eco en mi cerebro traidor, pero sonrío mientras doy el siguiente bocado.

12

Wes

Algo mágico sucede esta noche. Es como si toda la frustración y la angustia que me ha provocado mi tensa relación con Jamie se derramaran sobre el hielo y me convirtieran en un agresivo, decidido e imparable cabrón. Marco un *hat trick*. Un maldito *hat trick*, y los aficionados de Toronto que están aquí aplauden a rabiar cuando termina el último tiempo y nuestro equipo derrota a Nueva York en su propio estadio.

El vestuario bulle de emoción, y casi todos los jugadores del equipo se acercan para darme una palmada en la espalda o, en el caso de Eriksson, levantarme y hacerme girar como si fuera un niño pequeño.

—¡Joder, chico! —exclama—. ¡Ha sido el mejor partido de *hockey* que he visto nunca!

Sonrío.

—Tres goles no es nada. El próximo partido, marcaré cuatro.

Se ríe.

—Joder, te quiero, Wesley. De verdad que sí.

El entrenador aparece para darnos un rápido discurso de motivación, que es innecesario, pues ya estamos animados y disfrutando de nuestra victoria. A varios periodistas deportivos se les permite entrar en el vestuario para las declaraciones de prensa posteriores al partido, mi parte menos favorita de jugar en la NHL. Todas las entrevistas se vuelven agotadoras después de un rato. Esta noche, sin embargo, una periodista me acorrala y decide animar las cosas. Becky no-sé-qué suele cubrir nuestros partidos.

—Tenemos una nueva sección en *Sports Tonight* —explica con una enorme sonrisa—. Lo llamamos «las cinco rápidas» y son cinco preguntas divertidas para que los fans sepan quién es realmente Ryan Wesley.

Créeme, los fans no quieren saber quién soy de verdad.

—Entonces, ¿qué te parece? —me pide.

Como si realmente pudiera decir que no. Hablar con la prensa es un requisito del contrato.

—Adelante —digo.

Ella le hace un gesto al cámara y lo siguiente que sé es que hay un micrófono en mi cara y me está presentando a los espectadores como «Ryan Wesley: la nueva sensación».

—¡Allá vamos! —dice, como si esto fuera lo más divertido del mundo—. ¿Café o té?

—Café —respondo, y espero que todas las preguntas sean así de fáciles.

—¿Música *rock* o *dance*?

—*Rock*, por supuesto. Ahora mismo estoy enganchado a The Black Keys.

—¡Genial! —Ella sonríe—. ¿Playa o montaña?

Como si me acordara. Las vacaciones son para otras personas.

—Playa —digo, porque a Jamie le gusta la playa, y quiero llevarlo a una. Por supuesto, quiero muchas cosas que no puedo tener.

—¿Perros o gatos?

—Eh, ¿ninguno? Nunca he tenido una mascota.

—Vaya —contesta, como si hubiera confesado algo escandaloso. «Si tú supieras, señorita»—. La última: ¿te gustan las chicas de pelo rubio y ojos azules? ¿O las morenas y misteriosas?

—Eh, pelo rubio y ojos marrones —respondo a toda prisa, feliz de librarme de ella.

Ella asiente despacio, como si acabara de decir algo fascinante.

—Interesante elección. No debe de haber muchas mujeres con esas características.

—Bueno, Becky, quizá por eso estoy soltero.

Se ríe, y la entrevista termina.

Sin embargo, cuando se da la vuelta, me doy cuenta de que Blake me mira con una ceja arqueada. Así que hago lo que cualquier hombre encerrado en el armario haría: repaso lo que acabo de decir en busca de cualquier cosa comprometedora. Y me doy una colleja mental por haberle dicho al mundo que me gustan las rubias con ojos marrones.

Eh. Es imposible que Blake haya hecho esa conexión. Quizá se esté preguntando si sería más probable encontrar un *velociraptor* de dos metros en una playa o en las montañas.

Por fin llego a las duchas. Para cuando el equipo está en el autobús y listo para regresar al aeropuerto, nuestro director técnico hace un anuncio desde la parte de delante:

—Chicos, nos dirigimos al Marriott Marquis. No se puede salir de La Guardia esta noche.

Al mismo tiempo que gimo, Blake suelta un alegre bramido:

—¡Fiesta en mi habitación! —Me alcanza en el pasillo y me da un empujoncito en el hombro—. De todas formas, los vuelos a estas horas son una mierda. Vamos a pedir algo de comida y unas birras. Será genial.

Sin embargo, no lo será, porque necesito ver a Jamie. No soporto la distancia que hay entre nosotros, y necesito que acabe. Pensé que deshacerme del sillón de la muerte sería la oportunidad perfecta para discutirlo todo a fondo, pero la única respuesta que he obtenido de él fue un «gracias por hacerlo» en forma de gruñido.

Le respondí con una broma sobre cómo nuestro apartamento estaba libre de fantasmas, ya que él estaba convencido de que alguien había muerto en ese sillón, pero apenas esbozó una sonrisa.

Ahora estoy a ochocientos kilómetros de él, una vez más incapaz de solucionar absolutamente nada.

El hotel está a solo un kilómetro y medio del Madison Square Garden, pero eso supone una media hora de tráfico con nieve. Y luego nos retrasamos mientras encuentran habitaciones para todos nosotros y nos entregan las llaves. La comida que ha pedido Blake llega enseguida, porque ha llamado al restaurante antes de que nos bajáramos del autobús: «¿Brother Jimmy's BBQ? Tengo una emergencia. En serio, tío. Solo tú puedes salvarme...».

Ha pedido bastante comida para todos, no me extraña que el lugar estuviera dispuesto a hacer entregas a pesar de la nieve. Así que me siento en el radiador de su habitación y tomo un sándwich de carne mechada. Cuando voy a sacar el dinero, me hace un gesto para que no lo haga.

—Me has dado de comer dos veces, así que guárdate tu dinero. Alguien del servicio de habitaciones nos va a traer un par de cajas de cerveza, quédate.

Eso está muy bien, pero necesito hablar con mi chico. Y, joder, él quiere hablar conmigo. Pasada la medianoche, descubro que Jamie ha intentado llamarme tres veces por Skype en la última hora, y me pongo nervioso. Tal vez no he fallado con el nuevo sillón, después de todo.

Me escabullo cuando la atención de la gente se centra en el televisor, y me meto en mi habitación, donde veo que me han traído mi bolsa de lona. La pongo en el portaequipajes y cuelgo el traje. En cuanto me pongo unos pantalones de deporte y una camiseta, le devuelvo la llamada a Jamie.

—¡Hola! —digo en cuanto contesta—. Siento que sea tan tarde. No llegaremos a casa esta noche.

—Lo he imaginado, cariño. Es solo que tenía muchas ganas de verte.

Me regala una sonrisa, y me alegra tanto que me entran ganas de llorar.

Abro la boca y la cierro de nuevo. No tengo ni idea de qué decir para superar la dura semana que acabamos de pasar.

—Te echo mucho de menos —le digo. Tal vez sea poco convincente, porque esta mañana nos hemos despertado juntos en la misma cama, pero al menos soy sincero—. Quiero decir, esta semana pasada…

Jamie asiente. Frunce el ceño y se le forman unos pliegues en los bordes de los ojos marrones. Conozco esa mirada: tiene algo en mente y siento una punzada de aprensión. Por Dios, no irá a romper conmigo por Skype, ¿verdad?

«¿Va a romper conmigo?».

Oh, Dios mío. ¿De verdad se me ha pasado por la cabeza ese pensamiento? ¿De verdad acabo de pasar de «mala racha» a «el amor de mi vida me va a dejar»?

—Cariño —digo con una voz tímida que nunca había oído salir de mi boca. El corazón me late más rápido que nunca—. ¿Estás bien?

Él abre la boca.

—Sí, lo estoy. Pero... —Esa boca sensual se cierra, y luego suspira con suavidad y me ofrece otra sonrisa. Esta parece un poco forzada—. Cuéntame qué tal ha ido el partido, porque ha sido muy divertido de ver. Sinceramente, me ha recordado por qué estamos metidos en este lío.

—Vale —respondo mientras trato de entender este cambio de temperamento—. Esta noche me he desatado ahí fuera. Ni siquiera estoy seguro de lo que ha pasado. Es como si la red tuviera un imán debajo solo para mí.

—Me alegro de no haber sido el portero. —Jamie levanta sus sensuales brazos por encima de la cabeza y me doy cuenta de que está en nuestra cama. Ese es el cabezal de madera que elegí y las sábanas de franela que compré cuando llegó el invierno y Jamie empezó a quejarse del frío.

Una ola de nostalgia me golpea con fuerza.

—Lo que daría por estar ahí ahora mismo. —No puedo creer que arruinara nuestro tiempo juntos la semana pasada—. Te haría saber exactamente lo *sexy* que estás.

Jamie sonríe, y prácticamente me golpeo en la cabeza cuando me doy cuenta.

—¡La barba! ¿Dónde está? —Su cara está ahora perfectamente afeitada.

—Eh. —Se encoge de hombros—. Me he cansado de ella. Las barbas pican. —Se lleva una mano a la mejilla y la desliza lentamente hacia la barbilla.

Cuando arrastra el meñique por el labio inferior, me oigo gruñir.

—Haz eso otra vez, Canning —le exijo.

Él arquea una ceja.

—¿Por qué?

—Porque necesito verlo.

Debe de notar un deje de desesperación en mi tono, porque obedece sin rechistar. Se lleva la mano a la mejilla y cierra los ojos. Respira profundamente y, al exhalar, la desliza por su mandíbula. Cuando las yemas de sus dedos llegan a su boca, abre los párpados apenas un par de milímetros. Luego, desliza las yemas de dos dedos en su boca y los chupa.

—Joder —suspiro. Estoy celoso de esos dedos, de la cámara y de la cama—. Quítate la camiseta.

Por un segundo, creo que va a protestar. Nunca hemos hecho esto. Y acabamos de tener la peor semana de la historia. Pero Jamie se incorpora un poco, desaparece de la cámara y aparece el techo. Entonces veo su brazo, la camiseta vuela hacia arriba y se aleja. Cuando la cámara se inclina de nuevo, el pecho moreno de mi novio aparece en todo su esplendor. Debe de tener la *tablet* apoyada en los muslos, porque el ángulo de la cámara muestra sus abdominales como una rampa hasta los pectorales. Los pezones de cobre me tientan en los bordes de la imagen. Y una mano perfecta se posa sobre el ombligo, donde el vello dorado brilla en alta definición.

—Tócate el pecho —le ordeno. Sueno como un burdo *dom* en un sórdido videochat. Salvo que es Jamie quien está al otro lado de la pantalla. Y las yemas de sus dedos me provocan mientras se acaricia. Dedica un momento a explorar el ligero rastro de vello que sube por el centro de su vientre.

Muevo las caderas en la cama y mi pene ya está duro. He visto a Jamie sin camiseta un millón de veces, pero se está exhibiendo para mí. Pasa la mano por el esternón. Extiende los dedos hasta colocarlos sobre un pezón, y entonces se estremece.

Me oigo gemir de deseo. Si estuviera allí, mi boca estaría sobre él, le apartaría la mano y le chuparía ese pezón duro.

—Ahora el otro —gruño—. Y ve despacio, Canning.

Primero, inclina la cabeza hacia atrás sobre las almohadas y cierra los ojos. Luego, su mano traza un lento camino a través de su pecho hasta que sostiene un pectoral en la palma. Rodea el pezón con el pulgar y el índice y lo pellizca.

—Mmm —suspira, y de repente se me pone la piel de gallina.

—Canning.

—¿Sí?

—Joder, estoy muy empalmado ahora mismo.

Sonríe sin abrir los ojos.

—¿Cómo de empalmado?

Se me escapa una carcajada.

—Quítate el resto de la ropa, cariño. Quiero verte.

Primero gime y se estira para hacerme esperar. Luego, abre esos ojos de chocolate y se humedece los labios. Vuelve a desaparecer de la pantalla y la habitación se mueve bajo su peso. Unos segundos más tarde, la cámara vuelve a inclinarse, lentamente, en vertical, y veo la pierna doblada de Jamie, su cadera perfecta, parte de su trasero en la sombra y la mayor parte del pecho desnudo. Debe de haber apoyado la *tablet* en mi lado de la cama.

Tiene la mano entre las piernas, pero solo veo la curva de los bíceps y el musculoso antebrazo. El resto está oculto a la vista.

—Eres cruel —protesto, y él sonríe—. Si estuviera allí, yo...

—¿Qué? —pregunta con voz áspera—. Dime exactamente lo que harías primero.

—Te devoraría la lengua hasta que se te pusiera dura. —La boca de Jamie es su zona erógena más notable. Casi podría correrse con solo morderle los labios.

—Demasiado tarde —dice mientras deja caer una pierna en la cama. Y ahí está mi premio. Gimo al ver la erección de Jamie, que se levanta orgullosa de la espesura de vello suave y claro de la ingle. Incluso después de estos ocho meses, me siento afortunado cada vez que me responde.

—Dios, quiero probarlo. —Mi voz es grave—. ¿Estás mojado para mí? Coge esa gota. Usa un dedo. —Me siento un cabrón mandón esta noche. Sin embargo, tengo la mirada pegada a la *tablet;* él es quien manda en realidad. Si no fuera así, yo no estaría tocándome por encima de los pantalones de deporte mientras salivo ante la vista de la pantalla.

Hace lo que le pido. Se pasa un dedo por la punta del pene. Luego me mira directamente a los ojos y se lame el dedo.

—Uf —digo, y se chupa el dedo solo para torturarme. Y me encanta—. Ahora, tócate. —No puedo esperar más—. Usa una mano.

Jamie se pasa una mano por el pecho hasta que llega a su pene y lo agarra. Le da dos buenas caricias.

—Más despacio —exijo—. Eso es. —Le animo cuando sus movimientos se vuelven lánguidos. Su pecho sube y baja con cada respiración, y frunce el ceño por la tensión—. ¿Quieres correrte, Canning?

—Sí —suspira—. He pensado mucho en ti hoy. Mientras esperaba a que tu partido empezara... —Se acaricia un poco más rápido. Y yo casi vibro por la noticia de que Jamie me echa de menos. No he estropeado demasiado las cosas. O tal vez sí, pero nuestra química sexual no es una de ellas. Quizá últimamente se nos haya dado fatal comunicarnos, pero excitarnos el uno al otro nunca ha sido un problema para nosotros.

—Cógete las pelotas —le ordeno—. Si estuviera allí, te las lamería. —Gime, y sus ojos se vuelven pesados—. Te saborearía por todas partes. Por cada rincón de tu cuerpo. Te lubricaría con la lengua. —Su ritmo decae un poco. Echa la cabeza hacia atrás y abre las piernas, como si abriera su cuerpo para mí.

Entonces, mirar ya no es suficiente. Cuelo la mano en mi pantalón de deporte, sin pensarlo. Me agarro la polla y le doy un apretón. A la mierda. Me pongo de rodillas y me bajo el chándal de un tirón. El ángulo de la *tablet* en la cama hace que mi miembro parezca cómicamente grande. Sería gracioso si no estuviera tan excitado. Bombeo con fuerza.

—Te deseo tanto, cariño. —Mi voz sale como un grito ahogado.

Jamie gira la cabeza para ver la pantalla. Abre ligeramente los labios mientras sigue el frenético movimiento de mi mano. Su puño también se mueve más rápido e iguala mi ritmo. Por primera vez en toda la semana, estamos sincronizados. Ni siquiera estamos en la misma habitación, pero me siento más cerca de él ahora de lo que he estado en días, y estamos tan excitados el uno por el otro que jadeamos, gemimos y nos masturbamos con desesperación.

—Me voy a correr —gime.

—Hazlo —jadeo—. Córrete sobre el pecho.

Hace un hermoso sonido, y una perfecta cinta nacarada pinta una línea en sus abdominales, que se contraen mientras se corre una y otra vez.

Yo también. Muevo la mano con fuerza y rapidez. Tengo tantas ganas de estar en casa con él que duele, pero los últimos restos de la adrenalina del partido de esta noche todavía me avivan. Toda la angustia y el anhelo me recorren la espina dorsal y me corro en la mano.

Pasa un minuto mientras me calmo. Sin decir nada, Jamie desaparece de mi vista. Me limpio y espero a que reaparezca.

Al cabo de un minuto, más o menos, se desliza en la cama, esta vez bajo las sábanas. Luego se gira para mirar a la cámara, con la mejilla apoyada suavemente en la mano.

—Hoy he hablado con Jess —comienza.

Sonrío. Me encanta la hermana pequeña de Jamie. Es la chica más inconstante que he conocido, pero es muy divertida.

—¿Cómo le va? ¿Sigue diseñando joyas?

Se ríe, y el sonido me alegra el corazón.

—No. Ahora quiere organizar fiestas.

—Por supuesto.

—Oye, puede que se le dé bien. —Pero no deja de reírse incluso cuando sale en defensa de su hermana. Luego, se queda en silencio un momento, y mis nervios vuelven a estar a flor de piel.

—¿Qué pasa? —pregunto con brusquedad.

Veo el revelador movimiento de su nuez mientras traga.

—Nada. Bueno, algo. Nada malo, de verdad, pero hay algunas cosas que necesito decir para desahogarme. —El corazón me late fuerte—. Pueden esperar.

Tengo tal nudo en la garganta que apenas puedo hablar.

—Jamie… —Es todo lo que consigo decir.

—Pareces agotado —añade con firmeza—. Deberías dormir un poco. Hablaremos cuando vuelvas.

¿Hablar… o romper?

Creo que ve el pánico en mi cara, porque deja escapar otro suspiro, y luego dice con voz firme:

—Te quiero. Mucho.

Me da un pequeño vuelco el corazón. Suena como si lo dijera en serio.

«Joder, claro que lo dice en serio», me aseguro a mí mismo. Nos queremos, joder.

—Yo también te quiero —digo con suavidad.

Se dibuja una sonrisa en la comisura de sus labios.

—Bien. Ahora vete a la cama. Te veré mañana.

13
Jamie

Wes recibe dos entradas para cada partido que su equipo juega en casa, y soy el único que las usa.

Son unos asientos increíbles, en el pasillo, un par de filas por detrás del banquillo del equipo local. De hecho, estoy rodeado de las familias de los otros jugadores. Los veteranos deben de conseguir más asientos o algo así, porque hay toda una sección de gente que grita cada vez que Lukoczik toca el disco. Y la pareja que se sienta a mi lado en cada partido son, en realidad, los padres de Blake Riley. Y Blake «el Gigante» es la viva imagen de su... madre. Ella es corpulenta, con el pelo suelto salpicado de canas, y es una bocazas.

¿Su padre, en cambio? Parece uno de esos profesores delgados. Ironías de la genética. Han venido los dos. Y si a la familia de Riley le parece raro que yo venga a los partidos solo, nunca lo han mencionado.

Me he perdido el calentamiento y he llegado a mi asiento justo al final del himno nacional. Ahora domino el O *Canada*. Tuve que aprenderme la letra por mi equipo juvenil. El entrenador no puede quedarse plantado y cantar «lo, lo lo» como un idiota.

Esta noche me duele la cabeza, aunque no es raro. Así que meto la pajita en un refresco muy caro que he comprado al entrar y doy un gran trago, con la esperanza de que un chute de azúcar y cafeína me ayude. Necesito sentirme mejor, porque Wes quiere salir después del partido.

Yo también, porque en los tres días que lleva en casa, no he avanzado en mi misión de «comunícate con tu pareja». Le dije a Jess que hablaría con Wes, y casi lo hice la noche en que nos masturbamos por Skype. Pero ese momento de conexión, ver cómo su hermoso rostro me miraba, tan lleno de lujuria y deseo... No quise arruinarlo al sacar nuestros molestos problemas a colación. Y entonces llegó a casa, y todo el sexo de la vida real fue incluso mejor que masturbarse frente a una pantalla. No quise estropear eso tampoco.

Tal vez soy un cobarde de mierda. Mi hermana estaría de acuerdo. Pero, joder, las cosas han ido bien. Wes y yo hemos estado en sintonía desde que regresó, y me da demasiado miedo que nos alejemos de nuevo.

Y no puedo mentir: una noche de fiesta con Wes suena maravilloso. Cuando le pregunté a dónde quería ir, me respondió:

—No importa. Quiero salir. Solos, tú y yo. Nos sentaremos en un bar, o lanzaremos dardos, o jugaremos al billar.

—Al billar no —le contesté—. Mi frágil ego no soporta ese tipo de derrotas.

Se rio como un delfín.

—Vale, como quieras. De todas formas, el juego no es lo importante. Tú eres lo importante.

Me gustó cómo sonó eso.

El entrenador Hal ha cambiado la alineación esta noche. A veces lo hace. Tiene a Wes en segunda línea, con Blake y Lukoczik. Los titulares salen con fuerza esta noche, Eriksson casi acribilla al otro centro tras el *faceoff*. Cuando empieza la persecución a gran velocidad del disco por la pista, dejo de pensar en otra cosa que no sea el partido que tengo delante. Todo mi mundo se reduce a estos doce hombres que luchan por la ventaja, y al pequeño y pesado disco de goma que tanto significa para las dieciocho mil personas que están aquí esta noche.

Wes salta por encima de la pared de la pista cuando llega su turno, y no puedo evitar inclinarme hacia delante en mi asiento. Ottawa recupera el disco y juega a lo seguro, mimando el disco como las ancianas que salen a pasear con su preciado caniche para exhibirlo. No pueden anotar así, pero pueden frustrar a Wes. Su turno termina antes de que tenga la oportunidad de hacer algo.

Y así sigue durante un tiempo, pero nunca pierdo el interés. Algunos de mis familiares, no tan sutiles, me han preguntado si me importa ser un espectador de la NHL en lugar de un jugador. La verdad es que no, aunque no estoy seguro de que me crean. Pero siempre me ha gustado ver los partidos de *hockey*, incluso cuando los asientos no eran tan buenos. Y, de todas formas, patino todos los días con algunos jugadores excelentes.

Mi vida es buena. Excepto por este dolor de cabeza.

Las cosas se calientan en el hielo. Blake consigue desmarcarse y prepara un ataque. Se la pasa a Wes, quien se la devuelve en el momento en que está colocado para disparar. Blake lanza un escurridizo tiro a la red, y el portero apenas llega a tiempo, pero lo desvía en el aire torpemente, con la punta del guante. Aun así, el disco sigue en juego, así que ambos equipos convergen.

—¡A POR ELLA, BEBÉ, DALE FUERTE, TRÁELA A CASA CON MAMÁ, BLAKEYYYY! —La señora Riley está de pie y grita como una loca.

Siempre es ruidosa, pero esta noche su voz es como un cuchillo clavado en mi cerebro. Su marido, sin embargo, se sienta a su lado con las rodillas juntas y las manos cruzadas en el regazo. Al mirarlo, siento que podría estar en una iglesia.

Se produce un *scrum*[*] frente a la red, que termina cuando el portero atrapa el disco bajo el guante. No hay gol.

El partido continúa sin goles durante el primer período. En el descanso, deambulo y deseo que uno de los vendedores tenga un ibuprofeno. Pero no es así. Compro un pretzel con la esperanza de que un poco de comida me anime.

Cuando comienza el segundo tiempo, la velocidad del juego aumenta. Wes se muestra agresivo y consigue varios disparos a puerta, pero se los paran. No estoy preocupado: si sigue así, funcionará. Toronto está jugando mejor que Ottawa. Cada vez que nos acercamos a la red, mamá Riley les da ánimos a gritos:

—¡CÓMETELOS CON PATATAS, BLAKEY! ¡DISPÁRALES A LOS HUEVOS!

Me está dejando sordo.

Además, la sala se mueve de una manera que no debería. Y cuando intento concentrarme en el disco, el resplandor del hielo me quema las retinas.

---

[*] Un grupo de jugadores de *hockey* que no quieren pelear pero que intentan que parezca que quieren pelear. *(N. de la T.)*

Eriksson marca en el segundo período, y no estoy tan emocionado como de costumbre. De hecho, quiero irme a casa. No, necesito irme. Saco el teléfono y le envío un mensaje a Wes:

> Yo: Lo siento mucho, cariño. Tengo un dolor de cabeza horrible. Me voy a casa temprano. ¿Salimos mañana? El mismo plan, pero un día después.

—¡MÓNTALO COMO A UN BURRO, BLAKEY! —chilla la señora Riley cuando me levanto. Todavía la oigo mientras camino hasta lo alto de las gradas.

A la mañana siguiente, mi alarma suena a las cinco y media. Presiono el botón de repetición e intento recordar todo lo que pasó ayer. Siento el cuerpo pesado como el plomo, aunque en parte se puede deber al musculoso muslo de cierto delantero del Toronto que está dormido y medio a horcajadas sobre mí.

Anoche no lo oí llegar a casa.

Estoy adormilado, y la alarma vuelve a sonar demasiado rápido. Pero me levanto de la cama, porque es un día laborable y mis chicos tienen un entrenamiento a las seis y media. Juegan al *hockey* antes del colegio y se preparan mientras el resto de los chavales de dieciséis años duermen. Si ellos pueden llegar a tiempo, yo también.

El café que compro en la pista, cuarenta y cinco minutos más tarde, sabe a agua y me golpea el estómago como el ácido de una batería. De verdad, debe de ser un lote en mal estado. El entrenamiento de mi equipo va despacio porque estoy jodido. El dolor de cabeza ha vuelto, esta vez en la base del cráneo, y me duele el estómago.

Mierda. Dunlop parece más inestable esta mañana. Es solo cuestión de tiempo que Bill Braddock le asigne un entrenador defensivo más experimentado para que trabaje con él. Y como tenemos una reunión de entrenadores justo después de esta sesión, todos mis compañeros de trabajo están viendo que mi portero tiene dificultades.

¿El día podría ir peor?

Cuando los chicos se marchan, sobrevivo a los noventa minutos de reunión con la cabeza dolorida apoyada en la palma de la mano mientras me obligo a permanecer despierto. Puede que esté incubando algún virus, pero no me voy a ir. Porque: a) no soy un blandengue y b) si lo ignoro, quizá desaparezca.

Después de la reunión, se supone que tengo que volver a patinar. Otros dos entrenadores defensivos y yo nos reunimos esta mañana para darles una clase práctica a algunos de los jugadores más veteranos. Sin embargo, cuando salgo al hielo, vuelvo a tener dolores en el estómago. Así que salgo de la pista, me pongo los protectores de los patines y voy al baño.

Los siguientes quince minutos son muy incómodos, pero, al fin, mi estómago me da un descanso. Sé que esto es malo. Tengo que irme a casa, pero, de repente, mi casa parece estar muy lejos. Mientras me lavo las manos, la luz de la habitación se vuelve amarilla y el sonido ambiente se atenúa.

Eso no puede ser bueno.

Doy unos pasos hacia la puerta del baño, pero la cosa no mejora. Tal vez si descansara un poco, me sentiría mejor.

El suelo del baño de hombres de una pista de entrenamiento es el último lugar del mundo donde alguien debería sentarse. Pero bueno, es conveniente. Me dejo caer, mi espalda se desliza contra las baldosas y mi culo golpea el suelo.

—¿Canning? —Danton se detiene y se tambalea al entrar en el baño—. Hola, ¿estás bien?

«No, no demasiado». Me lo vuelve a preguntar varias veces, como si fuera a cambiar mi respuesta. Lo ignoro.

Por suerte, el idiota desaparece, y yo cierro los ojos e intento recuperarme.

El silencio no dura mucho. Danton ha vuelto, oigo su voz de comadreja, pero le acompaña Bill, nuestro jefe. Sus voces se entremezclan, y estoy demasiado cansado para escuchar bien.

—¿Lo has encontrado aquí?

—Sí. ¿Crees que está drogado?

—¿En serio?

Alguien me toca, y no me gusta.

—Tiene fiebre, Danton. Mucha. Quédate aquí con él, voy a buscar la lista de contactos de emergencia. ¿Tienes un teléfono?

—Sí.

Todo se queda felizmente tranquilo durante un minuto. Y, entonces, vuelven las voces.

—Aquí dice que estamos llamando a… ¿Ryan Wesley? Qué raro. —Bill se ríe—. Se llama igual que el delantero novato que es tan bueno. Llama a este número: 4-1-6…

Me quedo dormido.

—No te lo vas a creer. —La voz de Danton resuena en mi conciencia—. El número llega a la centralita del club de Toronto. ¿De verdad les voy a pedir que encuentren a Ryan Wesley?

—Eso es lo que dice el papel, chico. Debe de ser verdad.

Mi último pensamiento medio consciente es: «Lo siento, Wes».

14

Wes

No hemos llegado ni a la mitad de nuestra sesión de patinaje matutina cuando Blake sale torpemente del hielo y el médico del equipo lo lleva fuera de la pista. Me preocupa cuando me doy cuenta de que le duele la rodilla izquierda. Anoche, después del partido, le pusieron hielo en el vestuario, pero esta mañana me ha asegurado que estaba bien. Ha dicho que se trataba de una vieja lesión que le estaba dando guerra, y que las radiografías y los ultrasonidos de prevención que le hicieron los técnicos habían salido bien.

Me obligo a concentrarme durante el entrenamiento, pero espero que Blake esté bien. No parecía dolerle demasiado cuando salió de la pista, pero nunca se sabe. Los jugadores de *hockey* son unos cabroncetes muy testarudos. Podrían tener una pierna rota con el hueso atravesándoles la carne e insistir en que están bien.

Creo que lo mismo se aplica a los entrenadores de *hockey*, porque Jamie le restó importancia al dolor que sentía anoche. Al llegar a casa, me lo encontré en la cama con una almohada sobre la cabeza, gimiendo que nunca había tenido una migraña tan intensa. He notado cómo ha dado vueltas en la cama toda la noche, pero se ha ido antes de que me despertara, así que supongo que ya se encuentra mejor. Espero que así sea. Tenía muchas ganas de salir con él ayer, y había pensado en hacerlo esta noche.

En cuanto el segundo entrenador toca el silbato para indicar el final del entrenamiento, me dirijo a los vestuarios para ducharme y cambiarme, y luego salgo a buscar a Blake. Lo encuentro en la sala de fisioterapia. Está tumbado en una larga mesa de metal, con la pierna izquierda apoyada y una bolsa de hielo en la rodilla.

—¿Qué te han dicho? —le pregunto preocupado.

La tristeza se apodera de su rostro.

—Me tienen que hacer una resonancia magnética.

Mierda.

—¿Es una lesión del ligamento colateral medial? ¿O del ligamento cruzado anterior? —Rezo para que la respuesta sea ninguna de las dos, pero la expresión de Blake se vuelve aún más sombría.

—Del ligamento cruzado anterior. No creen que sea un desgarro. En el peor de los casos, es un esguince, pero, aun así, me mantendrá fuera de combate por un tiempo. Con suerte, dos semanas. Seis como mucho.

Doble mierda. Perder a Blake, incluso durante un par de semanas, sería un duro revés para el equipo. Es uno de nuestros mejores delanteros.

—Lo siento, tío —digo en voz baja.

Blake no tarda en mostrar esa sonrisa despreocupada tan suya, aunque ambos sabemos que está desanimado ante la perspectiva de perderse algún partido.

—Ah, no te pongas triste, Wesley. Nada me detiene por mucho tiempo, ¿eh? Estaré de vuelta antes de que te des cuenta.

Levanto una ceja.

—Más te vale. Te vamos a necesitar si llegamos a los *playoffs*. —Por primera vez en años, Toronto tiene verdaderas posibilidades de jugar en los *playoffs*. Me gusta pensar que en parte es obra mía, ya que he marcado al menos un gol en los últimos seis partidos, pero intento no dejarme llevar por la arrogancia. El *hockey* es un deporte de equipo, no hay un «yo», sino un «todos», ¿verdad?

—Cuando lleguemos a los *playoffs* —me corrige—. Pesimista de mierda.

—Cuando lleguemos a los *playoffs* —repito, lo que hace que me regale una amplia sonrisa—. Así que cuida esa rodilla, ¿me oyes? No te fuerces para volver al hielo antes de que te lo digan los médicos. Podemos ocuparnos del fuerte hasta que estés listo para...

—Wesley. —Una voz masculina me interrumpe desde la puerta, y me giro para ver a uno de nuestros entrenadores asistentes en la puerta.

—¿Sí, entrenador?

—Hay una llamada para ti en la centralita principal. —Señala el teléfono blanco que hay cerca de la puerta—. Están en espera. Línea dos. Parece importante.

Se aleja sin decir nada más.

No sé por qué, pero el estómago me da un vuelco. No me considero un tío intuitivo, ese es el fuerte de Jamie: percibir lo que la gente piensa y saber de forma instintiva qué hacer en una situación determinada. Pero ahora mismo, un mal presentimiento me sube por la columna vertebral y, por alguna extraña razón, mis piernas tiemblan como las de un niño pequeño cuando me acerco al teléfono.

Me llevo el auricular a la oreja y pulso el botón de la línea dos con un dedo tembloroso.

—¿Hola?

—¿Ryan Wesley? —chilla una voz desconocida.

—Sí. ¿Quién es?

Hay una pequeña pausa.

—Joder. ¿De verdad eres Ryan Wesley? ¿El central de Toronto?

—Es lo que acabo de decir, ¿no? —No puedo evitar emplear un tono mordaz—. ¿Con quién hablo?

—David Danton. Entrenador asociado de los Wildcats U17. Trabajo con Jamie Canning.

Me inclino hacia delante y apoyo una palma contra la pared. ¿Por qué me llama el compañero que menos le gusta a Jamie? El corazón se me acelera.

—Canning se ha desmayado hace una hora —dice Danton, y me quedo sin aire—. Te hemos llamado cuando ha ocurrido, pero nos han dejado en espera y, cuando ha llegado la ambulancia, he colgado.

¿Hace una hora? ¿Una ambulancia? El pánico me oprime la garganta. Lo acompaña una ráfaga de angustia que me inunda el estómago y que hace que casi me encoja sobre el suelo blanco e inmaculado.

—¿Dónde está? —exijo—. ¿Está bien?

Detrás de mí, oigo un crujido. Doy un respingo cuando Blake aparece a mi lado. La preocupación está grabada en sus robustos rasgos, pero estoy demasiado aterrorizado para prestarle atención.

—Acabamos de llegar al St. Sebastian. Los médicos de urgencias están con él ahora mismo. Lo último que sabemos es que sigue inconsciente.

¿Inconsciente?

Se me cae el auricular de los dedos, repentinamente inertes. Cuelga del cable mientras se balancea como un péndulo y golpea la pared con cada movimiento apresurado. Soy vagamente consciente de que una mano enorme toma el auricular y una voz ronca habla por el teléfono, pero no sé qué dice. Lo único que oigo es el salvaje martilleo de mi pulso en los oídos.

Jamie está inconsciente. No responde. ¿Qué narices significa eso? ¿Por qué está inconsciente?

Un sonido angustioso sale de mi garganta. Me abalanzo hacia la puerta, mi visión no es más que un borrón. Ni siquiera sé a dónde voy, solo avanzo a trompicones en busca de la salida más cercana.

Tengo que ir al hospital. Joder, pero ni siquiera sé dónde está el St. Sebastian. Creo que, si intentara introducirlo en la aplicación del GPS ahora mismo, rompería el móvil. Las manos no me funcionan bien, siento un hormigueo, me tiemblan, y no encuentro el pomo de la puerta cada vez que intento abrirla.

—Wesley. —La voz es suave. Lejana.

Empujo de nuevo el pomo, y la puerta finalmente se abre.

—Ryan.

Es mi nombre lo que penetra la bruma de terror que me rodea como un escudo. Mi padre me llama por mi nombre, y de niño me condicionaron a ponerme siempre en guardia cuando oigo esas dos sílabas imperativas. Levanto la cabeza y veo que Blake corre hacia mí. Incluso en mi estado actual, sé que no debería estar corriendo.

—Tu rodilla —mascullo.

Se detiene frente a mí.

—Mi rodilla está bien. Me va a mantener fuera del hielo por ahora, sí, pero no está tan mal como para dejar que te mates en un accidente.

Parpadeo. Sinceramente, no entiendo qué está diciendo en este momento.

—Te voy a llevar al hospital —aclara.

—No... —me opongo débilmente.

—De todos modos, no necesito la pierna izquierda para conducir. —Su tono no admite discusión—. Y, ahora mismo, no estás en condiciones de hacerlo tú.

Creo que tiene razón. No estoy en condiciones de abrir una maldita puerta, y mucho menos de manejar un vehículo. En el fondo de mi mente, suena una alarma. No puedo permitir que Blake venga conmigo al hospital. Me verá con Jamie. Lo descubrirá todo.

Pero... Es Jamie, joder. Necesito llegar hasta él, y ahora mismo Blake es mi mejor oportunidad de ir al hospital sin que atropelle a algunos peatones en el camino.

No discuto cuando me pone la mano en el brazo y me aleja de la entrada. Me doy cuenta de que estaba a punto de salir por una puerta de emergencia que lleva a una zona de carga, en el extremo opuesto del aparcamiento al que necesitaba llegar.

Blake me redirige por el pasillo. Ninguno de los dos habla mientras subimos al ascensor que lleva al garaje. En lugar de tomar mi todoterreno, Blake me empuja al asiento del pasajero de un Hummer negro. Se pone al volante y salimos a toda prisa del garaje.

—El tipo del teléfono ha dicho que han llevado a Bomba J con fiebre alta y dolor abdominal —revela Blake en voz baja—. Se ha quedado inconsciente en cuanto han entrado en Urgencias. Todavía no ha vuelto en sí.

La bilis me quema la garganta. ¿Así pretende tranquilizarme? El que está a punto de desmayarse ahora soy yo, porque la idea de Jamie inconsciente, enfermo y solo hace que todo mi mundo se desenfoque. Ni siquiera veo la carretera más allá del parabrisas. Todo está oscuro, borroso y se desvanece.

—Wesley —me llama Blake con brusquedad.

Vuelvo a levantar la cabeza.

—Respira —me ordena.

Tomo aire despacio, pero estoy seguro de que no hay oxígeno en el aire. Solo respiro más miedo. No sé cómo lo hace, pero

Blake y su monstruoso Hummer atraviesan a toda velocidad el tráfico del centro de la ciudad como si no hubiera más coches en la carretera. Cuando hemos subido a esta bestia de coche, la pantalla del navegador indicaba que nuestro destino estaba a veinticinco minutos. Llegamos en dieciséis.

En el momento en que atravesamos las puertas automáticas de Urgencias, vuelvo a entrar en pánico. La gran sala de espera está abarrotada. Los rostros pasan a gran velocidad por mi campo de visión mientras corro hacia el puesto de enfermería y golpeo el mostrador con las dos manos.

—¡Jamie Canning!

Mi grito sobresalta a la enfermera pelirroja, que me mira desde detrás de unas gruesas gafas.

—¿Perdón?

—¡Jamie Canning! —No puedo formular ninguna otra frase. Solo esas cuatro sílabas llenas de terror, que retumban por tercera vez—: Jamie Canning.

—Estamos aquí para ver a un paciente llamado Jamie Canning. Ha ingresado hace más o menos una hora —explica Blake con voz tranquila.

—Un segundo, caballero. Déjeme comprobarlo. —Sus uñas pintadas de rojo vuelan sobre el teclado del ordenador. Los ojos verdes estudian la pantalla. Luego levanta la cabeza de nuevo y su expresión es lo bastante seria como para hacer que mi corazón se acelere. Aunque estoy bastante seguro de que ha dejado de latir hace tiempo.

—Ha sido trasladado a cuarentena —nos dice.

Todo lo que me rodea se tambalea de nuevo. O quizá son mis piernas. No sé cómo me mantengo en pie. Me doy cuenta de que es por Blake, que literalmente me sujeta por la parte de detrás de la chaqueta.

—¿Cuarentena? —farfullo.

—Tiene síntomas de gripe —explica la enfermera—. Hay una probabilidad muy baja de que el DSKH-DL llegue a nuestro hospital...

—¿DSK... qué? —estallo.

—La gripe ovina —me aclara, y el terror se refleja en el rostro de Blake—. Como he dicho, no es muy probable, pero estamos tomando todas las precauciones. ¿Es usted familiar del señor Canning?

—Sí —digo sin dudarlo. Porque lo soy.

Levanta las cejas.

—¿Usted es...?

Mierda. No puedo mentir y decir que soy su hermano, porque nadie me creerá. Y aunque diga que soy su novio en esta habitación llena de gente, no servirá de nada. Si Jamie y yo no estamos casados, no les importará.

—Soy todo lo que tiene en Toronto —respondo en su lugar—. Vivimos juntos.

—Ya veo —dice con tono paciente—. Déjeme explicarle cómo funciona nuestra cuarentena. Mientras el paciente espera los resultados del laboratorio, los familiares o las personas que ellos designen pueden verlos, siempre que sigan nuestro protocolo de cuarentena. Eso es todo lo que podemos hacer hasta que decidamos que los demás pacientes y visitantes no corren peligro.

—Pero...

—¡Siguiente!

Y así, sin más, me despacha. Por un momento, me quedo parado frente al mostrador, sin querer moverme. ¿Cómo se atreve?

Dos grandes manos me agarran por los bíceps y me apartan del mostrador.

—Vamos, Wesley. Tenemos que reorganizarnos.

Blake me da la vuelta y me apoya contra la pared. Sus manos se posan en mis hombros.

—¿Dónde está la familia de Jamie? Tienes que llamarlos.

Joder, es verdad. Saco el móvil del bolsillo.

Pero Blake me lo quita de la mano.

—No los asustes, ¿de acuerdo? Solo porque tú tengas miedo no significa que ellos también deban tenerlo.

—Cierto. Está bien.

Me devuelve el teléfono y abro la sección Canning de mi lista de contactos, que no es corta. Pero elegir el número del taller de cerámica de la madre de Jamie es una decisión fácil. «Tranquilízate», me ordeno mientras escucho cómo suena. «No te dejes llevar por el pánico».

—Cerámicas Canning, soy Cindy.

A pesar de querer estar tranquilo y sereno, la cálida fuerza de su voz activa un interruptor dentro de mí que no sabía que existía.

—¿Mamá? —murmuro. Nunca la he llamado así y no sé por qué lo he hecho ahora.

—Ryan, cariño, ¿qué pasa?

Cierro los ojos y trato de recomponerme.

—Tenemos un problemilla —digo con cuidado. Pero no puedo engañarla, porque me tiembla la voz—. Han ingresado a Jamie en el hospital con síntomas de gripe. Anoche le dolía la cabeza y hoy se ha desmayado en el trabajo. Eso es lo que sé hasta ahora.

—De acuerdo, Ryan, respira. —¿Por qué la gente no deja de repetirme eso? Sin embargo, lo hago, porque Cindy me lo ha pedido—. Y ahora di: «Todo irá bien». Dilo tres veces seguidas.

—Pero...

—Tengo seis hijos, Ryan. Esto es importante para mantener la cordura. Dilo ahora. Deja que te escuche.

—Todo irá bien —resoplo.

—Dos más.

—Todo irá bien. Todo irá bien.

—Buen chico. Ahora dime dónde estás.

Le hago un resumen de lo que me ha dicho la enfermera del mostrador.

—Así que necesitas mi permiso para ver a Jamie. ¿Cómo me pongo en contacto con la persona adecuada para facilitarlo?

—Eh... —Mierda.

Alguien me pone un trozo de papel frente a la cara. Es Blake, que me da una tarjeta en la que se lee «Registro de Pacientes y Permisos», con un número de teléfono.

—Gracias —le digo. Luego le doy el número a Cindy.

—Está bien, cariño —añade ella—. Los llamaré ahora mismo. En cuanto entres a verlo, llámame, ¿de acuerdo? Usa mi móvil, porque tengo que ir a recoger a mi nieto. A Tammy le van a hacer la cesárea mañana.

—Oh, vaya. Vale. Lo haré, lo prometo.

—Lo sé, cariño. Aguanta. Os quiero mucho a los dos.

Ahora tengo un gran nudo en la garganta.

—Yo también te quiero. Adiós.

Terminamos la llamada, y la sala de espera del hospital me llama la atención. Es ruidosa y está llena de personas, algunas de las cuales nos miran a Blake y a mí. Una adolescente empuja a su amiga y nos señala.

Si alguien me pide un autógrafo ahora mismo, probablemente explote.

Blake mueve su gran cuerpo y se coloca entre la sala de espera y yo.

—Vamos a esperar diez minutos —dice—. La madre de Bomba J tiene que hablar con quien esté a cargo, y entonces, tal vez tu nombre aparezca en el registro. La enfermera nazi de allí tendrá que dejarte entrar.

—Está bien —digo. La cabeza me sigue dando vueltas. Jamie no puede tener ninguna gripe rara. ¿Dónde se habrá contagiado? Por otro lado, ¿por qué está tan enfermo si no? Como estoy aterrado, no dejo de pensar en que debería poder resolver el problema. Nunca me he sentido tan impotente en toda mi vida.

—Se pondrá bien —comenta Blake, como si me hubiera leído la mente—. ¿Un tío sano como él? En un par de días te estarás riendo de esto.

Pero no dejo de escuchar las palabras «desmayo» e «inconsciente», una y otra vez, en mi mente. ¿Y si tiene una enfermedad cardíaca no diagnosticada? En mi segundo año de universidad, uno de mis compañeros de clase murió mientras jugaba al baloncesto. Se desplomó en el suelo del gimnasio. El árbitro le practicó una RCP, pero ya había muerto.

Joder. No puedo pensar en eso.

—Todo irá bien —repito, tal y como me ha dicho Cindy.

—Oye. —Blake me sacude el hombro—. Por supuesto que sí. ¿La madre de Canning hizo esa taza de café?

—¿Qué? —Tengo la cabeza llena de preocupaciones, ¿y Blake quiere hablar de tazas de café?

—Lavé los platos en tu casa, y en el fondo de la taza había una inscripción.

Oh. No me fastidies. En esa taza pone: «Jamie te quiere y nosotros también. Bienvenido al clan Canning». Cuando miro a

Blake a los ojos, veo exactamente lo que me había preocupado durante meses.

Lo sabe.

—Blake —empiezo. No puedo mentirle, así que opto por la evasión—. No es un buen momento para tener esta conversación.

—Eso lo dirás tú. —La voz de Blake tiene un tono que nunca había escuchado antes. Está un poco enfadado, y no sabía que eso fuera posible—. Estamos a unos sesenta segundos de esquivar a un grupo de fans que están decidiendo si es desacertado acercarse a unos jugadores de *hockey* en la sala de urgencias. Y nos van a preguntar por qué estamos aquí. No es de mi incumbencia lo que deberías decirles, pero soy tu amigo, y se supone que debes ser sincero con tus amigos.

Eso es cierto, pero tengo mucha práctica con los secretos. Blake tiene la bocaza más grande que he conocido, y no estoy seguro de que pueda comprender la situación en la que estoy.

Mantenemos un duelo de miradas y gano yo, porque cerrar la boca se ha convertido en algo que se me da muy bien.

Suspira y aparta la mirada.

—De acuerdo, como quieras. Pero si estás empeñado en esconderte el resto de tu vida, al menos quítate la chaqueta, tío. Esa cosa es como un faro.

Lo hago porque tiene razón. Me quito la chaqueta del equipo y la doblo bajo el brazo.

—¿Ryan Wesley? —grita el interfono—. ¿Hay un Ryan Wesley aquí para ver al señor Canning?

Gracias a Dios. Me doy la vuelta y vuelvo al mostrador. La enfermera de ojos verdes señala a un tipo en bata que me espera.

—Ve con él.

—Soy el doctor Rigel, de enfermedades infecciosas. —Extiende una mano para que se la estreche.

Darle la mano a alguien que trabaja en enfermedades infecciosas me parece un poco inseguro, pero lo hago de todos modos.

Blake también está detrás de mí.

—¿Qué puede decirnos? —pregunta con su voz retumbante.

Nos lleva por un pasillo y nos habla mientras avanzamos.

—El señor Canning está estable —dice, y yo casi me derrito de alivio—. Ha llegado deshidratado y con fiebre alta. Está recibiendo líquidos y un antiviral que combate la gripe, aunque no tendremos los resultados del laboratorio hasta dentro de unas doce horas, aproximadamente. Tenemos que descartar lo que los medios de comunicación llaman la gripe ovina.

Blake se estremece tanto que podrían medir su temblor en la escala de Richter.

—Amigo. Eso no puede ser lo que tiene Bomba J. Me niego a creerlo.

—Bueno… —El doctor llama a un ascensor y todos nos detenemos a esperarlo—. Tal vez tenga razón, pero en medio de un problema de salud como este, sería irresponsable tratar esto a la ligera. Y sus compañeros de trabajo me han indicado que viaja por Canadá por temas laborales, así que necesitamos asegurarnos.

El miedo reaparece.

—No está acostumbrado a este clima —balbuceo—. Siempre ha vivido en la costa oeste.

Blake me lanza una mirada penetrante que sugiere que quizá debería dejar de hablar.

Entramos al ascensor.

—Buen partido el de anoche. —El doctor nos felicita para romper el silencio.

—Eh, gracias —dice Blake—. Va a dejar que mi colega vea a Canning, ¿verdad? Hay un par de asientos en el palco para usted si lo hace.

Varias emociones se suceden rápidamente en la cara del médico, desde la euforia a la desesperación, y luego a la irritación.

—Nunca tomaría una decisión de protocolo médico por unas entradas de *hockey*.

—Por supuesto que no —responde Blake—. Solo quiero decir que le estaremos muy agradecidos si nos indica cuándo Bomba J puede recibir visitas.

El doctor Rigel asiente lentamente.

—El señor Wesley puede ver al paciente una vez se haya puesto el equipo de protección.

—De acuerdo —acepto de inmediato.

Las puertas del ascensor se abren y salimos. Un cartel en la pared dice: «Unidad de aislamiento». El médico nos hace pasar a una habitación sacada de un *thriller* psicológico. Tiene varias paredes de cristal que dan acceso a las habitaciones de los pacientes. Un par de estas tienen las cortinas cerradas, pero algunas están abiertas, y las personas que están dentro parecen más enfermas de lo habitual.

Y entonces le veo.

Jamie está acostado bocarriba en una cama, con la mitad de su hermoso rostro cubierto por una mascarilla de hospital. Aun así, lo reconozco con tan solo un vistazo. Tiene los ojos marrones cerrados, y está demasiado quieto.

Se me seca la garganta al verlo, y lo único que puedo hacer es mirarlo fijamente.

No sé durante cuánto tiempo lo observo. ¿Unos segundos? ¿Un minuto? Blake me agarra de los hombros por detrás y me los aprieta con fuerza. Entonces me acuerdo de respirar y tomo una gran bocanada de aire.

Me da un suave meneo.

—Relájate, Wesley. Venga.

—Lo siento —murmuro.

Blake niega con la cabeza.

—Tranquilo. Hasta aquí te puedo acompañar, pero te llamaré en un par de horas, ¿de acuerdo? O mándame un mensaje si me necesitas. De todas formas, te recogeré más tarde. Hemos dejado tu coche en la pista de hielo.

Mierda, es verdad. Ni siquiera estoy seguro de dónde estoy ahora mismo.

—Gracias —digo al encontrarme con su mirada—. De verdad, yo...

Me hace un gesto como para quitarle importancia.

—No me las des. Hablaremos más tarde.

Blake se da la vuelta y desaparece hacia los ascensores.

—Por aquí, señor Wesley —dice el médico—. Las enfermeras le ayudarán a ponerse el equipo.

Diez minutos más tarde, llevo una bata larga desechable, unos guantes, un gorro, gafas, unas zapatillas desechables y una mascarilla. Joder, es ridículo.

—Estas habitaciones tienen dos puertas —explica una pequeña mujer asiática. Su etiqueta de identificación me dice que es Janet Li, enfermera titulada—. Se entra por aquí... —Señala una puerta de la habitación que tiene un cristal—. Y se sale por esa puerta del fondo. Todo el equipo se queda en la sala que está fuera de la habitación del paciente. Hay muchos carteles que le ayudarán a saber qué hacer. ¿De acuerdo?

—Sí —digo. Solo necesito entrar ahí, que les den a los carteles.

—Ahora entrará solo, pero si usted o el paciente necesitan algo, use el botón del interfono de la pared y alguien les asistirá de inmediato.

—Gracias.

Cuando me abre la puerta de la habitación de Jamie, la atravieso. Hay una segunda puerta abierta detrás de esa.

Entonces, por fin estamos solo él y yo. Le tomo la mano y se la aprieto; me sorprende que esté tan caliente al tacto. No bromeaban con lo de la fiebre.

—Cariño —mascullo—, estoy aquí.

Él permanece inmóvil.

Así que empiezo a hablarle, porque quiero que sepa que soy yo. Le cuento todo lo que me ha pasado hoy. Todo. Cómo Blake se ha lesionado y he ido a buscarlo. Cómo he recibido la horrible llamada telefónica.

—Estaba muy asustado —le digo, aunque la frente de Jamie sigue perfectamente relajada por el sueño.

Las mascarillas entre nosotros son un fastidio, solo quiero quitármela.

Al final, mi historia se acaba. Me siento en el borde de la cama, con la esperanza de que esté bien, y me llevo su mano a mi regazo, donde la acaricio con mis estúpidos dedos enguantados.

Sus pestañas parpadean.

—Canning —susurro mientras le aprieto la mano—. Oye. Vamos, cariño.

Sus pálidos párpados se abren y, cuando veo sus ojos, por fin creo que todo va a ir bien. Los abre por completo y luego frunce el ceño.

Joder, está asustado. Debo de parecer un bicho raro, o al menos un extraño.

—Soy yo —digo en voz alta—. Mira. —Con la mano que tengo libre me quito las gafas y luego —a la mierda— la mascarilla.

Su rostro se relaja y sonrío por primera vez en horas. Quizá como nunca.

—¡Señor Wesley! ¿Qué hace? —Giro la cabeza y veo a la enfermera al otro lado del cristal, con una mano en la cadera y el ceño fruncido. Sostiene un teléfono en el oído y su voz resuena desde un altavoz de la pared—. ¡No puede quitarse el equipo de protección!

Pero sí puedo. Ella no va a doblegarme, puedo vencerla en una pelea. Así que me quito el gorro. Luego me bajo de la cama y me coloco a la altura de la cabeza de Jamie. Él me mira con los ojos muy abiertos y confiados.

—¡Señor Wesley! —vocifera—. Basta ya.

—No lo entiende —digo mientras miro a Jamie y no a ella. Él es el único que importa—. Si él tiene la gripe ovina, yo ya estoy expuesto. Compartimos cama.

Entonces, me inclino sobre él y le beso la frente. Aunque estemos en esta cámara de los horrores, su esencia no ha desaparecido. Y eso me tranquiliza.

—Te quiero, cariño —le susurro al oído—. No te preocupes por nada. —Jamie cierra los ojos, pero lo beso una vez más, ahora en los labios. Solo para que sepa que aún estoy aquí.

Cuando vuelvo a levantar la mirada hacia la ventana, la enfermera se ha ido. Por ahora.

15

Wes

La foto aparece en Internet seis horas después de que haya entrado en la habitación de Jamie.

TMZ lo filtra primero —¿cómo es posible que esos cabrones siempre se adelanten a todo el mundo?—, y después se divulga en varias webs de *hockey,* blogs de famosos, diarios de cotilleo y revistas que en realidad deberían tener mejores cosas sobre las que informar. Dos importantes periódicos la incluyen en la portada, donde la imagen en miniatura está más arriba en la página que un artículo sobre la captura de un terrorista.

Supongo que verme a mí, Ryan Wesley, besando a otro hombre en los labios es una emergencia nacional. Y, de momento, no hay nada que pueda hacer para apagar ese fuego.

¿He mencionado que también estoy en cuarentena?

Pues sí, en cuanto me he deshecho del equipo de protección, he firmado mi propia sentencia. El doctor Rigel ha entrado en la habitación, con su traje de cuarentena, junto a la enfermera enfadada. Me ha informado de que, como me he expuesto potencialmente a lo que podría ser una cepa peligrosa de gripe, no podré salir de la unidad de aislamiento hasta que lleguen los resultados de la prueba de Jamie. Luego, su enfermera enfadada me ha sacado un poco de sangre y la ha enviado al laboratorio para que la analizaran también.

¿Me arrepiento de algo? Ni lo más mínimo. De todas formas, no pensaba irme del lado de Jamie. Al menos así, nadie me echará cuando acabe el horario de visitas. Y ahora que un imbécil nos ha sacado del armario sin nuestro permiso, no puedo negar que es bueno tener una excusa para esconderse del resto del mundo.

No sé quién ha tomado la foto, pero vaya, se tiene que haber hecho de oro con el momento íntimo que nos ha robado. Yo, sentado junto a la cama de Jamie, presionando mis labios contra los suyos. Ha sido justo después de que haya recuperado la conciencia, y he sentido tal alegría y alivio al ver esos preciosos ojos marrones mirándome que he olvidado que estábamos en una caja de vidrio con las cortinas abiertas.

Después de eso, ha dormido una hora más, mientras yo le tomaba de la mano. Tal vez parezca una tontería, pero nunca me había sentido más útil para nadie en mi vida. Si se despertaba confuso, quería que supiera que no estaba solo. A pesar de la mierda que se arremolina en mi vida en estos momentos, me siento más tranquilo de lo que he estado en semanas. Porque, por una vez, sé que he hecho lo correcto justo cuando tenía que hacerlo.

Y cuando se ha despertado del todo, estaba confuso.

—¿Dónde estamos? —Su pregunta me ha sorprendido.

—En un hospital, cariño. Estás enfermo. Es posible que tengas la gripe, pero nos lo dirán cuando lleguen los resultados.

—Está bien —ha respondido con un apretón en mi mano.

Pero cuanto más se despejaba, más se inquietaba. Y cuando se ha dado cuenta de lo extraña que era la habitación del hospital, no ha tardado en percatarse de que yo también me he expuesto. Y ahora no deja el tema.

—No deberías haberte quitado la mascarilla —me regaña Jamie—. Estás loco, Wes. No deberías estar aquí.

No es la primera vez que cuestiona mi cordura desde que se ha despertado, y ahora yo me estoy cuestionando la suya, porque ¿dónde narices iba a estar si no? ¿Parado al otro lado del cristal viendo sufrir al hombre que quiero?

—Vas a pillar esta estúpida gripe ovina —murmura.

—En primer lugar, no sabemos si tienes la gripe ovina —señalo. Estoy sentado en una silla junto a su cama, pero inclinado hacia él mientras le acaricio la mejilla con la mano sin guante. Su piel sigue ardiendo, y eso me preocupa. Hace seis horas que le han puesto la vía. ¿No debería bajarle la fiebre?—. Rigel ha dicho que era poco probable, ¿recuerdas? Segundo, si la tienes, es probable que yo también, porque te metí la lengua en la garganta la otra noche. Tercero, debo estar aquí. Echa un vistazo a esta cámara de tortura, cariño. —Señalo el espacio opresivo—. Nunca te dejaría sufrir aquí solo.

Se ríe débilmente.

Dios. Me siento tan aliviado de que esté consciente. La primera vez que lo he visto tumbado en esa cama, tan quieto... Me he asustado muchísimo.

—El entrenador Hal se va a poner histérico —suspira—. ¿Y si te pierdes el entrenamiento de mañana por la mañana? Además, tienes un partido en Tampa el jueves por la noche. No puedes ponerte enfermo, Wes.

Lo miro con incredulidad.

Jamie titubea.

—¿Qué?

—¿De verdad crees que voy a ir al entrenamiento de mañana cuando estás en el hospital?

—Puede que me den el alta para entonces.

—¿Con todas las precauciones que están tomando estos imbéciles? Sí, claro. Te mantendrán aquí al menos un par de días en observación. —Mi tono es afilado—. No me subiré a ese avión a Tampa, espero que te des cuenta. No me apartaré de tu lado hasta que sepa que estás fuera de peligro.

—Nunca he estado en peligro —protesta.

Me quedo boquiabierto.

—¡Te has desmayado en el trabajo! ¡Tienes cuarenta de fiebre! Tu piel parece una langosta hervida y aún estás temblando de frío como una hoja. ¡Estás demasiado débil para levantar la cabeza!

—Estoy bien —insiste Jamie, y yo me siento tentado de darle un puñetazo en la cara. Pero no lo hago, porque él es quien está tumbado en esta cama de hospital, así que supongo que me toca actuar como un adulto.

—No estás bien —digo con severidad—. Estás enfermo. —Quizá tenga una peligrosa cepa de veneno ovino o lo que sea, pero me niego a creer que sea así. Gracias a la inquietante obsesión de Blake por las ovejas, sé que al menos dieciséis personas han muerto por esta gripe. Y tengo bien claro que Jamie no será el número diecisiete. Vendería mi alma al diablo antes que dejar que le pasara algo, él es lo más importante de mi vida.

Dejamos de hablar cuando oímos un fuerte pitido. El pestillo de la puerta se abre y la enfermera —que ahora me odia oficialmente— entra con frialdad en la habitación. Lleva el traje de protección y la mascarilla. No le veo la boca, pero sus ojos me indican que está frunciendo el ceño.

—Señor Wesley. Sígame, por favor —me ordena, y me preocupa la nota de descontento en su voz. Ay, madre mía. ¿Han llegado los resultados de Jamie? ¿Quiere hablar conmigo en privado para confirmar que Jamie tiene gripe ovina?

Se me acelera el corazón cuando tropiezo con la silla. Jamie parece tan preocupado como yo, pero no protesta mientras sigo a la enfermera mortífera a una habitación secundaria. Una vez que la puerta se cierra tras nosotros, me tiende un teléfono móvil. Mi móvil, que me ha confiscado hace una hora, cuando me ha pillado enviando un mensaje de texto al clan Canning.

Al parecer, los aparatos electrónicos están prohibidos en la cuarentena. La verdad es que me alegro de que se haya llevado el teléfono, porque se ha encendido como un castillo de fuegos artificiales después de la publicación de la fotografía. Jamie todavía estaba dormido en ese momento. Sí, no tiene ni idea de que, desde hace una hora, se ha estado gestando una tormenta de problemas fuera de nuestra jaula de cristal, y no tengo intención de decírselo. Al menos no todavía.

Mi única prioridad es ayudarle a que se mejore. Si se entera de que miles de personas… qué narices, quizá millones de personas están discutiendo y diseccionando nuestra relación, quién sabe lo que eso le hará a su ya frágil sistema. No puedo correr ese riesgo.

—Hemos recibido un número exorbitante de llamadas durante la última hora —dice inexpresiva—. Al menos una veintena de ellas eran de un tal Frank Donovan. Insiste en hablar con usted y, francamente, mis colegas y yo estamos cansados de que nos griten, así que vamos a hacer una excepción con usted, señor Wesley. Puede usar su teléfono móvil, pero solo en esta habitación, y brevemente. Ahora, por favor, devuelva la llamada al señor Donovan antes de que ceda al impulso de investigar el coste de un asesino a sueldo.

Me río. Vale, quizá la enfermera mortífera no sea tan mala.

Espero a que salga de la habitación antes de marcar el número de Frank, pero dudo antes de pulsar el botón de llamada. Mierda. No estoy preparado para lidiar con nada de esto ahora mismo. Joder, tenía un plan: terminar mi año de novato, y luego salir del armario. Frank y yo habríamos controlado la historia y la habríamos presentado a los medios de comunicación como nosotros queríamos.

Pero un imbécil codicioso, entrometido y desconsiderado ha tomado cartas en el asunto. O... ¿tal vez una imbécil? De repente, pienso en la enfermera mortífera. ¿Y si ha sido ella?

Aunque podría ser cualquiera de las enfermeras que he visto hoy al otro lado del cristal. O los técnicos que entregan los resultados de las pruebas. Los médicos que entran y salen de la unidad. Los familiares que visitan a sus seres queridos en cuarentena.

Cualquiera podría haber hecho esa foto. Tratar de encontrar al culpable es como jugar a una versión sin sentido del *Cluedo*. ¡La enfermera mortífera... en la Unidad de Aislamiento... con la cámara!

¿Y de verdad importa a estas alturas? Lo hecho, hecho está, y ahora es el momento de controlar los daños.

—¡Ryan, ya era hora! —La voz agotada de Frank retumba en mi oído—. ¿Por qué no contestas al móvil?

—Las enfermeras me lo han confiscado —le explico—. No se permiten los teléfonos en el hospital.

—Eso es un mito. Los estudios han demostrado que los efectos de los teléfonos móviles en los equipos médicos son mínimos.

¿De verdad deberíamos estar debatiendo esto ahora mismo?

—Frank... —Le hago volver a los asuntos que de verdad importan—. ¿Qué tipo de reacción negativa podemos esperar?

—Todavía es demasiado pronto para saberlo. La mayoría de los medios de comunicación se han subido al tren del arcoíris. —Aprieto los dientes con fuerza—. Y están agitando las banderas del orgullo gay y elogiando tu valentía de salir del armario.

—Yo no he salido del armario —murmuro—. Alguien lo ha hecho por mí.

131

—Bueno, ya estás fuera —responde con desdén—. Y ahora tenemos que asegurarnos de que lo llevamos en la dirección correcta. El equipo va a publicar la declaración que preparé después de que te seleccionáramos. Quería avisarte de eso, de que saldrá en una hora.

Frank me había enviado una copia de la declaración hace un tiempo. Según recuerdo, había mucho lenguaje políticamente correcto: «El equipo apoya —y siempre lo ha hecho— a nuestros jugadores y a la rica diversidad que aportan al deporte del *hockey*... Bla, bla, bla. Estamos orgullosos de que Ryan Wesley sea miembro del equipo».

—Dejaremos que los buitres pasen la noche picoteando y royendo —dice Frank con voz cínica—. Y mañana por la mañana darás una rueda de prensa y...

—¿Qué? —interrumpo—. De ninguna manera.

—Ryan...

—Accedí a hacer una declaración escrita —le recuerdo—. Una breve continuación de cualquier declaración que des a los medios de comunicación. No accedí a ponerme frente a las cámaras. —La idea de sentarme al frente de una sala llena de periodistas para hablarles de mi vida sexual y responder a preguntas que nadie tiene derecho a hacerme hace que me suba la bilis a la garganta.

—Eso fue antes de que en Internet aparecieran fotos tuyas besándote con tu amante gay —responde Frank. No parece enfadado ni disgustado, habla con naturalidad—. Van a esperar algo más que un comunicado de prensa de dos líneas, Ryan.

—¡Me importa una mierda lo que esperen! —La frustración me desgarra el pecho. Quiero estampar el teléfono contra la pared, ver cómo se rompe en pedazos, y luego pisotearlos por si acaso. Me siento... invadido. Y eso no hace más que intensificar la sensación de indignación que me recorre la columna vertebral. Esta gente no tiene derecho a poner un foco sobre mí solo porque me guste acostarme con hombres. No es asunto suyo, joder.

—Ryan. —Frank hace una pausa—. Está bien. Está claro que deberíamos posponer esta discusión hasta que a tu... eh,

132

pareja le den el alta. Por ahora, voy a publicar el comunicado en nombre del equipo. Una vez que evaluemos la respuesta, determinaremos nuestro próximo movimiento.

—De acuerdo.

—¿Debemos preocuparnos por los resultados de las pruebas?

Me quedo en blanco por un segundo.

—¿Los resultados de las pruebas?

—La gripe —dice con impaciencia—. El cuerpo técnico está preocupado. Está previsto que juegues contra Tampa en dos días.

Tomo aire.

—No estaré en el hielo el jueves, Frank. Si quieres, llamaré personalmente al entrenador para avisarle, pero esto no es negociable. Estoy lidiando con una emergencia familiar.

—Tu contrato dice...

—No me importa lo que diga —replico—. No me subiré en ese vuelo. —No le doy la oportunidad de objetar—. Tengo que dejarte ya. Las enfermeras me están mirando mal. —No es verdad, pero eso Frank no lo sabe—. Te llamaré cuando tenga los resultados de la prueba de Jamie.

Me tiemblan las manos mientras cuelgo el teléfono. No estaba preparado para esto. Para nada. Y aunque estoy desesperado por volver con Jamie, me obligo a revisar los mensajes de texto, por si los Canning han intentado ponerse en contacto conmigo.

Y vaya si lo han hecho. Todos y cada uno de ellos.

Cindy: Cariño, Patrick y yo necesitamos saber si hay alguna novedad (aunque sabemos que todo irá bien, irá bien, ¡irá bien!)

Jess: ¿¿¿Por qué esos idiotas del hospital no me dejan llamarte???

Joe: ¿Cómo está mi hermano?

Scott: ¿Cómo está Jamester?

Brady: ¿J está bien?

Incluso hay un mensaje de Tammy, que ya tiene bastante con su propia situación en el hospital en este momento:

Tammy: Llama en cuanto tengas los resultados de las pruebas. Pregunta en la centralita por mi habitación. Extensión 3365.

En lugar de responder a cada uno por separado, envío un mensaje grupal a todo el clan Canning:

Todavía estoy esperando los resultados del laboratorio. J está despierto y de mal humor. La fiebre sigue alta, pero los médicos están trabajando para bajársela. No me dejan usar el teléfono aquí. Os escribiré en cuanto pueda.

Ojeo el resto de los mensajes no leídos, que son en su mayoría de Blake. También hay uno de Eriksson, pero no lo abro porque me da demasiado miedo saber lo que dice. Creo que no estoy preparado para afrontar las reacciones de mis compañeros de equipo ante la «noticia». Me desplazo hacia más abajo y me quedo paralizado cuando veo un mensaje de mi padre. Este sí lo abro.

Papá: Eres tonto.

Siento una punzada de dolor en el corazón. Estoy enfadado conmigo mismo por permitir que esas dos palabras me afecten, pero... Mierda, me duelen.

Estoy a punto de apagar el teléfono cuando me fijo en la aplicación de Twitter. Dice que tengo 4622 notificaciones nuevas. Dios mío.

A pesar de mi buen juicio, me rindo a la curiosidad morbosa y abro la aplicación para ver qué piensa la *Twitteresfera* sobre esta última novedad. Ja. #RyanWesley es tendencia en Twitter. Y tengo diez mil nuevos seguidores desde que se ha publicado la foto. Abro las notificaciones y descubro que la mayoría de los tuits son sorprendentemente positivos.

@hockeychix96: ¡Madre mía! ¡Tu NOVIO está MUY bueno!

@T-DotFan: ¡Me alegro por ti, amigo!

@Kyle_Gilliam309: Eres una inspiración para todos nosotros, Wesley.

Y así sucesivamente. Muchos «Madre mía», ciberabrazos y «choca esos cinco». La gente me dice que soy una inspiración para la comunidad gay. Entre ellos hay tuits de negación, disgusto e incredulidad.

@BearsFourEvr: Las pollas son para las tías, maricón.

@Jenn_sinders: ¡Por favor, di que no eres gay!

Y en una conversación de unos cincuenta tuits, dos fans me han etiquetado mientras realizan un examen exhaustivo de la «prueba» de mi orientación sexual. Incluso amplían y recortan ciertas partes de la foto para exponer su caso.

@HeyyythereDelilah: En serio, ese *no* es RW. Mírale a los ojos. Los ojos de RW no están tan juntos.

¿Mis ojos están juntos?

@BustyBritt69: ¡Es RW! Reconocería esa boca *sexy* en cualquier lugar.

@HeyyythereDelilah: Abogada del diablo. Digamos que es RW. No significa que sea el *novio* de RW. Podría ser su hermano.

@BustyBritt69: ¿Quién besa a su hermano en la BOCA?

@HeyyythereDelilah: Yo lo hice una vez, pero estaba borracha. Pensé que era otra persona.

@BustyBritt69: ¡Qué asco! ¡No necesitaba saberlo!

Suspiro, cierro la aplicación y apago mi teléfono. La enfermera mortífera no ha dicho que tuviera que devolvérselo, así que me lo meto en el bolsillo, y regreso a la habitación principal, donde me encuentro con la mirada recelosa de Jamie.

—¿Qué ha pasado?

Me encojo de hombros.

—Me ha permitido usar el teléfono para que pudiera hablar con tus padres.

—¿Están asustados?

—No. Como yo, saben que no hay nada de lo que preocuparse. —Me acomodo de nuevo en la silla y le tiendo la mano—. Te pondrás bien, cariño. Esas pruebas van a salir negativas. Ya verás.

Asiente con la cabeza, pero su expresión sigue intranquila.

—¿Seguro que todo va bien? —insiste.

Me inclino y le rozo con los labios la mejilla alarmantemente caliente.

—Todo va bien —miento.

16

Jamie

La fiebre es alucinante. La habitación tiene una forma muy extraña e inquietante, y siento calor y frío al mismo tiempo.

Solo hay una cosa aquí que se comporta exactamente como necesito, y es Wes. Cada vez que abro los ojos está aquí. Aunque me preocupa su salud, su carrera y cualquier otra maldita cosa, no puedo negar que es un consuelo para mí. Porque todo lo que me está pasando es muy desconcertante.

—¿Cómo he llegado aquí? —pregunto de repente.

Levanta la vista del móvil.

—Eh, estoy bastante seguro de que en ambulancia. Tu compañero, Danton, me llamó mientras entrenaba, pero no escuché todos los detalles. —Se aclara la garganta—. Creo que dijo algo sobre una ambulancia.

Pienso en ello mientras las paredes brillan de un modo inusual. Entonces, un gigantesco oso pardo aplasta su gigantesco cuerpo contra la ventana. Lo miro fijamente cuando arranca el teléfono de la pared y una voz retumba hacia nosotros:

—¡Tío! ¡La que has liado, Bomba J!

Mis sinapsis se disparan a cámara lenta, pero el quejido de Wes me da una pista. Blake ha llegado. ¡Mierda! Disimuladamente, intento apartar mi mano de la de Wes, pero él me la agarra con fuerza.

—¿Wes? —farfullo.

—¿Sí?

—¿Se ha descubierto nuestra tapadera?

—Bueno...

La histeria de Blake hace vibrar las paredes.

—¿Si se ha descubierto vuestra tapadera? ¿El agua moja? —dice con sarcasmo—. Acabo de ver vuestras caras en las noticias de las diez. Bonita foto del anuario, Bomba J.

Wes salta de la silla y se acerca a la ventana. Estoy bastante seguro de que está haciendo el gesto de cortarle el cuello.

—¿Qué? —dice Blake mientras se encoge de hombros—. Verá la televisión, el periódico o un teléfono antes de mañana, ¿no?

De alguna manera, esta nueva información me ayuda a despejarme la cabeza. Si salimos en las noticias, significa que el mundo entero se está deleitando con Wes como si fuera un bufé de cotilleos.

—Lo siento mucho —digo.

Wes se da la vuelta.

—No, no lo sientas. Esto no es culpa tuya. Ni siquiera un poco.

Sé que tiene razón, pero también estoy seguro de que esto es un gran inconveniente. No es de extrañar que esté pendiente del móvil, a escondidas, cuando cree que no miro.

—¿Qué dice Frank?

Wes se encoge de hombros.

—Se está encargando de ello, no te preocupes. —Sin embargo, no parece tan tranquilo como sus palabras nos quieren hacer creer.

—Estás atrapado aquí conmigo, deben de estar enfadados por eso. Seguro que hay furgonetas de la prensa delante del estadio.

—Hay furgonetas de la prensa delante del hospital —dice Blake con alegría.

Los dos lo miramos fijamente.

—¿De verdad? —pregunta Wes.

—¡Sí! Los he esquivado como he podido. Os he traído vuestros pijamas. —Levanta una bolsa de lona—. El portero me ha dejado entrar en vuestro apartamento. No sabía qué cepillo de dientes era de quién, así que lo he traído todo.

Lenta y sutilmente, Wes y yo nos giramos para mirarnos a los ojos. Tenemos la misma pregunta incómoda en mente, lo sé. «¿Se habrá equivocado al abrir...?».

138

—Tal vez no debería haber abierto todos esos cajones —continúa Blake mientras se frota la barbilla—. No puedo olvidar algunos de esos juguetes, pero cada uno tiene su propia manera de divertirse. Hablando de diversión, también os he traído un sándwich italiano de la tienda de *delicatessen* de la esquina. ¿Creéis que puedo conseguir que la enfermera enfadada os dé esta bolsa?

Wes deja escapar un largo y agónico suspiro. Puede que sea yo quien está en la cama del hospital, pero hoy le han amputado su intimidad. Y la herida no para de sangrar.

—Blake, es un poco duro decirte esto.

—¿El qué, Wesley, muchacho?

—Gracias por toda tu ayuda hoy. —Mi novio se frota la nuca, como si decir cosas bonitas a nuestro vecino más plasta le causara dolor—. De verdad. Te agradezco todo lo que has hecho por mí antes.

—Oh. —Blake se lleva una mano al pecho—. De nada, novato. Y, oye, me encanta el nuevo sillón. Puede que tenga que conseguir uno de esos para mí. ¡Oh! ¿Señorita? ¡Yujuuu! —Blake ha visto a la enfermera, así que suelta el teléfono y va tras ella.

Wes se vuelve hacia mí y me pone la mano en la frente por enésima vez. Es probable que sus huellas dactilares se hayan quedado grabadas para siempre en mi cara.

—¿Estás nervioso? —pregunto.

—No —miente.

—No me estoy disculpando por ser la causa —le aseguro—. Pero siento todo lo que se te viene encima.

Apoya un codo en el colchón y acerca su hermoso rostro al mío.

—Esto iba a suceder tarde o temprano. Quizá sea como quitarse las muelas del juicio. Sabes que lo necesitas, sabes que es temporal, pero aun así es una mierda durante un tiempo.

—De acuerdo, eso es cierto.

Lo que ninguno de los dos dice en voz alta es que esperamos que no perjudique su carrera. Ayer era el novato superestrella, Ryan Wesley. Esta noche es Ryan Wesley, el primer jugador de la NHL que sale del armario.

El pestillo de la puerta se abre con un clic y la enfermera y el médico entran de nuevo. Pero ninguno de ellos lleva la bolsa que Blake nos ha traído.

—¿Qué noticias hay? —pregunta Wes mientras se levanta.

—Vamos a trasladar al señor Canning a otra habitación —explica el médico.

Entonces me doy cuenta de que ni él ni la enfermera llevan trajes espaciales.

—El resultado es negativo —mascullo.

—Ha dado positivo en un virus de la gripe que no es la ovina.

—No es la ovina —repite Wes, que suena aliviado.

—Correcto. —Asiente el médico—. Es una gripe normal y corriente.

Siguen hablando, pero empiezo a sentir los párpados pesados de nuevo. Wes le pregunta al médico por qué estoy tan enfermo, y las palabras clave del doctor hacen que me entre más sueño todavía, porque suena como si no tuviera ni idea de por qué estoy enfermo. Utiliza frases como «inusual presentación» y «clima desconocido».

No importa. Ahora mismo solo quiero irme a casa.

—La fiebre ha bajado a treinta y ocho. Eso es bueno —dice la enfermera. Está de pie junto a mi cabeza y me ha puesto un termómetro en el oído—. Una vez que los antivirales hagan efecto, empezará a sentirse humano de nuevo.

Me siento tan mareado ahora mismo que me resulta difícil creerla.

La siguiente vez que me despierto, estoy de camino a una habitación diferente en la cuarta planta. Es muy parecida a la anterior, con la diferencia de que primero tengo que sufrir un vergonzoso paseo por los pasillos en una camilla. De hecho, para colocarme en la nueva cama levantan la sábana en la que estoy acostado y la llevan a un nuevo colchón.

—¿No me puedo ir a casa? —le pregunto a quien me está arropando.

—No hasta que la fiebre haya desaparecido, cielo —me informa la nueva enfermera. Es una mujer grandota, jamaicana, que se llama Bertha, y me cae bien al instante—. Probablemente mañana.

Pero creía que ya era mañana.

¿Eso tiene algún sentido?

A dormir más, de momento.

Cierro los ojos mientras Bertha se encarga de los líquidos intravenosos. Wes aparece en algún lugar cercano. Y eso es todo lo que necesito saber por ahora.

17

Wes

Tras devorar el sándwich que ha traído Blake, paso el resto de la noche en la habitación de Jamie, sentado en una silla de plástico. Duermo a intervalos de quince minutos, con la cabeza colgando sobre el pecho. Es más agotador que pasarse la noche en vela. Vive y aprende.

La mañana llega con un sobresalto. Hay demasiada luz por todas partes y, cuando mi visión se enfoca, veo a Frank Donovan, que asoma la cabeza en la habitación de Jamie.

Me levanto tambaleándome de la silla y me dirijo hacia el pasillo, para no despertar a Jamie.

—¿Qué hora es? —La pregunta suena incoherente incluso para mis propios oídos.

—Las siete y media.

Sacudo la cabeza enérgicamente en un intento por deshacerme del cansancio.

—¿Trabajas temprano hoy?

Está de pie frente a mí con traje, pajarita, zapatos brillantes y el pelo peinado. Somos una combinación de contrastes.

Frank se ríe.

—He apagado el teléfono a las dos y media de la mañana. He vuelto a encenderlo a las seis y me he encontrado con ciento cincuenta llamadas perdidas. Todos los medios de comunicación deportivos del mundo quieren hablar contigo.

—Es una pena que no vaya a ser posible —digo con firmeza.

Frank se muerde el labio.

—Mira, sé que estás en una situación difícil, pero no basta con que el equipo emita comunicados de prensa de apoyo. Mi oficina está haciendo todo lo posible para decir que todo sigue igual con respecto a ti, pero los aficionados necesitan verte en el hielo con tus compañeros. Esa es la única manera de que el público se asegure de que lo decimos en serio. Es eso o dar una entrevista en el sofá de Matt Lauer, sentado junto a tu entrenador.

Se me escapa una carcajada.

—Hal no haría eso.

—Hal hará lo que el equipo necesite. Al igual que tú. —Esto último lo dice con una voz amenazadora.

—¿O qué? —pregunto de mal humor—. ¿Me despediréis? ¿Al tío gay? Quedaríais mal.

Frank golpea el suelo con impaciencia.

—No seas así, Ryan. Me estoy esforzando como el que más para acallar el remolino de mierda de los medios de comunicación. Estoy de tu lado. Así que ponte los puñeteros patines y facilítame el trabajo.

—¿A qué hora es el entrenamiento de hoy? —pregunto, y me lo pienso.

—A las once.

Miro a Jamie por encima del hombro. Cuando la enfermera ha comprobado sus signos vitales hace un par de horas, su temperatura había bajado a treinta y siete grados y medio. Por fin.

—Vale, hoy estaré en el entrenamiento. Pero no iré a Tampa esta noche. Si le dejan salir del hospital mañana, no puede estar solo en casa. No tenemos familia aquí.

Frank lo considera.

—De acuerdo, trato hecho. Pero será mejor que llames a alguien que pueda quedarse con él. Tienes que ir a Nashville después. El equipo no permite que se falte a los partidos a menos que haya una crisis familiar grave. —Quiero romper algo cuando dice eso. Esta es una crisis familiar grave. La más grave—. Y los fans necesitan ver que tu posición en el equipo es segura. Si te alejas, dará la sensación de que intentamos deshacernos de ti. Si apareces y patinas, la historia desaparecerá más rápido.

Bueno, lo que está diciendo ahora sí que lo puedo hacer.

—Está bien. Ya se me ocurrirá algo para Nashville —le digo, solo para que se calle—. Y estaré allí, hoy a las once.

Señala la habitación de Jamie con la barbilla.

143

—Despídete ya. Te dejaré en casa para que duermas un par de horas. Necesitamos que tengas energía.

«¿No está siendo un poco insistente?». Lo miro fijamente durante un segundo, pero, joder, estoy atrapado aquí en el hospital sin mi coche.

—Espera.

Jamie está despierto cuando vuelvo a entrar en la habitación.

—¿Te parece bien que me vaya un par de horas? —Me siento en los pocos centímetros de colchón disponibles junto a su cadera—. ¿Te duele algo?

Traga con dificultad, como si le ardiera la garganta.

—Vete. Estaré bien.

—¿Necesitas agua? —Busco a mi alrededor el vaso con la pajita.

—Vete —dice con más fuerza—. Solo...

—¿Qué? —Coloco las dos manos en la cama y miro su preciosa cara.

—Vuelve luego —dice con una sonrisa—. Tal vez me dejen irme a casa.

Me inclino y le beso la frente. Luego recojo la mochila del suelo y me voy antes de que pueda cambiar de idea.

Duermo como un tronco durante dos horas en casa. Luego me ducho antes de ir a la pista. Llego un poco tarde, pero lo prefiero, así tendré menos tiempo para charlar en el vestuario. Estoy demasiado cansado para escuchar cualquier tontería que mis compañeros de equipo puedan decir sobre mí hoy.

Es algo en lo que no puedo pensar en este momento. No quiero saber si están ocupados tratando de asignarme un vestuario aparte, o alguna chorrada del estilo.

Cuando entro en el vestuario, se hace el silencio.

Da igual, me importa una mierda. Arrojo la bolsa de deporte en el banco y me quito el abrigo. Se podría oír la caída de un alfiler. Cuelgo el abrigo y me quito las botas.

—Wesley, cabrón —dice Eriksson—. ¿No vas a decírnoslo?

—¿Deciros qué? —gruño. Mi vida sexual no es de su puñetera incumbencia.

—¿Cómo está? Por Dios. Las noticias de la televisión hacen que parezca que tu novio está recibiendo la extremaunción.

Mis dedos vacilan en los botones de la camisa de cuadros verde brillante.

—¿Q-qué?

—Creo que lo que el señor Sensible trata de preguntar es si tu pareja está bien —dice con ironía Tomilson, nuestro portero suplente.

Me cuesta mantener la mandíbula relajada. En primer lugar, Tomilson y yo apenas hemos intercambiado diez palabras desde que me incorporé al equipo. El veterano es muy reservado, y con dos Copas Stanley en su haber, supongo que se ha ganado el derecho a no aparecer en los eventos de los medios de comunicación, porque nunca lo he visto en una rueda de prensa o en una fiesta. Blake me contó que pasa todo su tiempo libre con su mujer e hijos.

Oírle referirse a Jamie como mi «pareja», y sin una pizca de juicio, malestar o disgusto en la voz, hace que me escuezan los ojos. Joder. Si me echo a llorar delante de mis compañeros de equipo, me lo recordarán toda la vida.

Me aclaro la garganta para deshacerme del enorme nudo que se me ha formado.

—Está mejor. La fiebre le ha bajado y creo que le darán el alta hoy. —Mi voz suena ronca cuando añado—: La gripe le ha dado una paliza. Nunca había visto nada igual.

—Al menos, no era esa cepa peligrosa —añade Tomilson—. El entrenador ha dicho que era una gripe normal. Así que eso es bueno, ¿no?

Asiento con la cabeza. La habitación se vuelve a quedar en silencio, y me tenso por instinto, a la espera de que lleguen más preguntas. Esto parece demasiado… fácil. ¿Por qué no me están machacando para que les cuente detalles sobre mi vida personal o exigiendo saber por qué no les conté que era gay?

El caso es que mis compañeros de equipo de la universidad se tomaron mi sexualidad con calma. También pensé que era demasiado fácil entonces, y mientras estoy aquí, esperando a que mi equipo actual me juzgue, me doy cuenta de lo cínico que me he vuelto. Quizá haya más tolerancia en este mundo de lo que pensaba. ¿Es eso posible? ¿Son mis padres homófobos la excepción a una regla que evoluciona lentamente?

Tras unos segundos más de silencio, Eriksson vuelve a hablar:

—Fue la camisa, ¿eh?

Parpadeo confundido, y él señala la camisa verde que llevo puesta.

—Lo sabía. Te hizo gay —dice alegremente.

—Matt —le regaña uno de nuestros compañeros, pero es demasiado tarde, los otros muchachos ya se están riendo, y joder, yo también.

—¿Cuántas veces tengo que decírtelo? —protesto—. Esta camisa es la bomba punto com. No, punto edu* porque es casi esclarecedora.

Forsberg resopla.

—Es cegadora, eso es lo que es. —Se acerca y me da una palmada en el culo—. Venga, en marcha. El entrenador no va a ser benévolo contigo solo porque tu novio tenga la gripe. Una vez llegué tarde al entrenamiento porque Milady estaba enferma, y el viejo cabrón me hizo hacer cien flexiones con todo el equipo. Y con patines. Joder, ¿sabes lo duro que es eso?

—¿Tu *lady*? No sabía que tenías novia... —Pero ya se ha ido del vestuario, así que Eriksson responde por él:

—No la tiene. —Sonríe—. Milady es el nombre de su perra.

Vale. Así que Forsberg tiene una perra que se llama Milady. Otro recordatorio de lo poco que me he esforzado por conocer a los hombres con los que patino cada día.

El nudo en la garganta vuelve. Sin embargo, me lo trago y me cambio rápidamente para el entrenamiento.

Esta mañana solo se permite la entrada a la pista a un puñado de reporteros y periodistas que, sin duda, Frank y su equipo de publicistas han elegido. El equipo no concede a los medios de comunicación el acceso a los entrenamientos justo antes de los

* Un dominio de Internet de nivel superior que utilizan las escuelas, los colegios, las universidades y otras organizaciones educativas principalmente en los Estados Unidos y en Canadá. *(N. de la T.)*

días de partido, pero Frank está haciendo una excepción hoy. La gente necesita verme en el hielo con mis compañeros de equipo, así que eso es lo que les damos.

Soy muy consciente de que las cámaras me siguen como el rayo de un puntero láser. Cada movimiento que hago está documentado y fotografiado, y casi puedo ver los pies de foto debajo de las imágenes.

Cuando el entrenador me regaña por fallar un tiro fácil: «¡La tensión aumenta: Hal Harvey y Ryan Wesley se pelean en el entrenamiento!».

Cuando Eriksson y yo hacemos un choque de pecho después de que le dé una buena asistencia: «¡Matt Eriksson muestra su apoyo a su compañero gay!». O, si hablamos de la prensa sensacionalista, supongo que el titular sería: «Matt Eriksson y Ryan Wesley... ¿amantes gais?».

Cuando saludo y sonrío a uno de los periodistas (después de recibir una mirada de advertencia de Frank): «¡Orgulloso de ser gay! Ryan Wesley disfruta de la atención de los medios de comunicación».

Ahora mismo odio mi vida. De verdad que la odio. Lo único que me salva es que el hombre al que quiero ya no yace inconsciente en una cama de hospital. Jamie está mejorando. Estaba tan asustado de perderlo que saber que se va a poner bien es el consuelo al que me aferro durante este circo.

Cuando el entrenador toca el silbato para despedirnos, salgo del hielo a toda velocidad, lo que hace que me lleve otra mirada de Frank, pero puede irse a la mierda. Le dije que no hablaría con la prensa, y lo dije en serio.

En el vestuario, me cambio de ropa rápidamente. Cuando oigo un revuelo de actividad en el pasillo, se me encoge el estómago. Genial, supongo que hoy Frank ha dado a los medios de comunicación libre acceso a las instalaciones. Por desgracia, solo hay una manera de salir del vestuario, y es a través de la puerta tras la que probablemente haya un montón de periodistas esperando.

Tomilson me mira con compasión mientras voy con cautela hacia la puerta.

—Tú solo sonríe y saluda —me sugiere Eriksson.

—Salúdales como la reina Isabel —dice Luko con amabilidad. Entonces procede a hacer el lento y rebuscado movimiento de manos que la realeza británica ha perfeccionado con el tiempo, y todos se echan a reír.

—¿Acabas de llamarme reina? —bromeo.

A Luko se le borra la sonrisa de la cara.

—¡No! Yo...

—No, tío. Era broma, te lo juro. —Mierda. Nunca tuve la oportunidad de averiguar cómo hablar con estos chicos—. No me ofendo con facilidad. Y, para que conste, ninguno de vosotros, feos, sois mi tipo. Aunque quizá Eriksson sí. Pero no quiero ser su polvo por despecho.

Eriksson resopla y yo salgo justo a tiempo para escuchar cómo el entrenador Harvey hace una declaración que casi hace que se me salgan los ojos.

—Si ser marica significa patinar como Ryan Wesley, voy a tener que animar al resto de mis jugadores a que lo sean.

El pasillo estalla en risas, que de inmediato se convierten en gritos cuando la prensa se da cuenta de que estoy en la puerta.

—¡Ryan! ¿Tienes algún mensaje para los deportistas gais que tengan miedo a salir del armario?

—¿Qué se siente al ser el primer jugador abiertamente gay de la NHL?

—¿Cuándo supiste que eras gay?

—¿Quieres decir algo respecto a la declaración del entrenador Harvey?

Hoy estaba preparado para pronunciar las palabras «sin comentarios» hasta que perdieran su significado, pero tras haber escuchado las palabras de apoyo del entrenador —aunque algo pintorescas—, no puedo evitar responder a la última pregunta.

—Hal Harvey es el mejor entrenador para el que he patinado —digo con voz ronca—. Espero seguir haciéndole sentir orgulloso durante las próximas temporadas.

Los periodistas lanzan otra explosión de preguntas, pero ya he dicho todo lo que quería, así que agacho la cabeza y me abro paso entre la multitud mientras dejo que sus ansiosas voces reboten en mi espalda. Hay grupos de periodistas y furgonetas de los medios de comunicación estacionados en el aparcamiento, pero también los ignoro y me apresuro a entrar en el todoterreno. Menos mal que tengo los cristales tintados. Estoy seguro de que las cámaras me han captado abalanzándome sobre el asiento delantero, pero espero que nadie me vea restregándome ambas manos por la cara y soltando un gemido de frustración.

Un minuto después, salgo del aparcamiento y el *Bluetooth* se activa cuando entra una llamada. El nombre de Frank parpadea en el tablero.

Pulso el botón de ignorar en el volante. Cuando el teléfono vuelve a sonar, casi arranco el volante del salpicadero. Por favor. ¿No puede darme ni un segundo de paz?

Espera, no es Frank. Me relajo cuando veo el nombre de Cindy Canning, y esta vez no espero para contestar.

—Hola, cariño —me saluda, y la calidez de su voz es más efectiva que la calefacción del coche—. Acabo de hablar con Jamie y dice que no le darán el alta hoy. No quería llamarte por si todavía estabas en el entrenamiento.

Una ola de decepción me invade. Realmente esperaba que pudiera irse hoy. Pero al menos esto significa que Frank no logrará persuadirme para que me vaya a Tampa esta noche. Mientras Jamie esté en el hospital, el único lugar al que viajaré será al lado de su cama.

—Acabo de terminar. Voy hacia el hospital ahora.

—Jamie me ha dicho que te vas a perder el partido de mañana. —Parece preocupada.

—Sí. Y el partido de después, y quizá también el siguiente.

—Que les den a Frank y su mierda de «emergencia familiar». Esto es una emergencia familiar.

—Ryan...

—No voy a subir a un solo avión hasta que Jamie esté totalmente recuperado —digo con firmeza.

—Ryan. —Su tono es igual de firme.

—Mamá. —La imito, antes de que mi voz se suavice—. Soy todo lo que tiene aquí. Nadie más puede quedarse con él mientras yo no estoy, y me niego a que esté solo en el apartamento, al menos hasta que sepa que está completamente recuperado.

Cindy suspira.

—De acuerdo. Esperemos a que le den el alta antes de tomar cualquier decisión precipitada.

Activo el intermitente derecho hacia la entrada de la autopista. Todavía es muy temprano, así que no debería haber demasiado tráfico en la Gardiner.

—Te llamo cuando tenga una idea más clara de cuándo le dejarán irse a casa —le digo a Cindy.

—Gracias, cariño. Cuando veas a Jamie, dile que tiene una nueva sobrina. Lilac ha nacido hace una hora, ha pesado cuatro kilos y cien gramos.

—Vaya. ¡Felicidades, abuela! Pero… ¿Lilac?

—Tammy aún estaba bajo el efecto de los medicamentos.

—Ah. Oh, y gracias por lo que me dijiste ayer.

—¿Qué dije? —pregunta desconcertada.

—El mantra que me enseñaste —le recuerdo—: «Todo irá bien». Lo repetí como tres millones de veces anoche, y realmente me hizo sentir mejor.

Una risa brota de los altavoces del coche.

—Ah, ¿eso? Me inventé esa mierda sobre la marcha porque lo necesitabas, cariño.

No puedo contener una risa histérica. ¿La madre de Jamie acaba de decir «mierda»? Esa mujer nunca dice palabras malsonantes.

—Bueno, funcionó. Creo que me salvaste de tener una crisis nerviosa.

—Me alegro de haberlo hecho. Ahora cuelga el teléfono y concéntrate en conducir. Cuida de nuestro chico, te quiero.

—Yo también te quiero.

Cuelgo y doy las gracias al cielo de que Cindy y el resto del clan Canning formen parte de mi vida. Luego conduzco al hospital para cuidar de nuestro chico.

18

Jamie

El hospital me ha retenido un día más para hacerme pruebas. Me han sacado sangre tantas veces que he soñado con vampiros en bata.

Así que he tenido que pasar otra noche aquí. Mientras intentaba dormir, han venido a tomarme la temperatura cada hora. Y ahora tengo una tos seca que me impide dormir incluso cuando las enfermeras no me pinchan.

Por lo menos he convencido a Wes para que se vaya a casa a pasar la noche en nuestra cama. Se va a perder el partido de Tampa esta noche sin motivo, porque yo sigo aquí. Quiero salir de esta habitación y ponerme mi ropa.

—¡Hola, guapo!

Son aproximadamente las diez de la mañana cuando aparece para verme, con un aspecto bien descansado y fresco como una lechuga. Mientras que yo estoy hecho un asco, con barba de varios días y me huele el sobaco; al menos uno de los dos está a gusto.

—Te he traído un cruasán de chocolate y un capuchino doble —dice mientras me besa la sien antes de dejarse caer en la silla—. Y tengo buenas noticias: en teoría, te van a dar el alta en un par de horas.

—Genial —digo, y trato de creerle—. Gracias. —Tomo el vaso de café que me ofrece y le doy un trago, pero se me contrae el estómago un segundo después. Mierda. La dejo en la mesa. Si ni siquiera puedo beber café, será mejor que me peguen un tiro.

Su sonrisa se desvanece.

—¿Qué pasa? ¿Qué puedo hacer por ti?

Ya estoy cansado de que la gente haga cosas por mí.

—Solo quiero darme una ducha e irme a casa.

La enfermera Bertha chasquea la lengua desde la puerta.

—La fiebre tiene que bajarte si quieres que te demos permiso para usar la ducha. Soy una mujer fuerte, pero no lo suficiente como para cogerte si te caes.

—¿Todavía tienes fiebre? —grita Wes, que presiona una mano sobre mi frente.

Es difícil apartarlo.

—Poca —refunfuño—. No es gran cosa.

—Puedo traer una palangana y un paño, y refrescarte —ofrece Bertha. Tamborilea una uña roja y brillante contra su sonrisa—. O bien, puedo tomarme un descanso de treinta minutos primero. Luego vendré y te ayudaré a limpiarte.

—Pero luego me voy a casa, ¿no? —le suplico. Porque eso es lo único que realmente me importa. En casa puedo hacer lo que me dé la maldita gana.

—Claro, corazón. El médico hará su ronda a mediodía y te dará el alta. Pero te veré en media hora. —Se va y yo gimoteo, lo que me hace empezar a toser. Yupi.

Wes cruza la habitación y cierra la puerta.

—¡Está bien, arriba! —ordena mientras se quita la chaqueta—. Hora de ducharse.

—¿Qué? —Vuelvo a toser, porque me cuesta parar, aunque ya me duele el estómago por el esfuerzo.

—Por Dios, Canning. —Wes me dedica una sonrisa arrogante por encima del hombro, la misma que me regala desde que tenemos catorce años—. Las reglas están para romperlas. No hay pestillo en la puerta, pero da igual. —Cuando se gira, veo que se está desabrochando la camisa.

—¿Qué haces?

—No quiero mojarme la camisa —dice mientras sus tatuajes salen a la luz. Tira la camisa en la silla y se desabrocha los vaqueros.

Pero yo todavía dudo, con las manos en la sábana que me cubre el regazo. Tengo las palabras en la punta de la lengua: «Nos vamos a meter en muchos problemas por esto».

—Quieres darte una ducha, ¿no? —Sus ojos brillan con diversión—. El agua caliente te ayudará con esa desagradable tos. Tenemos, como mucho, media hora. Voy a abrir el grifo.

Desaparece en el pequeño cuarto de baño, donde solo he estado una vez. Anoche, en lugar de llamar a la enfermera, me tambaleé hasta allí para mear, lo mismo que tengo que hacer ahora que oigo correr el agua.

Pues bien. No dejes para mañana lo que puedas hacer hoy...

Me levanto de la cama y piso las frías baldosas del suelo. Odio la estúpida bata de hospital que llevo, ni siquiera puedo mirarla sin sentir asco.

Nota mental: no vuelvas a ponerte enfermo. Este lugar es horrible.

Me balanceo de camino al baño. Tengo poca fiebre, pero no he comido demasiado en dos días. Cuando llego, me agarro a la barra de sujeción atornillada a la pared, como si fuera un anciano.

—Vale. El agua está caliente —dice Wes con voz alegre. Pero sé que me observa atentamente, y hay preocupación en su cara.

Me doy la vuelta y apunto al inodoro, dando a entender que tengo otro asunto del que ocuparme antes. Wes finge que juega con el grifo de la ducha para preservar mi dignidad destrozada. Después de tirar de la cadena, me desata la miserable bata de hospital y la lanza al perchero. Paso a trompicones junto a él y entro en la pequeña cabina de ducha.

—Siéntate —dice con tranquilidad. Hay un taburete de ducha listo.

Le ignoro y me meto bajo el chorro del agua. La sensación es increíble. Me doy la vuelta despacio mientras disfruto de ello. Pero, joder, ahora estoy mareado.

Una mano cálida se cierra alrededor de mi brazo. Me guste o no, me guía con firmeza hasta la silla. Pongo los codos sobre las rodillas y dejo caer la cabeza entre las manos. Si no estuviera tan cansado, incluso lloraría. Y el agua solo me golpea en un ángulo incómodo desde aquí, joder.

Hay un crujido a mi lado y luego el agua se mueve. Cuando abro los ojos, Wes está desnudo y de pie en la ducha. Ha desenganchado el cabezal de la ducha, que está conectado a una manguera. Mientras tararea para sí mismo, lo manipula para que el agua caiga sobre mis hombros.

—Echa la cabeza hacia atrás —dice con suavidad. Cuando lo hago, me moja el pelo.

El agua desaparece un momento después y las manos de Wes me enjabonan la cabeza. Nos hemos duchado juntos cientos de veces, pero nunca así. Odio depender de él de esta manera. Me inclino hacia delante, apoyo la frente en el hueso de su cadera y suspiro.

Él continúa. Las fuertes manos que tanto me gustan me rozan la nuca, los hombros y detrás de las orejas. A continuación, me enjuaga mientras me protege la frente con la palma de la mano para que el jabón no me entre en los ojos. De todas formas, me escuecen por la frustración. Luego, se arrodilla frente a mí.

Cuando levanto la mirada, un par de ojos grises y serios están justo ahí, a la altura de los míos.

—Hola —dice en voz baja.

—H-Hola —tartamudeo. «No te preocupes por mí, solo estoy teniendo una maldita crisis nerviosa».

Me toma la cara con ambas manos y me besa. Cierro los párpados mientras lo atraigo hacia mi pecho. Sus labios son suaves y húmedos. Se inclina sobre mí. Una cálida lengua recorre la unión de mis labios. Nos estamos besando en la ducha del hospital, lo que es, ya de por sí, una locura. Pero no se trata de sexo, es un beso reconfortante. Me gusta mucho más que una mano en la frente.

Cuando Wes se aparta, me dedica una pequeña sonrisa secreta.

—Esta noche estarás en casa —susurra—. En nuestra cama.

Trago con fuerza y asiento. Más vale que así sea.

—Levanta los brazos —me pide.

Cuando lo hago, me lava las axilas y me roza la piel sensible con las manos enjabonadas. Esas manos continúan su viaje por los abdominales y la unión de mis piernas. Me separa las rodillas y me lava el interior de los muslos mientras las yemas de los dedos me rozan las pelotas. Deja la mano ahí y me da una suave caricia. Me recuerda que la vida no es siempre una mierda, y le agradezco el mensaje.

Mientras tararea de nuevo, toma la manguera y me limpia el jabón. Se toma su tiempo y me toca por todas partes con las manos.

—Deberíamos salir —dice finalmente.

—Sí.

Cierra el agua y baja las dos toallas del estante. Se ata una alrededor de la cintura, luego deja caer una sobre mi cabeza y me seca el pelo.

—Ya lo hago yo —me quejo mientras levanto mis pesados brazos para hacer el trabajo—. ¿Podrías revisar la ropa que me trajo Blake?

—Trajo unos pantalones de franela, así que te he traído unos vaqueros esta mañana. Espera.

Wes se seca apresuradamente y vuelve a ponerse los bóxers. Le escucho hacer ruido en la habitación mientras da saltitos para ponerse la ropa. Vuelve con ropa interior y unos vaqueros para mí.

—Ponte de pie, cariño.

Lo hago tiritando. Me seco, prácticamente apoyado en él. Wes arroja su toalla sobre el taburete de la ducha y me siento en él para ponerme los calzoncillos y los pantalones. Me tiende una mano, que acepto, para ayudarme a levantarme, y me atrae en un abrazo.

Si alguna vez he dudado de su amor por mí, soy un idiota.

—Vamos. —Me deja entrar en la habitación sin ayuda, pero me acerca la silla—. Siéntate. Te sentirás mejor si sales de la cama un rato.

Tiene razón, lo estaré.

Tomo asiento junto a las ventanas. Wes rebusca en la mochila que trajo Blake.

—Oye, ¿quieres que te afeite? —Sostiene una maquinilla de afeitar y un bote de espuma.

—¿Aquí? ¿Ahora?

—¿Tienes algo más que hacer ahora mismo?

—No. —Me río.

Wes me coloca la toalla sobre los hombros desnudos y toma una especie de palangana de un armario de la pared. No quiero ni saber para qué se supone que sirve. La llena de agua y se inclina sobre mí. Me pone espuma en las mejillas y la barbilla, y luego me rasura poco a poco la barba de varios días.

Siento su aliento en la mejilla mientras se inclina para afeitarme con cuidado. El agua está caliente, y sus caricias también. Afeitarse en la barbería era algo que hacían los hombres antiguamente, pero ahora sé que el proceso es extrañamente íntimo. Mi cara es muy sensible al tacto de Wes. Disfruto de la forma en que la mano que tiene libre me toma la mandíbula y su pulgar pasa por mi mejilla para comprobar su trabajo.

Cuando cambia de lado, recibo un beso en la nuca.

—Se supone que tengo que ir a Nashville por la mañana —dice mientras me da unos golpecitos bajo la barbilla con dos dedos—. Levanta.

Me pongo de pie.

—Ve. Estaré bien —me apresuro a responder—. Pediré sopa para llevar y veré la televisión en casa. De todas formas, es todo lo que necesito. Unos días de tranquilidad y estaré como nuevo.

Casi ha terminado cuando Bertha regresa a la habitación.

—¡Mírate! —exclama—. Alguien parece más feliz.

¿Yo? Supongo que sí. Es bueno estar limpio.

No dice ni una palabra sobre el vapor en el aire o sobre nuestro pelo húmedo y los pies descalzos. En su lugar, recoge las sábanas de la cama y desaparece para volver un minuto después con un juego limpio. Las pone mientras Wes me quita los últimos restos de espuma de afeitar de la cara.

—Ahora siéntate aquí de nuevo —dice Bertha mientras levanta el respaldo de la cama y lo señala—. Te van a traer sopa de pollo con fideos para comer mientras yo consigo los papeles para darte el alta.

La sopa es insípida, pero me la como de todos modos, por si es una forma de poner a prueba mi capacidad para volver a casa. Wes y yo compartimos el cruasán de chocolate, y yo engullo mi mitad. No tengo nada de apetito, pero estoy cansado de sentirme tan débil.

Wes encuentra una foto en Facebook de mi nueva sobrina. Y entonces, por algún milagro, aparecen los papeles para darme el alta. Wes habla con un médico sobre todas mis interminables pruebas, pero yo ni siquiera escucho. No han encontrado nada de interés, y solo quiero olvidar esta pesadilla.

El golpe final es la silla de ruedas que Bertha me trae.

—Es una regla —insiste—. Como en la televisión.

Estoy tan desesperado por irme que ni siquiera discuto. Me siento en la maldita cosa. Wes se echa la mochila al hombro y me empuja hacia los ascensores. ¡La libertad está cerca! Él debe de sentir lo mismo, porque, cuando llegamos a la planta principal, acelera y sigue las indicaciones hacia el aparcamiento.

Cuando las puertas eléctricas se abren para nosotros, el aire frío me deja sin aliento. No llevo chaqueta.

—Lo siento —se disculpa Wes mientras me aprieta el hombro—. ¡Debería estar justo... ahí!

Un Hummer se acerca a nosotros con un sonriente Blake Riley al volante.

—¿Por qué no está Blake en Tampa? —pregunto.

—Tiene una lesión en la rodilla. Se va a perder... Oh, mierda.

Estoy procesando las malas noticias de Blake, así que tardo un segundo en registrar el sonido de unos pies que golpean el asfalto.

—¡Ryan Wesley! —grita una voz—. ¡Cuéntanos cómo os va! —Entonces, los *flashes* comienzan a iluminar las paredes de hormigón del aparcamiento—. ¡Por aquí, Wesley!

—Ignóralos, cariño —me pide Wes con firmeza. Abre de un tirón la puerta trasera del Hummer y se gira para ofrecerme una mano.

—Si me ayudas ahora mismo, te mato —lo amenazo.

Levanta las manos a toda prisa, como un delincuente atrapado, y yo me pongo en pie sin ayuda. Doy un par de pasos y me deslizo sobre el asiento de cuero del cochazo de Blake.

Wes se deshace de la silla de ruedas y se sube a mi lado. Cierra la puerta de un tirón mientras los periodistas se agolpan en las ventanillas del coche. Uno de esos imbéciles pone el objetivo en la ventanilla tintada de Blake e ilumina el interior con su *flash*.

Se oye un gruñido desde el asiento delantero, y Blake acelera el coche unos metros; funciona. Nadie quiere que lo atropellen. Blake presiona el acelerador mientras Wes deja escapar un gran suspiro:

—Dios.

Hay silencio en el coche durante un par de minutos mientras Blake nos lleva de regreso a las concurridas calles de Toronto.

—¿Cómo estás, Bomba J?

—Bien —respondo, pero entonces empiezo a toser como un enfermo de tuberculosis.

Wes está tenso y callado a mi lado mientras ojea lo que parece ser un montón de mensajes de texto.

—¡Oh! —dice de repente—. Uf.

—¿Qué? —pregunto entre toses. Estaría bien recibir una buena noticia ahora mismo.

Levanta el móvil para mostrarme un mensaje de mi madre:

Cindy: Tu programa dice que te vas a Nashville y luego a Carolina. Así que te enviamos a Jess en un vuelo nocturno. Llega por la mañana.

—Espera —jadeo, y deseo que mi garganta se relaje—. ¿Qué?

—Jess viene a cuidarte porque yo me tengo que ir. Tío, podría besar a tu madre. Aunque es una pena que no llegue hasta mañana.

—No necesito a Jess. No necesito a nadie —corrijo. Madre mía. Mi hermana acaparará el mando del televisor y me dará la lata.

Pero Wes guarda el móvil y se relaja contra el asiento.

—Demasiado tarde. Ya han comprado el billete.

Parece muy aliviado, así que me trago mis objeciones.

—Gracias por recogernos —le digo con voz ronca a Blake.

—¡No hay problema! Me gusta conducir el coche de huida, como un gánster. ¿Crees que sería un buen gánster? —Se aclara la garganta y hace una mala imitación de la película *El Padrino*—: Luca Brasi duerme con las nueces.

—Con los peces, campeón —señalo.

—¡No! —resopla Blake—. No puede ser. Eso es gramaticalmente incorrecto. —Toma una curva muy rápido, lo que hace que Wes y yo salgamos ligeramente despedidos hacia mi lado del coche.

Wes coloca un brazo contra mi pecho, como se hace con los niños pequeños que no llevan el cinturón de seguridad. Estaría bien si todos me dejaran en paz. De verdad.

—Sin embargo, no sé si pondría la cabeza de un caballo en la cama de un tío —reflexiona Blake desde la parte delantera—. Es un poco desagradable.

Golpeo la cabeza contra el asiento y me pregunto cómo hemos llegado a esto.

19

Jamie

A la mañana siguiente, cuando abro mis cansados ojos, Wes ya se ha ido. Hay un pósit verde en su almohada, y lo tomo con dificultad.

> Quería despedirme con una mamada, pero estabas tan dormido que no he querido despertarte. Te llamo cuando aterrice en Nashville. Blake está en el sofá si lo necesitas. Jess llega a las once. Te quiero.

Su familiar letra me tranquiliza, pero ¿el mensaje que ha escrito? No tanto. No necesito una niñera, y mucho menos dos. Lo que necesito es salir de esta cama, ponerme algo de ropa e ir a mi entrenamiento matutino.

Hay gente que depende de mí. Puede que Braddock me haya dado la semana libre —o, mejor dicho, unas vacaciones indefinidas, hasta que «mejore»—, pero no pienso faltar al trabajo. Tenemos un torneo importante dentro de unas semanas. Los niños tienen que estar preparados, mi portero debe estar preparado. No quiero que otro entrenador trabaje con Dunlop porque tengo una estúpida tos y...

Casi escupo un pulmón mientras me siento en la cama. Mierda. Me lloran los ojos, me duele el pecho mientras me agarro el costado, y toso con tanta fuerza que temo haberme roto una costilla. Unos pasos pesados resuenan en el pasillo. En un abrir y cerrar de ojos, Blake aparece en la puerta con un par de bóxers a cuadros, despeinado.

—¡Ostras! ¿Estás bien, Bomba J? —exige—. ¿Qué necesitas? ¿Agua? ¿Medicamentos para el dolor?

Lo miro fijamente en medio de otro ataque de tos. Cuando se acerca, levanto la mano y digo:

—Estoy bien.

Unos incrédulos ojos verdes me miran fijamente.

—No estás bien. Parece que vayas a morir en cualquier momento. Voy a llamar a Wesley.

Por suerte, mi ataque de tos cesa en ese momento. Salgo a trompicones de la cama.

—No hace falta que llames a Wes —digo escuetamente—. Ya te he dicho que estoy bien.

—Ah, ¿sí? Entonces por qué te tambaleas como un... ¿qué se tambalea? Un caballito, ¿no? Un potrillo. —Parece satisfecho consigo mismo—. ¿Por qué te tambaleas como un potrillo? Eh, ¿a dónde vas?

Me detengo frente a la puerta de nuestro baño privado.

—Me estoy meando —digo con los dientes apretados—. ¿Eso está permitido?

Blake me sigue hasta el baño. Para mi disgusto, cruza sus enormes brazos sobre su enorme pecho y dice:

—Wesley dijo que no te pierda de vista, por si te caes o algo así.

Oh, por favor.

—¿Quieres sujetarme la polla también? —murmuro.

Se ríe.

—No, lo de sujetarte la polla se lo dejo a tu hombre. Solo miraré.

No hay nada más mortificante que mear mientras el gigantesco compañero de equipo de tu novio observa. Luego procede a seguirme al dormitorio mientras hago un esfuerzo titánico por vestirme.

—No hace falta que te arregles por mí —comenta mientras me abrocho la camisa.

—No lo hago por ti —le digo—. Tengo entrenamiento en una hora.

—Oh, no, de eso nada. —Lo siguiente que sé es que Blake está delante de mí de nuevo y me está desabrochando la camisa. Mis débiles intentos por apartar sus manos no dan resultado—. Al único sitio al que vas a ir es a la cama —me ordena—. O al sofá, si quieres ver conmigo alguno de los programas matinales de entrevistas. ¿Te gusta *The View*? A mí sí. Esas tías son divertidas. ¿Sabías que estuve allí una vez? Le tiré los tejos a Whoopi, pero me salió el tiro por la culata. —Hace un mohín—. Qué mal, ¿eh?

—Blake.

Se detiene.

—¿Sí?

—Para. De. Hablar. Joder. —Estoy siendo un borde, lo sé. Pero la cabeza me está matando, me duele el pecho y las piernas apenas me mantienen en pie. ¿Mis oídos no merecen un poco de tranquilidad? ¿Este gigante no puede callarse cinco malditos segundos?

Una mirada de dolor le atraviesa el rostro.

—Ah, vale. Perdona. —Entonces sus rasgos se endurecen, y en ese momento puedo ver por qué es tan formidable en el hielo. Su mirada de «no te metas conmigo» es aterradora—. Pero no vas al entrenamiento, Bomba J. Será mejor que te hagas a la idea, porque no. Va. A. Suceder.

Blake y yo vemos *The View* en silencio. De repente, me viene a la cabeza esa canción de Joni Mitchell sobre no saber lo que se tiene hasta que se pierde. Ahora, echo de menos la charla sin sentido de Blake. El silencio es insoportable, me hace ser demasiado consciente de mi respiración inestable y del silbido en mi pecho cada vez que respiro. Cada vez que toso, Blake se acerca en silencio y me da unas palmaditas en la espalda. Una vez que he terminado, me da un vaso de agua con una orden tácita para que beba. Joder. De verdad que es un buen tío.

—Lo siento —suelto.

Inclina la cabeza hacia mí.

—Siento haberte dicho que te callaras, ¿vale? Es que no estoy acostumbrado a aceptar la ayuda de nadie. No estoy acostumbrado a estar... —Indefenso. Ni siquiera puedo decir la palabra. Y ahora siento que se me calienta la cara, pero no sé si es por la vergüenza y la frustración, o si la fiebre ha vuelto. Ahora que lo pienso, tengo los pantalones de deporte y la sudadera un poco húmedos. Estoy sudando.

162

—No pasa nada —murmura Blake.

Me acerco, le pongo la mano sobre el hombro y le doy un apretón.

—No, sí que pasa. He sido un idiota, y lo siento. Eres un buen amigo, Blake.

Después de un rato, me regala una amplia sonrisa.

—Claro que lo soy. Disculpa aceptada, señor Cascarrabias. Sé que estás de mal humor porque... —Se detiene y frunce el ceño—. Tu mano parece un guante de cocina. Bueno, si el guante de cocina estuviera asándose en el horno. ¿Vuelves a tener fiebre?

—No. —Me mira con recelo, pero al menos no salta del sofá en busca de un termómetro. De todos modos, no creo que tengamos uno.

Me trae un vaso de agua helada y un montón de pastillas, que me obligo a tragar. Por desgracia, son de las que dan sueño, así que no tardo en empezar a roncar en el sofá.

No estoy seguro de cuánto tiempo duermo, pero al final percibo los ladridos de los perros. Hay una chihuahua con un ladrido muy agudo, que parece muy enfadada. El *rottweiler* al que ladra... ¿quizá piensa que la chihuahua está en celo? Parece divertirse. ¿Los chihuahuas y los *rottweilers* se pueden reproducir? ¿Sus crías se llamarían *rottuas*?

—*Chiweilers* —murmuro.

Los perros dejan de ladrar.

—¿Acaba de decir *chiweilers*? —exige una voz femenina—. ¿Qué demonios es un *chiweiler*?

—Una mezcla de *rottweiler* y chihuahua —dice una profunda voz masculina—. Es obvio.

Abro los ojos de golpe y gimo al ver a Blake y a mi hermana Jessica frente al sofá. Los dos me miran como si me hubieran salido cuernos y un bigote de proxeneta.

Entonces Jess dice:

—¡Jamie! —Y se lanza sobre mí mientras me abraza tan fuerte que me duelen las costillas—. ¿Estás bien, Jamester? ¿Cómo te encuentras? Vaya, estás un poco caliente.

—Mierda —dice Blake irritado—. ¿Tiene fiebre de nuevo?

—Déjamelo a mí, ya me encargo yo. Así que adiós, gran montaña de carne con patas. Empieza mi guardia.

Blake niega tercamente con la cabeza.

—Le prometí a Wesley que cuidaría de él.

—Te doy permiso para romper esa promesa. Ahora, ¡fuera!

—Chicos... ¿podríais...? —Mi voz suena ronca—... dejar de gritar, ¿por favor? La cabeza me está matando.

La preocupación se refleja en los ojos marrones de Jess. La sigue el fragor de la acusación mientras se gira hacia Blake de nuevo.

—¡No me dijiste que tenía dolor de cabeza!

—¡No lo sabía!

—¿Qué clase de enfermero eres?

—¡Del tipo que juega al *hockey*!

Alzan la voz de nuevo. Quiero estrangularlos a los dos. Gruño mientras me siento y me froto los ojos con los puños.

—¿Qué hora es?

—La una —dice Jess—. ¿Has comido?

—Eh...

—¿Has desayunado? —insiste. Luego mira a Blake—. ¿No le has dado de comer? ¿Cómo se supone que se va a poner bien si está famélico?

—No tengo mucha hambre —digo. Pero es inútil, los dos vuelven a discutir. Esta vez, discuten sobre lo que voy a comer para recuperar las fuerzas. La idea de Blake implica un viaje a Tim Hortons, así que sale por la puerta.

Me dejo caer en el sofá y, durante unos cuantos benditos minutos, nadie me molesta, porque Jess está dando vueltas por la cocina mientras prepara algo. El dolor de cabeza se alivia un poco. El tiempo pasa, y el único sonido que me acompaña es el de la televisión, que intenta venderme coches de lujo y productos farmacéuticos.

La paz se acaba cuando la puerta se abre de nuevo y aparece Blake.

—¡Tengo la comida, Bombón J!

—¿Qué me has llamado? —grita Jess desde la cocina.

—¿Cómo has entrado? —pregunto desde el sofá.

—Me hice una llave —contesta Blake, y la deja caer en su bolsillo. Deposita una gran caja sobre la mesa y la abre—. ¡Te he traído un sándwich de pavo dentro de un dónut! Todos los grupos de alimentos en un práctico paquete.

—Un... —Debo de haber entendido mal, porque juro que acaba de decir que me ha traído un sándwich dentro de un dónut. Eso no tiene sentido.

Jess camina hacia el sofá con un plato en la mano.

—Mantén eso lejos de él —espeta—. Le he hecho una tortilla de col orgánica. —Me coloca el plato en el regazo y un tenedor en la mano.

Para no ser menos, Blake pone un sándwich de pavo dentro de un dónut de aspecto espantoso en el plato, al lado de la tortilla.

Quiero decirles a los dos por dónde pueden metérselos, pero eso solo provocaría más discusiones. Así que, en lugar de eso, le doy un pequeño mordisco a la tortilla. Y luego un mordisco a la creación de Blake.

Masticar y tragar eran acciones que antes me resultaban fáciles de hacer, pero me duele la cabeza y mi estómago no está nada seguro de esto. Acompaño otro bocado de tortilla —con mucha col rizada— con un bocado almibarado de dónut.

—Esto sí que es comida sana —canturrea Blake.

Jess pone las manos en jarras y vuelven a pelearse. Y no puedo más. La habitación da vueltas por un momento, antes de que mi visión se aclare, pero la oleada de náuseas que me inunda el estómago no hace más que aumentar.

—Mierda —me ahogo.

Me levanto del sofá. El cuarto de baño del pasillo parece estar demasiado lejos, pero logro llegar, cierro la puerta tras de mí y me inclino sobre el retrete para vomitar.

Todavía jadeo y tiemblo cuando siento unas cálidas manos sobre los hombros. Se me nubla la vista de nuevo. Alguien me pasa un paño frío y húmedo por la cara.

—Tienes que volver a la cama —dice Jess en voz baja.

Creo que tiene razón. Así que me limpio en un segundo y me voy a mi habitación a trompicones. Me meto debajo de las sábanas y escucho a Jess y Blake discutir a gritos sobre cuál es el desayuno que me ha hecho vomitar.

La sensación de mareo me acompaña todo el día. Creo que tengo bastante fiebre, pero no digo nada, porque no quiero que me presten atención. Lo único que necesito es descansar.

Jess afirma que nos falta comida, lo que puede ser cierto o no. Pero envía a Blake a hacer la compra con una lista, tal vez para mantenerlo ocupado. Los dos se olvidan de mí durante un rato, y me parece perfecto.

Sin embargo, tengo más sueños febriles. Hay lapsos de completa confusión en los que abro los ojos y no sé dónde demonios estoy. Siento frío, mi cuerpo entero estalla en escalofríos mientras el hielo fluye por mis venas. No, espera, tengo calor. Hace muchísimo calor en esta habitación. ¿Vivimos en un horno?

Me arranco con desesperación la sudadera y los pantalones de deporte, pero la tela se queda enredada en mis extremidades.

—Horno —le digo a las paredes—. Me siento como en un horno.

La habitación no responde.

La siguiente vez que me despierto, está oscuro. No sé qué hora o qué día es.

No sé por qué estoy tan ido. Me dijeron que no tenía la gripe ovina, que solo era una gripe normal. Debería estar mejorando.

Entonces, ¿por qué me siento peor?

Echo de menos a Wes. Necesito a Wes. ¿He hablado con él hoy? No lo recuerdo, pero quiero escuchar su voz. En cambio, oigo un sonido extraño, como si un chihuahua y un *rottweiler* estuvieran apareándose. Hay pequeños y extraños aullidos y gruñidos bajos, y el zumbido bajo de una silla que vibra.

Qué extraño.

Estoy intentando dar sentido a los ruidos cuando el teléfono se ilumina en la mesita de noche. Aunque estoy adormilado, la pantalla dice claramente WES, y eso me alegra mucho.

—¿Hola? —digo en voz baja al teléfono—. ¿Tenemos perros?

20

Wes

Llámame loco, pero durante todo el trayecto a Nashville estoy preocupado por Jamie.

Incluso mientras el taxi del aeropuerto se detiene frente al estadio, no dejo de imaginar cosas que podrían salir mal. Tal vez el avión de Jess se ha quedado en tierra durante la escala en Denver. A lo mejor Jamie se marea, se golpea la cabeza y acaba tirado en el suelo en un charco de su propia sangre...

Mierda. Tengo que dejar de hacer volar la imaginación. No suelo preocuparme tanto, pero mi sentido arácnido está intranquilo, y no sé por qué. Quizá sea por el impacto de haberle visto tan enfermo en el hospital. Tal vez aún no lo he superado.

Vuelvo a teclear la información del vuelo de Jess en la aplicación de la aerolínea y descubro que ha aterrizado sin problemas hace horas.

A menos que se haya quedado sin cobertura o su teléfono se haya quedado sin batería...

El guardia de seguridad me abre la puerta, pago al taxista y le muestro el carné de identidad al primero.

Él levanta la vista y alza sus pobladas cejas.

—Eres el tío de las noticias.

«Por desgracia».

—¿Dónde puedo encontrar el vestuario del equipo visitante? —le pregunto.

Se sacude la sorpresa y abre la puerta.

—Al final de este pasillo. Verás los carteles a tu izquierda.

—De acuerdo. Gracias.

—Buena suerte ahí fuera —dice mientras camino por el pasillo.

—Eh, gracias. —El nuevo yo paranoico se pregunta por un minuto qué ha querido decir con eso. ¿Necesito suerte de más hoy? ¿O eso se lo dice a cada jugador que entra por la puerta?

Mierda. Espero que el entrenamiento sea sudoroso y agotador. Necesito despejar la mente.

No me cuesta encontrar el vestuario, porque oigo las voces de mis compañeros de equipo cuando me acerco a la puerta.

—¿Así que las personas que compran abonos de temporada están vendiendo sus asientos a bajo precio? —pregunta la voz de Eriksson.

—A bajo precio no —le responde Forsberg—. Pero esos asientos nunca se ocupan. Hay gente que espera una década para hacerse con un pase de temporada. Sin embargo, para los próximos partidos todavía hay cientos de asientos a la venta.

Me detengo tan rápido que la bolsa de viaje me golpea en el culo.

—Pero qué más da, ¿no? No es que vayamos a jugar en un estadio vacío el lunes.

—No —concuerda Forsberg—. Frank Donovan dijo que el club está comprando todas las entradas a su precio nominal y donándolas a algún grupo LGSQ.

—¿Quieres decir LGTB?

—No sé. Estoy bastante seguro de que había una Q.

—¿Ryan?

Me doy la vuelta y veo que Frank viene por el pasillo detrás de mí, junto a otro hombre.

—Hola —digo rápidamente, y lo saludo con un gesto incómodo. ¿Hay alguna posibilidad de que no me haya visto de pie frente a la puerta mientras escuchaba?

—Ryan, ¿va todo bien?

«No, no es posible que no se haya dado cuenta».

—Por supuesto. Mejor que nunca.

—Genial.

El otro tío se adelanta para ofrecerme la mano. Se la estrecho mientras me pregunto si debería saber quién es.

—Soy Dennis Haymaker.

Oh. El compañero de universidad de mi padre.

—*Sports Illustrated*, ¿verdad? —pregunto, aunque estoy seguro de que es el periodista que he esquivado desde julio.

—Sí... —Se aclara la garganta—. ¿Cómo está tu pareja?

—Mejor. —Todavía me pone nervioso hablar de Jamie en público. Me acostumbraré, pero me llevará un tiempo.

—Bien —dice—. ¿Sabes? Tu padre dejó de atender mis llamadas de golpe.

Me río antes de que pueda pensarlo mejor.

—Ajá, déjame adivinar: ¿dejó de contestarte hace unos tres días?

Dennis sonríe vacilante.

—Más o menos hace unos tres días, sí.

—Qué sorpresa. —Me río—. Yo que tú no esperaría que te devolviera esas llamadas. Está demasiado ocupado tachando mi nombre del álbum familiar.

—Esto no es oficial —balbucea Frank Donovan. Sé que quiere que deje de hablar, pero, por primera vez, este tío es alguien con quien podría querer hablar. Eso sí que fastidiaría al viejo: podría darle mi Gran Entrevista Gay a su compañero de universidad. Con suerte, aparecerá en la revista de exalumnos del *alma mater* de papá.

—Bueno... —Dennis parece serio—. Todavía tengo ganas de escribir sobre tu año de novato.

No puedo evitar resoplar.

—Estoy seguro.

—Oye, hace ocho meses que espero poder escribir tu historia. No deja de ser una historia sobre la temporada de un novato.

—¿En serio? —Lo miro fijamente.

—Por supuesto.

—¿Entonces no hablaríamos de mi sexualidad? —digo esto, en cierto modo, con semblante serio.

—Bueno... —contesta—, no voy a escribir ningún *clickbait*.* Pero tus antecedentes siempre formarán parte de la historia. Tu equipo universitario. Tu educación.

Este hombre es inteligente; sabe que me gustaría fastidiar a papá.

---

* Todos aquellos contenidos de internet que tienen como principal objetivo captar la atención y animar a los usuarios a hacer clic en ellos. *(N. de la T.)*

—De acuerdo. Se acercan una serie de partidos en casa. Si Jamie se encuentra mejor, sacaré tiempo para que nos sentemos a hablar.

Casi consigue que no se le note la alegría en la cara, pero no del todo.

—Lo espero con ganas —dice, y le extiendo la mano para que la estreche de nuevo.

—Te llamaremos —le dice Frank, y él también recibe un apretón.

El tío se va antes de que pueda cambiar de opinión.

—Entonces... —dice Frank.

—¿Entonces?

—¿Hay algún problema? ¿Algo que necesites saber sobre la cobertura mediática?

—A decir verdad, no he leído mucho sobre ello. He estado demasiado ocupado.

Asiente despacio con la cabeza.

—Bien. Si quieres estar al día, haré que mi equipo recopile algunos *clips* de lo más destacado.

—¿Y si no quiero estarlo? —Sueno arrogante, pero hablo muy en serio.

Se encoge de hombros.

—Tú decides.

—Oye, ¿qué pasa con la gente que está vendiendo sus entradas? He oído rumores.

—Ah. —Cambia su peso de pierna. He aprendido que esa es su «pista». Si me enfrentara a él en una mesa de póquer, apostaría fuertemente cada vez que hiciera eso—. Eso es solo ruido. No saldrá nada de ello.

—¿Cuántos aficionados con abono se han ido?

—No los suficientes como para que sea importante. Solo unos cuantos bocazas con mucho tiempo libre. La semana que viene será agua pasada. Estamos tratando de comprar todas las entradas que hay a la venta, he puesto una línea gratuita en la página web y todo. No hemos recibido muchas llamadas. Las entradas se venden demasiado rápido en Craigslist.*

---

* Sitio web de anuncios clasificados con secciones dedicadas al empleo, vivienda, contactos personales, ventas, ítems, servicios, comunidad, conciertos, hojas de vida, y foros de discusión, entre otras. *(N. de la T.)*

Um. No sé si creerle o no.

—Vale.

—¿Eso es todo?

—Sí.

—Te haré saber si formarás parte de la conferencia de prensa de después del partido de esta noche. Vamos a ver cómo va el partido.

Eso suena un poco inquietante, pero no voy a preguntar.

Me rodea y abre la puerta del vestuario. Lo sigo al interior y, una vez dentro, el equipo me saluda en voz alta de forma casual.

—¿Cómo está Jamie? —pregunta alguien.

—Bien —digo por segunda vez en cinco minutos—. Su hermana se quedará con él un par de días.

—Genial.

—Sí —acepto y me siento culpable. Yo debería estar allí, en Toronto. Pero, en cambio, estoy en esta sala desconocida, tratando de averiguar dónde me van a colocar.

—Por aquí —dice Hewitt. Señala un banco y veo mi camiseta de entrenamiento colgada allí.

—Gracias. —Empiezo a desvestirme. Nuestro tiempo en el hielo comienza en pocos minutos.

—Vamos a hacer ejercicios de PK* —dice, y se sienta a mi lado. Tiene los patines puestos y está listo para empezar.

—De acuerdo —respondo, con la mente puesta solo a medias en esta conversación con el *enforcer*† del equipo—. ¿Por qué los ejercicios de PK?

—Para acumular algunos minutos si estos tíos van a por ti.

Mi corazón se hunde hasta el maldito suelo.

—¿Por qué crees que irán a por mí? —«Aparte de lo obvio»—. Quiero decir..., ¿no sería como tirar piedras sobre su propio tejado? —Ahora que lo pienso, apuesto a que los árbitros están teniendo hoy una reunión de alto nivel. «Estarán viendo estrategias para manejar a los equipos que quieran ir a por el marica».

---

* *Penalty kill* es el tiempo en el que un equipo está en inferioridad numérica debido a la sanción de alguno de sus jugadores durante el partido. *(N. de la T.)*

† Es un puesto no oficial en el *hockey* sobre hielo. Su trabajo consiste en disuadir y responder al juego sucio o violento del rival. *(N. de la T.)*

—Puede que no lo hagan —dice Hewitt a toda velocidad—. Solo quiero estar preparado. Mi plan es pasar tantos minutos en el banquillo como sea necesario, tío. No permitiremos que esos imbéciles se salgan con la suya.

¡Mierda! Esto es exactamente lo que esperaba evitar. Si hubiera salido del armario durante el verano, la noticia habría aparecido en las noticias antes de que me hubieran puesto en posición de hacer que mi equipo cambiara su juego para defenderme.

—Mira —digo en voz baja—, lo aprecio, de verdad, pero no te enfrentes con el primero que me llame maricón. No vale la pena convertir esto en un espectáculo si podemos evitarlo. Tú permanece tranquilo y vamos a ver qué pasa.

Hewitt asiente lentamente. Luego me da una palmada en la espalda y se levanta.

—Está bien, novato. No me pondré en plan Hulk con ellos a la primera de cambio.

Patino duro durante nuestro breve entrenamiento, pero, cuando nos mandan al hotel a descansar, no puedo dormir. Llamo a Jamie, pero no me responde, quizá porque está durmiendo.

Eso es bueno, ¿verdad?

Sin embargo, algo no va bien. Sigo preocupado por Jamie, y rara vez he estado tan nervioso por un partido como lo estoy hoy.

Tras unas horas de inquietud, volvemos a la pista y al bullicio de los preparativos para el partido. Somos el equipo visitante, así que recibimos algunos abucheos cuando nos presentan al comienzo. Nunca presto atención a esas tonterías, pero esta noche no puedo ignorarlo. ¿Los abucheos son más fuertes que de costumbre? ¿Se va a arrepentir mi equipo de haberme traído?

El partido empieza con normalidad, pero mis compañeros están notablemente tensos, y sé que es por mí. Cuando mi línea hace el *faceoff*, estoy hombro con hombro con un tío que se llama Chukas. Mis ojos jamás abandonan el disco cuando él dice:

—Así que tú eres el maricón, ¿eh? ¿Se te va a poner dura si te inmovilizo contra la valla?

—Solo si me besas primero —respondo. Entonces, el disco cae, y el partido comienza. Cuando juego al *hockey*, todas mis dudas se disipan. Tiene que ser así, pues el juego requiere de toda mi concentración. Es una de las cosas que me encantan de este deporte. Dejar de lado mi vida durante un par de horas y solo ver los cuerpos en movimiento sobre una brillante capa blanca de hielo es una sensación increíble.

Hacia el final del primer período, es evidente que este partido no es ni más duro ni más amistoso que cualquier otro. Es la misma pelea de las grandes ligas de siempre. En el tercer tiempo, mi equipo se relaja.

Sin embargo, no nos viene bien, porque empatamos el partido, cuando en realidad podríamos haberlo hecho mejor. Pero, por una vez en mi vida, lo considero como una victoria. Mañana no habrá titulares de prensa sobre mi juego.

Hace una semana marqué un triplete. Esta noche me las arreglo para no aparecer en las noticias nacionales. ¿Mis estándares? Considéralos rebajados.

Regreso a los vestuarios empapado de sudor y aliviado de que la NHL haya sobrevivido a un partido con su primer jugador homosexual declarado. Dejo caer las almohadillas y tomo el teléfono incluso antes de ir a las duchas. Son casi las diez y quiero llamar a Jamie antes de que se vaya a dormir. Marco su número, con la esperanza de no despertarlo. Él responde de inmediato:

—¿Tenemos perros?

—¿Qué, cariño? No te entiendo.

—Perros. *Chiweilers*. No tenemos uno de esos, ¿verdad?

Un escalofrío me recorre la espalda sudorosa.

—Eh, no tenemos perros, no. —¿Es una broma?

—Quiero un cachorro —dice Jamie. Su voz es ronca—. Siempre he querido uno. Mis padres decían que seis niños ya eran bastantes animales en casa.

Mi cerebro intenta procesar esta conversación.

—¿Tienes fiebre, cariño?

—Ni idea. Aunque hace calor aquí.

—¿Dónde estás? —«Porque estoy a punto de llamar al 911».

—En la cama. ¿Dónde estás tú? ¿No deberías estar aquí?

El escalofrío se extiende por toda mi piel.

—Estoy en Nashville —digo con cuidado—. Para jugar un partido. ¿Dónde está Jess, cariño? Se supone que debería estar ahí contigo.

—Eh… —dice con un suspiro—. Hace mucho que no la veo.

Luego empieza a toser, y el sonido es horrible: profundo y húmedo. Me quedo de pie con el teléfono pegado a mi sudorosa cara mientras lo escucho luchar por respirar. Nunca me he sentido tan impotente en toda mi vida.

—Jamie —digo por fin cuando hay una pausa—. ¿Estás…?

Vuelve a toser.

Frank Donovan intenta llamar mi atención, se señala el reloj y luego las duchas. Querrá que vaya a su rueda de prensa de después del partido. Le hago señas para que se vaya, o eso intento. Pero se planta frente a mí, así que lo ignoro.

—Jamie —le suplico cuando deja de toser de nuevo—. Te quiero, pero tengo que colgar y llamar a Jess. ¿Ha escuchado ella esa tos?

—No sé —murmura—. Ahora tengo sueño.

—Está bien —digo mientras la cabeza me da vueltas. ¿Qué voy a hacer?—. Duerme bien si puedes, pero si tu hermana necesita que vayas a urgencias, irás, ¿de acuerdo?

—No —susurra—. Buenas noches. —La línea se corta.

—¡JODER! —grito.

—¿Qué ocurre? —pregunta Frank.

Estoy demasiado asustado para responderle. Llamo a Jess y escucho cómo suena. Cuando salta su buzón de voz, cuelgo y lo vuelvo a intentar. Nada.

—Oye, Eriksson —le digo.

—¿Sí? —Se está secando con una toalla frente a su taquilla.

—Necesito un favor. Intenta llamar a Blake al móvil. Es una emergencia. Necesito que vaya a mi apartamento.

Eriksson no hace preguntas. Mete una mano en el bolsillo del traje y saca el teléfono.

Vuelvo a llamar a Jess. ¿Dónde narices está? Al cuarto intento, responde:

—¿Wes?

—¿Dónde estás? —exijo.

—¡En tu casa! —Parece que está sin aliento, es raro.

—¿En serio? Porque acabo de hablar con Jamie y está delirando. Cree que tenemos algo llamado *chiweiler*. Y su tos suena como si fuera su último aliento. —Me estremezco solo con decirlo—. ¿Dónde está Blake?

—Eh, ¿Blake? No estoy segura.

Pero, de repente, al fondo escucho unos acordes de *Who Let The Dogs Out*, que es el tono de llamada de Blake.

—Oye. ¿Es él?

—Acaba de entrar. —Ahora suena nerviosa.

—Está bien, escucha. Jamie necesita ayuda. Ha dicho que está en la cama. Haz que Blake rompa la puerta si está cerrada. Puede que tengáis que llevarlo a urgencias.

—Dios mío —jadea—. Te llamo en diez minutos.

—¿Va todo bien? —pregunta Frank cuando cuelgo.

—No, joder. ¿Conoces a algún médico?

—¿Médicos? —Mira hacia el techo mientras piensa en la pregunta—. Jubilamos a un médico del equipo hace unos tres años. Vive en Rosedale. ¿Por qué?

—A Jamie le pasa algo grave, tiene fiebre y una tos espantosa. No debería haberme ido de la ciudad.

A Frank le cambia la cara.

—Parece una neumonía. Quizá ha contraído una infección secundaria. Debería ir a urgencias.

—¡LO SÉ! —grito, y todos en la sala, incluidos algunos periodistas, se giran para mirarme—. Lo sé —digo en voz más baja—. Consígueme el número de teléfono de ese médico. Necesito ayuda.

21

Jamie

Una semana después

Es un *déjà vu*.

Otra alta del hospital. Otra silla de ruedas. Otra multitud de buitres de los medios de comunicación que acechan fuera, y otra rápida huida en un coche de alquiler que Wes tiene esperando fuera.

La última semana ha sido un infierno. Me encontré de nuevo en ese maldito hospital, pero estuve inconsciente los tres primeros días. Al cuarto, me desperté y me encontré a mi madre y a la enfermera Bertha, que me miraban con expresiones de preocupación en sus rostros.

Nunca pilles una neumonía. De verdad. Es una verdadera putada.

Pero ya no tengo fiebre. Mamá se ha vuelto a California esta mañana con Jess, y no voy a negar que me siento aliviado, sobre todo, por la marcha de mi hermana. La quiero, pero ella tampoco estaba pasando por un buen momento esta semana. Se sentía tan increíblemente culpable de que me hubiera subido la fiebre mientras me cuidaba que se pegó a mí como una lapa durante mi estancia en el hospital. Mi madre tuvo que enviarla a casa un par de veces cuando no pude soportar más sus agobiantes muestras de cariño.

Wes y yo no hablamos mientras salimos del ascensor. Las piernas me tiemblan un poco y tropiezo cuando estamos a mitad de camino en el pasillo, pero cuando Wes intenta cogerme del brazo, frunzo el ceño. Estoy harto de que se preocupen por mí y me traten como si fuera un inválido.

176

Sin decir nada, deja caer la mano a un costado. Llegamos al apartamento. Wes mete la llave en la cerradura y abre la puerta. En el interior, lanza la bolsa con mis cosas al suelo y se queda de pie en medio del salón, desde donde me mira fijamente.

—¿Necesitas algo? —Su voz es ronca—. ¿Comida? ¿Una ducha? ¿Un té?

¿Un té? ¿Como si fuera una ancianita cuyo delicado estómago no puede soportar un buen café?

Siento una sensación amarga en la garganta. Me obligo a tragármela, porque no es justo para Wes. No es culpa suya que yo haya desarrollado una neumonía. Y sé lo asustado que ha estado esta semana.

Jugó otros dos partidos antes de poder venir al hospital a verme. Aunque no me di cuenta de ello, porque estaba inconsciente. Pero el equipo no le dio un permiso por asuntos personales, porque mi hermana y mi madre ya estaban en el hospital.

Esta mañana me ha dicho que ni siquiera se acuerda de esos partidos. Estaba tan enfadado y preocupado que llamaba a Jess, a mamá y a Blake en cada momento libre que tenía.

Debería estar besándole los pies por ser un novio preocupado y cariñoso, pero no lo hago. Solo estoy… enfadado. Con él. Con mi cuerpo. Con todo. Y los medicamentos que me han dado en el hospital esta semana están causando estragos. He empezado un tratamiento de esteroides esta mañana, y me están haciendo sentir extraño. Es como un subidón superficial que no se corresponde con la rabia y el resentimiento que se agitan en mi estómago.

Wes me observa con cautela.

—¿Cariño?

Me doy cuenta de que no he respondido a la pregunta.

—No necesito nada —murmuro—. Voy a echarme una siesta.

Veo la decepción en su rostro. Hoy no tiene partido y sé que esperaba que pasáramos un rato juntos, pero no soy una buena compañía en este momento. Estoy cansado de estar enfermo. Odio estar en el hospital. Odio no poder volver a trabajar hasta… hasta quién narices sabe cuándo. Anoche llamé a Bill y me ordenó que no se me ocurriera volver hasta por lo menos otra semana.

No necesito otra semana, solo recuperar mi vida.

—De acuerdo —dice Wes al final—. Voy a… —Mira alrededor con los ojos grises y luego posa la mirada en la mesa del pasillo, que está llena de correo apilado—… abrir el correo y tal vez pagar algunas facturas.

Casi se me escapa un comentario despectivo: «¿Pero sabes cómo hacerlo?».

Desde que nos mudamos juntos, Wes no se ha ocupado de nada relacionado con la casa. La lavandería. Las facturas. La limpieza. Yo lo hago todo, porque él está demasiado ocupado siendo la sensación de la NHL como para…

«Basta», me ordena una voz interna. Tal vez sea mi conciencia. O la parte de mí que está loca y profundamente enamorada de este hombre. En cualquier caso, no estoy siendo justo, otra vez.

Así que respondo con genuina gratitud:

—Gracias. Sin duda, me facilitarías la vida si lo hicieras, y estate atento a la factura del hospital… —Me detengo y trago saliva, porque se me acaba de ocurrir que una visita de dos semanas al hospital podría vaciar mi cuenta de ahorros. Quizá, incluso, se me agoten las tarjetas de crédito. No soy ciudadano canadiense, así que desconozco si mi seguro cubrirá toda la estancia.

—Oh, no habrá ninguna —dice Wes mientras agita una mano—. Ya he pagado tu deducible. El seguro cubre el resto.

Aprieto la mandíbula. ¿Ha pagado mi factura?

Wes frunce el ceño al darse cuenta de mi expresión.

—¿Qué ocurre?

Mi voz suena más dura de lo que pretendo:

—Dime cuánto has pagado y te transferiré el dinero a tu cuenta.

Se apresura a protestar:

—No es para tanto, cariño. Tengo mucho dinero. ¿Por qué te pondrías en un aprieto financiero cuando soy perfectamente capaz de…?

—Te lo devolveré —le digo.

Hay una larga pausa. Luego Wes asiente.

—Está bien, si eso es lo que quieres.

—Es lo que quiero. —No sé por qué estoy siendo tan borde. Es que me molesta que Wes haya pagado la factura del hospital sin siquiera decírmelo. Entiendo que tiene mucho dinero, pero no soy su... su maldito amante. Somos una pareja, y que me parta un rayo si le dejo pagarlo todo.

Tras un momento de duda, da un paso adelante y me toca la mejilla. Me acaricia la piel recién afeitada. De hecho, esta mañana he podido afeitarme yo solo. ¡Qué bien, joder! Pero supongo que debería estar agradecido por los pequeños favores.

—Jamie. —Su voz es ronca—. Me alegro de que estés mejor.

Un nudo me obstruye la garganta. Joder. El alivio en sus ojos me provoca una oleada de culpa. Sé que me he portado como un capullo con él esta semana. Le grité cuando vino a visitarme. Me opuse cuando sugirió que tal vez mi madre y mi hermana debían quedarse más tiempo. Me enfadé con él cuando lo vi en la televisión del hospital, donde patinaba como un campeón y marcaba goles mientras yo estaba postrado en una cama y meando en un orinal. Y estoy a punto de iniciar una discusión, nada más y nada menos que por dinero.

—Yo también —murmuro, y me inclino hacia su cálida caricia.

Me frota el labio inferior y luego presiona su boca contra la mía en un beso suave y fugaz.

—Está bien, vete a dormir la siesta. Estaré aquí fuera si me necesitas.

Estoy a punto de pedirle que me acompañe, pero le suena el teléfono antes de que pueda abrir la boca. La mano de Wes abandona mi mejilla y se desliza hacia su bolsillo. Su hermosa cara se arruga por la frustración cuando ve quién llama.

—Frank —dice entre dientes, y luego se aleja para atender la llamada.

Merodeo lo suficiente para entender que Frank, el maravilloso relaciones públicas, está agobiando a Wes de nuevo con el tema de las entrevistas. O, más bien, la falta de ellas, porque mi novio insiste en no hablar con los medios de comunicación. Se suponía que al final iba a dar esa entrevista a *Sports Illustrated*, pero me puse enfermo de nuevo y lo pospuso.

Otro punto en la larga lista de cosas que mi enfermedad fastidió.

Entro en nuestra habitación, me siento en la cama y apoyo la cabeza en la pila de almohadas. No estoy cansado. Los esteroides que estoy tomando para limpiarme los pulmones se aseguran de mantenerme anormalmente despierto y alerta, así que dormir no es una opción en este momento. Solo se lo he dicho a Wes porque… Ostras, vuelvo a comportarme como un capullo desagradecido. Pero necesito espacio, necesito una maldita hora para mí mismo, sin que las enfermeras estén encima de mí o Wes me pregunte si necesito algo.

Tras cinco minutos mirando la pared, abro el portátil y compruebo el correo electrónico. Mierda. Hay cientos de correos. Mi madre me confiscó el teléfono en el hospital porque dijo que no necesitaba que nada me distrajera de mi recuperación. En ese momento, me quejé como una niña preadolescente a la que le habían retirado el privilegio de enviar mensajitos. Ahora, me alegro de que lo hiciera. Mi bandeja de entrada es abrumadora.

Hay mensajes de mis compañeros de la universidad; algunos me preguntan si estoy bien, y otros que por qué no les dije que era gay. Chicos, para mí también fue una sorpresa.

Hay tarjetas electrónicas de «Mejórate pronto» de mi familia y amigos, pero estas se ven eclipsadas por la cantidad de correos electrónicos de los medios de comunicación. Todas las revistas de deportes de las que he oído hablar: *People,* periódicos locales y no locales.

Mientras recorro con la vista las solicitudes de entrevistas, se me revuelve el estómago. Mi vida —mi vida sexual— está bajo un microscopio, y no me gusta. De repente, esto me proporciona una perspectiva distinta del caso de Wes, porque me doy cuenta de que el foco de atención que hay sobre él es el doble de grande que el mío.

Otro mensaje capta mi atención. Es de mi jefe; me lo envió cuando estuve en el hospital la primera vez.

Querido Jamie,
Intentaste hablar conmigo sobre un problema con tu coentrenador y el lenguaje homofóbico, pero no te presté atención, y debería haberlo hecho. Lo siento mucho. Nuestra política es inequívoca: ningún empleador o juga-

dor debería tener que soportar un lenguaje discriminatorio o un entorno de trabajo hostil.

Por favor, permíteme ayudarte a hacer ahora lo que debería haber hecho entonces. Te adjunto el formulario para presentar una queja. En cuanto te encuentres bien, rellénalo para que podamos gestionar el asunto de manera adecuada.

He aprendido una difícil lección esta semana, y me gustaría enmendar mi respuesta anterior a tu solicitud.

Un saludo,

Bill Braddock

No sé cómo responder. Presentar una queja ahora me parece mezquino. Como antes mantenía mi bisexualidad en secreto, pareceré una especie de espía, como si hubiera estado tomando notas mientras ellos no prestaban atención.

Danton no debería salirse con la suya por difundir un discurso de odio, pero tengo que volver a entrar en esa pista en unos días. No quiero darles a todos mis compañeros de trabajo la impresión de que he estado apuntando todo lo que han dicho en el vestuario.

Estoy releyendo el correo electrónico por cuarta vez cuando Wes entra en la habitación.

—¿Por qué no guardas eso y descansas un poco? —sugiere mi novio. Agarra el portátil con fuerza mientras me lo quita y lo cierra—. Pareces cansado.

Joder. Me siento cansado. Hace cinco minutos no lo estaba, pero los párpados se me están empezando a cerrar ahora. El acto de revisar unos pocos correos electrónicos me ha dejado sin energía, y esa sensación de impotencia se me vuelve a atascar en la garganta. No me gusta ser débil. Lo odio, y la rabia me impulsa a soltar:

—Sí, mamá.

El dolor se refleja en los ojos de Wes.

El sentimiento de culpabilidad me golpea de nuevo.

—Yo... lo siento —susurro—. No quería hablarte así.

—No pasa nada. —Pero todavía parece molesto mientras sale de la habitación en silencio.

22

Wes

Jamie no está bien.

Han pasado tres días desde que le dieron el alta del hospital. Físicamente, lo veo cada vez más fuerte, pero no duerme demasiado durante el día. Esta mañana ha preparado el desayuno sin desfallecer por el cansancio y ha salido del apartamento para dar pequeños paseos, pero cuando lo he arrastrado a nuestra cafetería favorita —la que encontramos la primera mañana después de que Jamie se viniera a vivir conmigo—, ha sido un desastre total. Justo después de hacer nuestro pedido, unos universitarios se han abalanzado sobre nosotros para pedirnos unos cuantos autógrafos. Luego, un par de personas más nos han tomado unas fotos. Jamie se ha enfadado y ha empezado a toser.

Nos hemos ido sin comer y, cuando le he sugerido que fuéramos a un restaurante chino que nos gusta, ha contestado:

—Pidamos la comida desde casa.

Su cuerpo se está curando, de eso estoy seguro. Aun así, no sé dónde tiene la cabeza ni qué siente. Se ha cerrado en banda conmigo. Alterna entre gritarme y disculparse por haberlo hecho.

No recuerdo la última vez que nos besamos. Que nos besamos de verdad; los picos que nos hemos dado esta semana no cuentan. Creo que fue durante su primera estancia en el hospital. Sí... en la ducha. Fue una muy buena ducha.

¿La ducha en la que estoy ahora mismo? No es tan buena. Estoy en un compartimento con paredes tipo salón, lo que significa que tengo dos compañeros de equipo a cada lado y, además, me están mirando fijamente. No de una manera pornográfica o en plan «fíjate en su pene», aunque, sinceramente, prefiero las miradas lascivas a las de profunda preocupación.

—Ya no nos hablas. —El ruido del agua que corre a nuestro alrededor no amortigua la nota acusadora en el tono de Eriksson.

—Claro que sí —respondo mientras me enjabono el pecho.

A mi otro lado, Hewitt se apresura a contradecir mi afirmación:

—No, estás siendo antisocial.

¿Quieren que sea sociable? ¿Cuando mi novio está en casa deprimido y me grita cada vez que puede? Tienen suerte de que esté viniendo a nuestros partidos. Me he centrado tanto en Jamie que es un milagro que todavía recuerde cómo se juega al *hockey*.

—Blake dice que tu chico está mucho mejor —comenta Eriksson.

Me enjuago el jabón del cuerpo y tomo el champú.

—Sí, lo está.

—Entonces, ¿a qué se debe esa cara de pocos amigos?

Mi reticencia para confiar en ellos hace que tarde algo más de tiempo en enjabonarme el pelo y enjuagarlo. Espero que sea el tiempo suficiente para que olviden la pregunta de Eriksson, pero todavía me observan cuando finalmente abro los ojos.

—Vamos, Wesley, desembucha. ¿Cómo van las cosas en casa? —Eriksson se ríe de sí mismo—. No puede ser peor que lo que estoy pasando ahora mismo.

El recuerdo de sus problemas matrimoniales hace que deje de dudar. A la mierda. Mis compañeros de equipo han hecho lo imposible por apoyarme desde que la «noticia» sobre mi orientación sexual salió a la luz. Me han preguntado constantemente cómo está Jamie. Han aguantado mi cara amargada en cada partido fuera de casa. No han hecho más que ser amables, y me siento como un capullo por seguir manteniendo las distancias con ellos.

—Jamie está deprimido —confieso.

Las tres palabras quedan suspendidas en el aire lleno de vapor. No las he dicho en voz alta. Ni siquiera he pensado demasiado en ellas, pero ahora me doy cuenta de lo cierto que es. Jamie no solo está triste. No solo está desanimado. Tiene una depresión.

Más palabras salen de mi boca antes de que pueda detenerlas:

—Todavía no puede volver al trabajo, y anoche su equipo ganó otro partido sin él. No ha recuperado toda su fuerza, y no puede hacer ejercicio, va en contra de las órdenes del médico. No puede salir del edificio sin que lo acosen uno o dos periodistas. —Se me forma un nudo en la garganta—. Creo que me culpa de todo.

Joder, también es la primera vez que digo esto en voz alta. Me duele que pueda ser cierto, que Jamie me culpe de la tormenta mediática que se niega a desaparecer.

Frank me llama varias veces al día. El equipo ha hecho numerosas declaraciones para compensar mi negativa a hablar con la prensa. Mi cara y la de Jamie están en todos los blogs deportivos. Durante nuestro último partido en casa, hubo manifestantes fuera del estadio que blandían carteles con pasajes de la Biblia y lemas desagradables.

La vida es una mierda. En este momento, es una auténtica mierda.

—No sé cómo solucionarlo —murmuro. Cierro el agua, tomo una toalla y me la envuelvo alrededor de la cintura—. Y no tengo refuerzos a los que llamar y que puedan animarlo. No conocemos a nadie en la ciudad, aparte de vosotros —me apresuro a añadir al ver dolor en sus caras—, pero la mayoría de los amigos de Jamie están en la costa oeste, donde fue a la universidad. Su familia también está en Cali, y no pueden dejarlo todo y volar a Canadá para estar con él. Su madre y su hermana ya lo hicieron cuando estuvo en el hospital.

Eriksson y Hewitt me siguen al vestuario. En sus rostros hay comprensión.

—Es duro, tío —dice Hewitt.

—Sí. —Me vuelvo hacia la taquilla para que no vean mi desesperación. Duro es un eufemismo. Duro, puedo manejarlo. ¿Pero esto? ¿Ver a Jamie triste y ser incapaz de ayudarlo?

No es duro.

Es una tortura.

Cuando llego a casa después del entrenamiento, Jamie está en el dormitorio, con la nariz metida en un libro. Un libro de ciencia que, si estoy leyendo bien el título, trata sobre especies en peligro de extinción.

Me tenso por instinto, porque estos días no sé lo que voy a ver en la cara de Jamie. ¿Esa expresión de desconcierto? ¿El ceño fruncido de «no me hables»? ¿El halo de culpabilidad? ¿La expresión triste?

Hoy no veo nada de eso. Lo saludo con una sonrisa forzada antes de quitarme la sudadera. Y me sorprende ver un destello de deseo en sus ojos marrones.

Mi miembro se pone duro al instante detrás de la bragueta. Ni ella ni yo recordamos la última vez que tuvimos relaciones sexuales. Desde la primera estancia en el hospital, al menos.

—¿Qué tal ha ido el entrenamiento? —pregunta, y deja el libro en la mesita de noche.

—Bien. ¿Qué tal el libro?

—Interesante. ¿Sabías que algunos pandas machos que viven en cautividad no saben qué hacer cuando la hembra está en celo? —Sonríe, y, madre mía, el corazón se me sube a la garganta. Es tan raro verlo sonreír últimamente.

—Qué mal.

—Pues sí, porque necesitan criarlos en cautividad. Así que un zoólogo hizo un vídeo sexual de pandas y reprodujo el vídeo para los machos. ¿Quién se habría imaginado que el porno de pandas existiría?

Entre risas, me desabrocho los vaqueros y los tiro en el sillón cercano. Jamie mira mis bóxers negros, luego el pecho desnudo y, entonces, dice:

—Ahora que lo pienso, hoy estás especialmente follable.

Me siento tan feliz que casi lloro. No soy estúpido, sé que el sexo no es la solución fácil. Sé que no lo animará milagrosamente ni borrará lo horribles que han sido estas últimas semanas, pero es un comienzo.

Me abalanzo hacia la cama, y él se ríe de mis ansias. El sonido ronco va directo a mi polla. Echo de menos su risa. Echo de menos a mi Jamie despreocupado y siempre dispuesto con una sonrisa, que me hace atacar su boca con la mía.

Mi beso es desesperado por la excitación, el deseo y un «Oh, cómo te he echado de menos», todo envuelto en un paquete caliente y jadeante. Su lengua entra en mi boca y me roba la cordura. Me acaricia el pecho con las manos y me recorre los pectorales y los pezones con los pulgares antes de deslizarse por los abdominales hacia la cintura.

—Quítatelos —dice entre dientes, y tira de mis bóxers.

Libero su boca el tiempo suficiente para quitarme los bóxers y lanzarlos en medio de la habitación. Los pantalones y la camisa de franela de Jamie siguen el mismo camino. Me preocupa un poco que coja frío o que se vuelva a poner enfermo, pero presiona su cuerpo desnudo y cálido contra el mío antes de que yo nos cubra con la manta.

Sus labios encuentran mi cuello, y besa y lame mi piel como si estuviera cubierta de azúcar. Los profundos gruñidos que emite me hacen cosquillas en el oído y me producen un hormigueo en las pelotas.

—Echaba de menos esto —susurra.

—Yo también. —Las palabras salen ahogadas y cargadas de emoción. Uf, no sabe cuánto lo he echado de menos.

Me acuesta sobre la espalda, y soy un completo desastre tembloroso cuando traza un camino de besos hacia el sur. En cuanto su boca me engulle la punta del miembro, mis caderas se sacuden en busca de más. Buscándolo.

Jamie me toma despacio, cada vez más profundo, hasta que se traga toda mi longitud. Las únicas sensaciones que registro son húmedas, cálidas y jodidamente increíbles. Entonces recuerdo cómo tosía, de forma tan violenta, la semana pasada, y le acaricio el pelo suave para tranquilizarlo.

—¿Seguro que estás preparado para esto?

Su fuerte mandíbula se tensa.

Mierda, no debería haber dicho eso.

Por alguna razón, Jamie se ha vuelto sensible a parecer «débil». Sin embargo, no creo que lo sea. Nunca lo he pensado. Solo estaba enfermo, fin de la historia. Pero no importa cuántas veces se lo diga, todavía es un tema delicado para él.

—La tos —aclaro rápidamente—. Porque si aún te duele la garganta, hay otras formas de hacer que me corra…

Se relaja y saca la lengua para rodear la cabeza de mi pene.

Mis labios se curvan con malicia.

—En realidad, cuanto más lo pienso, más me gusta la alternativa. —Le permito que me dé un lametón más antes de levantarlo por los hombros y empujarlo sobre su espalda.

—¿Cuál es la alternativa? —pregunta con voz ronca.

Busco lubricante en el cajón de la mesita de noche.

—Que esa gran polla me penetre el culo hasta que me corra.

Un gemido lleno de lujuria se le escapa de la garganta.

—Mmm. Sí. Eso suena muy excitante.

Quizá no me tomo el tiempo necesario para prepararme, pero soy demasiado impaciente. Ha pasado mucho tiempo. Demasiado. Lo deseo tanto que tengo la boca seca y las palmas de las manos húmedas. Me tiemblan los dedos cuando deslizo dos de ellos dentro de mí, frotando y girándolos mientras me subo a toda prisa en su regazo.

Tiene el pecho enrojecido por la excitación, los ojos le arden mientras se concentra en el movimiento de mi brazo y luego en la erección que sobresale de mi ingle. Su pene está igual de duro, y gimo cuando lo rodea con la mano y lo acaricia despacio. La cabeza hinchada asoma por su puño y gotea con líquido preseminal. Se me seca la boca todavía más, así que, para humedecerla, me inclino para lamer el líquido perlado de su punta. Luego levanto la cabeza y me paso la lengua por los labios.

—Joder, Wes, te necesito —dice Jamie con la voz entrecortada.

Me da un pequeño vuelco el corazón. Me necesita. Sé que habla de sexo, pero una parte de mí espera que también se refiera a algo más. Se ha negado a aceptar mi ayuda esta semana. En realidad, la ayuda de cualquiera. Se ha negado a admitir que necesitaba ayuda. Quizá esta sea su manera de admitirlo.

En cualquier caso, le doy lo que quiere. Me entrego a él, me levanto y luego bajo el culo sobre su pene. La punzada de dolor confirma que no estaba del todo preparado para esto, pero no me importa. Acepto el ardor con satisfacción. Acojo cada centímetro del hombre al que quiero y me echo hacia delante para besarlo mientras él se impulsa hacia arriba y me roba el aliento.

—Móntame —me ordena—. Móntame fuerte.

Esta vez no obedezco. En su lugar, voy lento. Dolorosa y deliciosamente lento, mientras prolongo cada subida y bajada de las caderas hasta que veo la impaciencia y la necesidad reflejada en sus rasgos marcados y gime, se retuerce y suplica por más.

Jamie se aferra a mis caderas casi con desesperación. Intenta levantar las suyas, pero no dejo de provocarlo. Le planto besos a lo largo del cuello y la clavícula, le chupo el lóbulo de la oreja y le mordisqueo el labio. Quiero saborear cada segundo de esto. Quiero perderme en la sensación de cómo me estira, cómo me llena.

Pero, entonces, me toca la polla.

El malvado brillo en sus ojos me hace soltar un taco. En el momento en que empieza a masturbarme, mi cuerpo cobra vida propia. De repente, lo cabalgo con fervor, incapaz de mantener el ritmo lento.

—Quiero que te corras sobre mí —murmura. Acelera el ritmo de la mano y, con el pulgar, presiona la parte inferior de la punta con cada caricia apresurada.

Madre mía. Intenta hacer que me corra. Hace que me corra. Con una mano sobre mí y su polla en mi interior es imposible detener la descarga, que sale disparada hacia mí como un avión en la pista. Me corro con un rugido, y él eleva las caderas mientras me masturba con su puño hasta dejarme seco.

Cierra los ojos con fuerza y se estremece por su propio orgasmo. Me suelta el miembro y me envuelve con ambos brazos. Tengo el pecho pegado al suyo debido al sudor y a mi semen. Los latidos de su corazón martillean de forma salvaje contra mis pectorales. Siento que... van demasiado rápido. ¿Debería latir tan rápido?

Me incorporo a toda prisa, preocupado por si se ha esforzado demasiado, por si mi necesidad egoísta de estar con él podría causarle una recaída.

Jamie debe de leerme la mente, porque el placer en su expresión se desvanece y frunce los labios.

—No lo digas —me advierte.

Trago saliva.

—¿Decir qué?

—Lo que ibas a decir. —Me tira sobre él de nuevo y me envuelve los hombros con un brazo—. Estoy muy harto de esa mirada.

—¿Qué mirada? —¿De verdad quiero saberlo?

—La mirada de preocupación. Ha sustituido a tu mirada sexual un minuto después de que te hayas corrido.

Negarlo sería mentir.

—¿Tengo una mirada sexual? —pregunto en su lugar.

—Sí. Tus ojos se desenfocan ligeramente y te cuelga un poco la lengua.

Me río contra su axila.

—Suena *sexy*.

—Lo es cuando es por mí. Pero si fuera tú, no pondría esa cara para el *Sports Illustrated* cuando hagas tu gran entrevista.

Al hablar de la prensa, creo que Jamie suena... resentido. Nunca había usado esa palabra para describirlo. Jamás. Ahora, mi espina dorsal se estremece a causa del malestar, porque no sé qué hacer al respecto. Y ayer le conté que, ahora, el periodista quiere emitirla, no solo hacer una entrevista impresa.

—Cariño, ¿quieres que la cancele?

Se encoge de hombros.

—No puedes.

—Um... —¿No puedo? Esto es territorio desconocido. Dennis Haymaker me preguntará sobre mi relación con Jamie. Y se me acaba de ocurrir que, antes de decir cualquier cosa, primero tengo que aclararlo con Jamie—. Tengo que hablar con él sobre *hockey*, porque está en mi contrato, pero me gustaría saber tu opinión sobre qué más debería o no decir.

—¿Por qué?

—Porque somos una pareja. —Levanto la cabeza—. ¿No? Estamos juntos. Y es nuestra relación. Deberías opinar sobre lo que le contamos al mundo.

Deja de mirarme y fija la vista en las ventanas.

—Di lo que quieras.

Se me encoge el estómago. El amor de mi vida acaba de ignorarme.

—Jamie —susurro.

No me mira.

—Creo que la neumonía no es lo único que te está afectando, y quiero que hablemos sobre ello.

—Estoy bien.

«No lo estás. Estás deprimido». Tengo las palabras en la punta de la lengua, pero lo tengo entre mis brazos por primera vez en semanas y no me atrevo a estropearlo con una charla muy seria.

Me aclaro la garganta e intento otra táctica.

—¿Con qué te divertirías ahora mismo?

—¿Ahora mismo? —pregunta.

—No, eh… —Elijo mis palabras con cuidado—. Así en general. ¿Qué te gustaría hacer?

Mira el techo.

—La luz del sol estaría bien. Quiero ir a California.

Se me estremece el corazón. Jamie quiere irse. Le he oído decir «sol», pero no puedo evitar interpretarlo de otra manera. Me tomo medio segundo para pensar en mi calendario de viajes. Nos vamos a Minnesota y a Dallas, y ninguna está cerca de una playa.

—Vale. Quedan ocho semanas de temporada. ¿Por qué no buscas algunos billetes para el verano? Podríamos hacer un bonito y largo viaje para ver a tus padres. Podrías enseñarme a surfear.

—Vale —dice despacio—. Lo haré.

Entierro la cara en su cuello. Quizá, planear unas vacaciones lo anime. Tal vez el sexo ayude a que sus endorfinas vuelvan a funcionar. A lo mejor, que me haya deseado hoy significa que mejorará pronto. Espero que sea así.

La esperanza es todo lo que tengo.

23

Jamie

Al día siguiente, estoy recostado en nuestro sillón con la mirada perdida en el techo. Llevo un rato así. Wes está entrenando, y el apartamento está tan insufriblemente silencioso que cada pensamiento que tengo me resuena demasiado fuerte en la cabeza.

Hace un par de horas, he mirado algunos vuelos a California. Pero dependo de si el equipo de Wes llega a los *playoffs,* así que todavía faltan dos o tres meses. No veo el sentido a planear un viaje ahora.

Es como si hubiera olvidado cómo emocionarme. Como si la fiebre me hubiera quemado toda la felicidad. Incluso el subidón que sentí ayer durante el sexo con Wes se desvaneció enseguida.

Tengo todo el día por delante. No tengo nada que hacer ni a nadie con quien hablar. La hora de la comida llega y se va, pero ni siquiera tengo hambre. No se necesita energía para ser un completo vago, así que mi estómago ha olvidado cómo ansiar la comida.

La desazón me hace levantarme y acercarme a nuestra pared de ventanas que da al paseo marítimo. El lago es de un color oscuro y frío, y siento un escalofrío con solo mirarlo. Pero abajo, veo a la gente abrigada y apurando la tarde de marzo. Los coches se detienen y avanzan por Lakeshore.

El mundo entero está ocupado, excepto yo.

Mi móvil vibra en la encimera de la cocina. Lo hace a menudo. Me acerco y reviso el mensaje entrante, pero solo es un texto automático que me recuerda que mi equipo tiene un partido en treinta minutos. Aunque estoy de baja, esos mensajes no dejan de llegar para recordarme todo lo que me estoy perdiendo.

Voy a la cocina, elijo un yogur y me lo como. Cocinar parece demasiado trabajo últimamente.

Cuando acabo, tiro el recipiente y me enfrento a las horas vacías que tengo por delante. Por una vez, la inquietud supera a la apatía. Si no voy a algún sitio ahora mismo, me volveré loco.

Agarro el teléfono y me lo meto en el bolsillo. Luego busco mi abrigo y añado un gorro y una bufanda para que Wes no se enfade si me ve fuera en el frío.

Ni siquiera sé a dónde voy cuando entro en el ascensor. Entonces me doy cuenta de que tengo prohibido trabajar, pero no me pueden impedir acceder a la pista. Puedo ver a mis chicos jugar, ¿no? Estamos en un país libre.

Entre el viaje en metro y la larguísima caminata, tardo media hora en llegar. El corazón me late muy deprisa cuando por fin veo el edificio delante de mí. Me detengo a toser, porque no quiero toser como un idiota en las gradas. Odio el sonido y cómo me duelen los músculos del estómago por el ahora familiar ejercicio de limpiar los pulmones.

Reír es lo que más duele. Menos mal que no lo hago muy a menudo.

Cuando por fin llego a la pista, el partido ya ha empezado. Pero eso está bien, porque me permite pasar desapercibido. Mis chicos también tienen muy buen aspecto ahí fuera. Subo a las gradas y tomo asiento en la primera fila. La pista no es muy grande: solo caben dos mil personas, pero me resulta extraño estar tan lejos de mis chicos durante un partido. Debería estar ahí abajo, detrás del banquillo, donde la cabeza alargada de Danton se mueve de un lado al otro mientras habla con el equipo y llama a las líneas.

Echo de menos involucrarme. Me siento como un extraño aquí arriba. E inútil. Otro entrenador ha ocupado mi lugar. Gilles está trabajando con Danton y entrenando a mis defensas.

Mierda, y está funcionando. Mis chicos hacen un buen trabajo a la hora de mantener la calma y encontrar el pase antes de que sus oponentes les ataquen en el *back check*.* Y mi portero

---

* Término utilizado en *hockey* sobre hielo para referirse a una táctica en la que un jugador corre hacia su zona defensiva para impedir que el equipo contrario marque. *(N. de la T.)*

parece alerta y preparado. Su postura es más relajada que la última vez que lo vi jugar, como si se hubiera quitado el miedo de encima.

Los equipos están muy igualados, y en el primer período no hay goles. Dunlop hace un par de paradas maravillosas, pero no tiene que esforzarse tanto. Todavía no.

La situación se complica en la segunda parte. Nuestro equipo hace algunos buenos tiros a puerta, pero son recibidos por una brillante defensa. Y entonces, nuestro central estrella marca un gol, y yo sonrío de verdad por primera vez en semanas.

Cierro las manos en puños tensos mientras el partido avanza. El rival acelera y saca lo mejor de sí mismo. Dunlop tiene las manos ocupadas durante un rato, pero no falla. Estoy tan orgulloso de él que podría estallar. Entonces, nuestro equipo provoca un penalti, y contengo la respiración durante dos minutos a la espera de que Dunlop no se desmorone.

Pero es una roca. Salva dos lanzamientos durante el tiro de penaltis y mantiene la línea a lo largo de todo el tercer tiempo.

Cuando suena la bocina, el marcador sigue 1 a 0, y Dunlop no ha permitido que el otro equipo marque. Estoy relajado de alivio. Es genial verlos ganar.

Y, de repente, toda la felicidad desaparece de nuevo, como me pasa últimamente.

Debajo de mí, Danton y Gilles reúnen a mis chicos. Están felices por la victoria y se dan palmaditas en los hombros los unos a los otros mientras sonríen, con las caras rojas y sudorosas. Me siento como Scrooge cuando los fantasmas de la Navidad le hacen ver escenas de su propia vida. Debería estar ahí abajo, felicitando a los chicos y dándoles una charla después del partido. Pero otro entrenador me ha sustituido, y ahora están ganando. Dunlop parece como cien veces más feliz que después de mis últimos partidos con él.

¿Por qué narices he venido? Esta ha sido la peor idea del mundo.

Tengo que irme, pero las gradas se han quedado vacías y todavía veo a mi equipo, así que me quedo sentado durante unos horribles minutos más mientras espero a que se vayan a las duchas para salir sin que me vean. Ni siquiera sé qué les diría a los chicos ahora mismo. «Buen partido. Me alegro de haber desarrollado una neumonía para que ganarais por una vez».

La verdad me golpea: «Ya no me necesitan, y es probable que me despidan». Si eso sucede, me quedaré sin trabajo en Toronto.

¿Y entonces qué?

De pronto, necesito salir del edificio. Me pongo de pie y bajo al trote por las gradas para dirigirme a la puerta. No hay nadie en el pasillo y parece que tengo el camino libre, pero alguien grita mi nombre:

—¡Canning!

Me doy la vuelta por instinto, y veo que Danton corre hacia mí. Se detiene en seco.

—Hola. —Tiene la cara roja.

—Hola. —«No tengo nada que decirte».

—Escucha. Deberías haber hablado conmigo.

—¿Qué? —Miro a sus ojos enfadados y redondos, y casi me echo a reír. No puede estar refiriéndose a que debería haber confiado en él. No somos amigos.

—Si tenías un problema conmigo, deberías haber hablado conmigo de ello. Ahora tengo a Braddock pegado al culo. Fuiste a hablar con él a mis espaldas, y no quise decir las cosas que te dije. Solo fue una broma sobre el otro equipo. Tú lo sabías. Nunca te he llamado maricón.

Me aumenta la presión sanguínea. Nunca he sentido algo así. Me tiembla todo el cuerpo.

—No importa a quién se lo digas. No está bien, de todas formas.

—¡Pero yo no te he tratado mal! Yo no soy así. No habría sido un imbécil contigo si hubiera sabido que tenías novio.

Ya basta. Esa es toda la lógica de mierda que puedo aguantar en un día. Agarro a Danton por los hombros y lo empujo contra la pared con brusquedad.

—Estúpido imbécil. ¿Te crees que me preocupa lo que pienses de mí?

Abre los ojos de par en par por la sorpresa, pero no he terminado aún. Lo empujo otra vez y la parte posterior de su cabeza rebota contra los bloques de hormigón.

—¿Esa mierda que sale de tu boca? Los chicos escuchan todo lo que dices. Eres una figura de autoridad. Ahora creen que está bien llamar maricón a alguien siempre y cuando no lo conozcas. Y. No. Está. Bien. —Prácticamente le estoy escupiendo en esa pequeña cara de rata.

Hay movimiento en la periferia de mi visión, y para mi horror, veo que Bill Braddock se acerca por el pasillo.

Oh, mierda.

Aparto las manos de Danton. Sí, es malo llamar «maricón» a tu equipo, pero también lo es estrellar a tu coentrenador contra la pared y gritarle en la cara. Hay una página en el manual de empleados que prohíbe específicamente que nos pongamos las manos encima.

¿Ves lo fácil que sería despedirme ahora?

La puerta está a solo diez metros de distancia y, de repente, estoy caminando hacia ella. Bill Braddock grita mi nombre, pero yo no me detengo. Abro la puerta de golpe y corro por la acera. Unos cien metros después, me arden los pulmones. Freno el ritmo y me detengo. Entonces, mi pecho se agita por la tos.

Ni siquiera puedo correr. Soy un inútil, incluso para mí mismo.

Cuando puedo, camino hasta el metro. Y nadie me sigue.

24

Wes

Esta noche jugamos contra Pittsburgh. Son un gran equipo, pero estoy seguro de que les patearemos el culo. La sesión de patinaje de esta mañana ha ido bien, y Blake ha vuelto al hielo.

Y lo que es mejor, cuando salgo del estadio para disfrutar de las horas de descanso previas al partido, no hay ningún lunático protestando fuera, y no he vuelto a oír hablar de la venta de entradas en el mercado negro desde hace un par de días.

¿Podría estar disminuyendo el furor? Por favor, espero que así sea.

Esta mañana, cuando me he ido, Jamie tenía el calendario de los *playoffs* en una mano y una página web de reservas de viajes abierta en el portátil. De camino a la puerta, le he pedido que pensara si había algún resort que quisiera visitar en Cali.

—¿O qué tal si pasamos un par de días en Hawái antes de ir a ver a tu familia? —le he preguntado.

—Suena caro —ha respondido entre dientes.

Pero yo quería que pensara a lo grande. Después de este año agotador, nos merecemos divertirnos un poco. Mientras conduzco a casa, pienso en hacer *paddle-boarding* con Jamie en alguna playa. Y en pedir cervezas con trozos de lima clavados en el borde. He mencionado Hawái, pero México también sería divertido.

Silbo mientras entro en el apartamento. Ya en el interior, lo primero que noto es que está desordenado. Hay varios vasos en la encimera y unas revistas que caen en cascada desde la mesa de café hasta el suelo. No me supone un gran problema, pero Jamie es una especie de fanático de la limpieza la mayor parte del tiempo, y últimamente parece que no le importa. Eso sí me preocupa. Mucho.

—¿Cariño? —lo llamo, como hago siempre que llego.

No hay respuesta, pero oigo el sonido de una cremallera en algún lugar dentro del apartamento.

Cuelgo la cazadora en el perchero que Jamie compró cuando se cansó de encontrar mis abrigos en el sofá. Unos pocos pasos rápidos me llevan al pasillo y al dormitorio.

Jamie está inclinado sobre una gran bolsa de lona. Su bolsa de lona. Está metiendo un kit de afeitado en el fondo.

—¿Cariño? —repito de nuevo.

Se sobresalta y se endereza con rapidez. Como si se sintiera culpable.

—Hola —me saluda con voz ronca—. No te he oído entrar.

«Es evidente». Pero no lo digo. Estoy demasiado ocupado intentando descifrar qué está pasando. Hay una hoja impresa sobre la cama. Pone: tarjeta de embarque. Air Canadá. Tiene el ordenador guardado en la funda, a un lado. El móvil y el cargador están junto a él, sobre la cama.

—¿A dónde vas? —murmuro.

—A casa —dice, y luego añade rápidamente—: A ver a mis padres. Te dije que necesitaba pasar un tiempo en California. Aún no puedo volver a trabajar, ¿verdad? Es un buen momento para visitarlos.

—Eh... —Algo va mal.

Su cara también se pone colorada.

—¿Me lo ibas a decir? ¿Te ibas a despedir siquiera? —Mi voz suena entrecortada y asustada, pero es que estoy aterrado.

—Sí —dice—. Por supuesto. Sabía que estarías en casa a esta hora.

Las campanas de alarma suenan en mi cabeza. Jamie está de pie, a metro y medio de distancia, con las manos metidas torpemente en los bolsillos de los vaqueros. Nunca había tenido una relación, pero sé que no debería ser así.

—¿Estamos rompiendo? —suelto de golpe.

Jamie parece sorprendido, como si no esperara que lo dijera en voz alta.

—No —dice después de una pequeña pausa—. No. Solo son unas vacaciones. Yo... —Se aclara la garganta—. Solo necesito ver a mis padres.

Pero no puedo evitar escuchar: «Solo necesito estar lejos de ti».

Noto los fuertes latidos de mi corazón en los oídos. ¿Le grito ahora? ¿Sería correcto hacerlo? No sé qué necesita Jamie. Si lo supiera, se lo daría. Una fuerte y avasalladora muestra de mi amor sería una forma de hacerlo.

Pero ¿y si este viaje es lo que realmente necesita? ¿Y si unos rayos de sol lo solucionan todo? La indecisión me mantiene clavado al suelo, y la garganta me arde y me pica de repente. Tomo mi vaso de agua de la mesita de noche y lo apuro mientras intento averiguar qué decir.

Le suena el teléfono sobre la cama. Lo coge y contesta.

—Gracias —dice después de un minuto. Esa es toda la llamada.

—¿Quién era? —pregunto, alzando la voz.

—La... eh... compañía de taxis. El coche estará aquí en diez minutos.

Lucho contra un escalofrío que me recorre todo el cuerpo.

—Si necesitabas que te llevaran al aeropuerto, ¿por qué no me lo has pedido? —«¿Qué NARICES está pasando aquí?».

De nuevo, su expresión se tiñe de culpa.

—No lo sé —contesta mientras se mira los zapatos—. He pensado que sería más fácil así.

Tiene razón. Porque probablemente le montaría una escena en el aeropuerto. Estoy muy cerca de hacerlo ahora mismo.

—No quiero que te vayas, Canning.

Jamie se estremece.

—Tengo que... —Se atraganta con la palabra—. Tengo que probar algo, ¿vale? —Cuando levanta los ojos de nuevo, están húmedos.

Ahora tengo más miedo que nunca. Me tambaleo hacia él y lo rodeo con los brazos. Al menos, me devuelve el abrazo. Mi garganta se bloquea por completo. «No, no, no, no...», repito una y otra vez en mi interior. Lo gritaría si supiera que es lo correcto. ¿Pero cómo le voy a negar un viaje para que vea a sus padres? Mañana me voy a Minnesota. No tiene sentido que le suplique que se quede para luego subirme en el avión del equipo y desaparecer durante cinco días.

Mierda.

Así que me calmo y hago lo correcto.

—Cuídate —susurro—. Eres muy importante para mí.

Me abraza un poco más fuerte y se le entrecorta la respiración.

—Tú también.

Vale, puedo hacerlo.

—Te quiero —le digo, y doy medio paso hacia atrás.

—Yo también te quiero —murmura.

No me mira a los ojos.

Mierda.

Mierda.

Mierda.

Se entretiene con las últimas cosas que hay sobre la cama y las guarda en su sitio. La compañía de taxis le envía un mensaje que le indica que el conductor ya está abajo. Ha llegado antes de lo previsto.

Genial.

Le acompaño hasta la puerta del apartamento. Lo beso en la mejilla y lo abrazo una vez más.

Luego, le dejo salir al pasillo. Si bajo, haré el ridículo.

En lugar de eso, apoyo la frente contra el frío acero de la puerta y escucho el sonido de sus pasos que se alejan.

Una vez más, lo repito en mi mente. Es un viaje a Cali para ver a sus padres. De todos modos, no puede ir a trabajar. Ha dicho que no vamos a romper. Son unas vacaciones.

Así que, ¿por qué me siento como si el corazón se me hubiera salido del pecho y hubiera tomado ese taxi al aeropuerto?

25

Wes

Después de nuestra victoria por 3 a 2 sobre Minnesota, me dejo caer en la primera fila de asientos del autobús. Debería estar tan contento como los chicos que me rodean, pero no lo estoy. Hace dos días que soy un manojo de nervios. Esta noche se ha notado en el hielo: no he marcado ningún gol, y tampoco he conseguido una sola asistencia. He patinado como un loco, pero no he invocado ningún tipo de magia.

Jamie se la llevó toda con él cuando me dejó.

«No me ha dejado. Está de vacaciones».

Tonterías. Me ha dejado.

Lemming sube al autobús y me mira a los ojos por accidente. Sé que es sin querer porque aparta la mirada enseguida. Pasa por el asiento libre junto a mí y se dirige hacia la parte de atrás.

Sí, no todos mis compañeros de equipo están entusiasmados por sentarse al lado del tío gay. Resulta que, después de todo, haber crecido en Beantown no ha sido un lazo de unión suficiente para Lemming.

Diez minutos más tarde, el autobús se detiene frente a un hotel de cinco estrellas en el centro de Saint Paul, mis compañeros y yo bajamos cansados del autobús y entramos en el vestíbulo. Estoy de mal humor cuando subo a mi habitación. Me quito el traje y me pongo una sudadera con capucha, pero sentarme en la *suite* vacía solo me desanima, así que bajo al bar del hotel. Eriksson y algunos de los otros chicos tenían pensado ir a un club de *striptease* esta noche. Me han invitado, pero no les ha sorprendido que haya rechazado la invitación. Supongo que por fin han aceptado mi mal humor antisocial.

Bajo en el ascensor hasta el vestíbulo, y no me importa parecer dejado. La rutina de traje y pajarita está reservada para los viajes y las ruedas de prensa después del partido, pero ahora no soy el centro de atención y, si quiero tomar una puñetera copa en ropa deportiva, lo haré.

Me deslizo sobre un taburete alto en la larga y brillante barra y pido un *whisky*, que el camarero me sirve con rapidez. Tal vez ve la desesperación en mis ojos, pero no me dice «salud» ni inicia una charla íntima, y lo aprecio.

Mientras me tomo mi bebida, compruebo el móvil para ver si Jamie me ha enviado algún mensaje. No lo ha hecho. La frustración bulle en mi interior, más caliente que el ardor del alcohol en mi garganta. Me llamó cuando aterrizó en San Francisco, pero aparte de unos cuantos mensajes de «Estoy bien, mis padres están muy bien», no he hablado con él.

Me pregunto si estará ensayando el discurso de ruptura que me dará cuando vuelva a casa.

Se me parte el corazón solo de pensarlo. Bebo de un trago el resto del *whisky* y pido otro. El camarero me lo entrega con una mirada comprensiva.

Tras unos cinco minutos de silencio con cara seria, vuelvo a sacar el teléfono. Me tiemblan los dedos cuando encuentro el número de Cindy y pulso el botón de llamar. Es casi medianoche en Saint Paul, pero solo son las diez en la costa oeste.

La madre de Jamie responde enseguida:

—¡Hola, cariño! ¡Debes de estar cansado después de ese emocionante partido! ¿Por qué no estás en la cama?

Sonrío a pesar del enorme nudo que tengo en la garganta. Cindy Canning es la madre que nunca tuve. Es muy agradable que a alguien le importe si duermo lo suficiente.

—No estoy cansado —le digo—. Pero has visto el partido, ¿eh?

—Todos lo hemos visto. Jamie casi le da un puñetazo al televisor cuando ese imbécil te ha puesto la zancadilla en el segundo período.

El corazón me da un vuelco de felicidad. Jamie ha visto el partido. Se ha enfadado cuando un rival me ha puesto la zancadilla. Eso tiene que significar algo, ¿no? ¿Como que tal vez no me va a dejar?

Las asombrosas habilidades de Cindy para leer la mente deben de haberse activado cuando me he quedado en silencio, porque dice:

—Estaba muy orgulloso de ti esta noche.

Se me hace otro nudo en la garganta.

—Ni siquiera he marcado un gol.

Se ríe con suavidad.

—No necesitas marcar goles para hacerle sentir orgulloso, Ryan. Para él es suficiente con verte en pantalla mientras juegas al *hockey* profesional. —Hace una pausa—. ¿Por qué no me cuentas la razón por la que me has llamado?

Doy gracias por lo bien que se le da leer las mentes.

—¿Está bien? —pregunto.

—Lo estará. —La madre de Jamie se calla durante un segundo—. Admito que no es él mismo del todo, pero creo que toda la medicación que estaba tomando puede tener algo que ver.

Frunzo el ceño.

—¿Los analgésicos?

—Estaba pensando en los esteroides que le dieron. No soy médico, pero no me creo que todos esos medicamentos no tengan algún tipo de efecto secundario. Está triste y un poco encerrado en sí mismo, pero me pregunto si puede haber contribuido que haya dejado los medicamentos.

La preocupación me asalta de nuevo. Dios, no soporto la idea de que mi alegre y despreocupado Jamie esté triste y encerrado en sí mismo.

—Pero el aire fresco ha ayudado —añade Cindy con un tono de voz más animado—. Ahora mismo está fuera con su padre, dando un paseo nocturno. Y ayer estuvo con los gemelos, ayudando a Scottie a elegir una nueva tabla de surf. A veces, la mejor medicina para lo que te aflige es una buena dosis de familia.

Siento que los ojos me arden. Pensé que Jamie era mi familia. Creía que su familia era nuestra familia. Me duele no haber sido suficiente para él, que haya tenido que buscar el consuelo de los Canning cuando le he ofrecido el mío durante semanas.

—Me alegro de que esté mejor —murmuro—. Solo… sigue cuidando de él, ¿vale? Y no le digas que he llamado para ver cómo estaba. A él no… —Me muerdo el labio—. No le gusta que me preocupe. Le hace enfadar.

—Oh, cariño, eso no es verdad. Sé que aprecia tu preocupación. Demuestra lo mucho que le quieres.

Me tranquiliza durante unos minutos más, pero todavía me siento como si fuera basura cuando por fin colgamos. Echo mucho de menos a Jamie. Odio estar separado de él, lo que es estúpido, si lo piensas, porque ¿qué ha cambiado en realidad? Con independencia de dónde esté ahora, Toronto o California, seguiríamos separados. Yo todavía estaría en Saint Paul por este partido fuera de casa.

Qué ganas tengo de que termine la temporada.

—¿Te invito a otra ronda?

Una voz masculina me sobresalta. Me estabilizo antes de caerme del taburete, y me giro para ver a un chico rubio sentado a mi lado. Me señala el vaso vacío. No recuerdo haberme bebido esta segunda copa, pero una tercera no es una opción. Frank perdería la cabeza si alguien le informara de que me ha visto borracho en el bar del hotel.

—No, gracias —contesto de manera distraída.

El tío no deja de mirarme. Tiene poco más de treinta años, es guapo y no hace ningún esfuerzo para ocultar el hecho de que me está echando el ojo. Y no en plan: «¿Eres el jugador de la NHL, Ryan Wesley?». Su mirada transmite puro interés sexual.

—¿Quieres hablar de ello? —pregunta, arrastrando las palabras.

Aprieto los dientes.

—¿Hablar de qué?

—Sobre lo que sea que te haya hecho poner esa mirada de perrito abandonado. —Apoya un musculoso antebrazo en la barra mientras se gira un poco e inclina el cuerpo para quedar frente a mí. Lleva camisa y pantalones de vestir. Sospecho que es un hombre de negocios—. ¿Qué ha sido? ¿Una ruptura complicada?

Casi me hago polvo las muelas de lo fuerte que las estoy apretando.

Como sigo en silencio, se ríe y se inclina más hacia mí.

—Lo siento. Sé que estoy siendo algo brusco. Pero... —Se encoge de hombros—. Sé quién eres. Ryan Wesley, ¿verdad? He visto tu cara en todas partes estos días, así que conozco tu historia, que tienes novio y todo eso. —Suena un poco avergonzado—. Pero esa mirada me dice que quizá ¿ya no tienes ese novio...?

No respondo. Reconozco que tiene valor. Ligar conmigo sabiendo que tengo pareja es un movimiento audaz. Por desgracia para él, no es el tipo de audacia que aprecio.

Demuestra ser aún más atrevido cuando extiende la mano y me toca la muñeca, antes de acariciarla con suavidad.

—Y si ese es el caso, entonces estaría más que feliz de...

—Piérdete —exclama una voz cortante—. Está pillado.

Giro la cabeza y veo que Blake se acerca a nosotros. Sus ojos verdes brillan amenazadores, y la mirada que le lanza a mi pretendiente tiene el efecto deseado. El señor Atrevido se levanta del taburete y se encoge de hombros despreocupadamente.

—Valía la pena intentarlo —comenta antes de dirigirse a la salida.

Blake usurpa la silla del tipo y me mira.

—¿Qué narices haces, tío? ¿Ibas a engañar a Bomba J? ¿Qué te ocurre?

Pongo los ojos en blanco.

—No estoy haciendo nada. Estaba a punto de decirle a ese imbécil que se largara antes de que aparecieras.

Mi compañero de equipo relaja los enormes hombros.

—Oh. Vale. Bien.

—Creía que te habías ido al club de *striptease* con Eriksson.

Asiente con la cabeza.

—En un principio, sí. Pero cuando he salido del taxi y he visto el nombre del sitio, he vuelto a subir al coche.

Eso me hace reír.

—¿Por qué has hecho eso?

—Tío, ¿sabes cómo se llamaba el lugar? —Hace una pausa dramática—. ¡La oveja negra!

Mi risa se convierte en una carcajada. Es la primera vez que me río de verdad desde que Jamie se fue a Cali, y no me sorprende que haya sido Blake el causante. De alguna manera, en el poco tiempo que lo conozco, este tío se ha convertido en mi mejor amigo. Me alegro de tenerlo de vuelta en el hielo conmigo. Y, a diferencia de otros compañeros, Blake no tiene ningún problema en sentarse a mi lado en ese maldito autobús.

—En fin, si eso no es una señal del universo para que me mantenga lejos, muy lejos, no sé lo que puede ser. —Sacude la cabeza con consternación—. Lo juro por Dios, Wesley, las ovejas son el diablo.

—Lo sé —respondo de manera comprensiva, y le doy una palmadita en el brazo.

Blake mira detrás del mostrador.

—¡Camarero! ¡Una cerveza, por favor!

Curvo los labios cuando el camarero se acerca y enumera todas las cervezas de barril que tienen. Blake tarda un rato interminable en decidirse, un proceso que incluye dos chistes sobre cervezas rubias, un juego de palabras sobre el lúpulo y un detallado relato sobre la primera vez que bebió Heineken. El camarero parece aturdido cuando le da a Blake una cerveza artesanal local.

Yo intento no partirme de risa.

—¿Qué? —Blake me mira con los ojos entrecerrados—. ¿Por qué sonríes así?

—Pues... —Me encojo de hombros—. Te he echado de menos, eso es todo.

Todo su rostro se ilumina.

—Yo también te he echado de menos, tío. ¿Eso quiere decir que vas a dejar de estar de mal humor?

Y así de fácil, mi buen humor se desvanece. Por un momento, había olvidado que mi novio me ha abandonado, y el recuerdo de su ausencia es como una cuchilla en la yugular.

Blake suspira.

—Supongo que no. —Se lleva la botella a los labios y da un sorbo pensativo—. ¿Has hablado con Bomba J?

—Un par de mensajes.

—¿Te ha dicho cuándo volverá a casa?

El dolor me atraviesa.

—Está en casa —murmuro.

—Tonterías. —Blake golpea la barra con los dedos, mientras su otra mano juguetea con la etiqueta de la botella de cerveza. Este hombre es el mejor ejemplo del déficit de atención—. Su casa está en Toronto. Con nosotros.

—Nosotros, ¿eh?

—Sí. Tú y Bomba J sois mis mejores amigos. Los tres somos amigos. —Palidece—. Bomba J lo sabe, ¿verdad? ¿O cree que solo soy su amigo por ti? Porque no es así.

—Lo sé. —Sin embargo, me pregunto si Jamie también. Ha estado muy mal en Toronto durante estos meses. Cuando no está conmigo, está solo. Creo que la única vez que salió con sus compañeros de trabajo fue la noche que nos encontramos en el *pub*. Y es por mi culpa. Se ha aislado por mí y mi necesidad de ocultar nuestra relación, por mi carrera.

Pero Jamie no es así. Desde que lo conozco, siempre ha estado rodeado de amigos y familiares. Ha sido popular, todo el que lo conoce lo adora, ¿y por qué no iban a adorarlo? Es la persona más simpática, amable y encantadora que he conocido.

No me extraña que se haya ido. Lo he condenado a una vida de aislamiento.

—Es una pena que no juguemos contra Anaheim hasta abril —murmura Blake, pensativo—. Podríamos haberle dado una sorpresa en Cali.

Asiento con la cabeza de manera sombría porque ya lo había pensado. Pero mañana nos vamos a Dallas, no a Anaheim. Y después de Dallas, volvemos a Toronto, donde esta vez seré yo el que se sentirá solo en nuestro apartamento mientras Jamie disfruta del amor y el apoyo de su familia.

Me tiembla el cuerpo mientras me bajo del taburete.

—Me voy a la cama —digo sin emoción.

Blake está claramente dispuesto a protestar, pero no le doy la oportunidad. Me alejo tambaleándome y me dirijo al ascensor con una nube de miseria que me sobrevuela.

26

Wes

Cuando dejé que Frank Donovan y el reportero me convencieran para hacerme una entrevista ante la cámara, sabía que sería humillante. Pero no contaba con el maquillaje.

Aprieto los dientes mientras un tipo llamado Tripp me pasa algo sobre los pómulos con una esponja, tarareando para sí mismo.

A mi padre le daría un infarto si lo viera. De alguna manera, eso me anima.

Tripp se aleja para admirar su trabajo a través de unas gafas de hípster de montura negra.

—A todos les hacéis esto, ¿verdad? —pregunto.

Se ríe.

—Sí, cariño. No es porque seas el chico gay.

«Sal de mi cabeza». Odio cuando la gente me lee así. Y solo va a empeorar, porque estoy a punto de sentarme para tener una charla íntima con unos cuantos millones de telespectadores. Que alguien me mate.

—Está bien saberlo —murmuro.

Frank entra en la sala. Parece emocionado. Por lo menos, alguien se alegra de esta ridiculez.

—¿Listo? —pregunta.

—Claro —le digo. Porque, ¿qué otra opción tengo? Le prometí a Dennis Haymaker que haría esto. Mi equipo quiere que lo haga. Y como beneficio adicional, voy a fastidiar a papá. Será mejor que acabe con esto de una vez—. Ya hemos terminado, ¿verdad? —le pregunto a Tripp.

—Un segundo. —Se inclina con un cepillo gigante y cierro los ojos antes de que me reboce a fondo en algún tipo de polvo.

—Qué asco. —Toso cuando termina el asalto.

—Oh. ¿El gran y duro jugador de *hockey* no puede soportar un poco de polvo? No queremos que reflejes el brillo de los focos en cámara. —Se ríe.

—Te estás divirtiendo demasiado con esto —refunfuño.

—¡Y tanto! Pero es que no suelo tener a un bombón como tú en mi silla. —Me quita la capa de nailon negra de los hombros—. Arriba. A por ellos, Ryan Wesley.

—Gracias. —Pero no busco ir a por nadie. Solo quiero que esta larga hora de interrogatorio pase rápido y seguir con mi vida.

Frank me lleva a un plató que está preparado para parecer íntimo. Hay dos sillas de cuero de aspecto masculino alineadas una frente a la otra y colocadas delante de ochenta y siete cámaras que apuntan hacia ellas. Justo fuera de la falsa sala se encuentra un equipo de transmisión por valor de cien mil dólares.

Qué pintoresco.

Me han vestido con una chaqueta oscura, unos vaqueros negros y una camisa cara pero aburrida, abierta en el cuello. Apuesto a que alguien de relaciones públicas se ha pasado horas intentando averiguar cómo hacer que parezca masculino, a la moda, informal e interesante, pero a la vez normal. Probablemente tienen un programa informático para esto.

Da igual. Al menos, ahora no me estrangula una pajarita.

—Este es tu asiento —dice Frank, que señala la silla de la izquierda.

Tampoco pregunto cómo lo han elegido. Simplemente me siento.

—Ahora, recuerda —añade Frank mientras se frota las manos—. Mira a Dennis, o a la cámara. A esta. —Señala una cámara que está a pocos centímetros a la derecha de donde se sentará el entrevistador—. Si miras alrededor de la sala, parecerás inestable. Evita la inflexión ascendente en tu tono. No levantes la voz al final de las frases.

Se me escapa un poco de mi cinismo natural.

—¿Demasiado gay?

Pone los ojos en blanco.

—No. Demasiado inseguro. Cosa que no eres. Así que no suenes como tal.

—Está bien.

Es raro ser el tío al que apunta la cámara. Nunca pedí representar a los gais en todas partes. Y la verdad es que no me siento a la altura de la tarea. Seamos realistas, llevo una existencia bastante egocéntrica que se centra en ganar partidos de *hockey* y en pasar todo el tiempo posible con Jamie Canning.

Ahora mismo, estoy fallando en ambas, así que esta entrevista llega en un momento en el que siento que tengo muy poco que ofrecer.

La aparición de Dennis —que va vestido como si fuera mi gemelo, pero con el pelo más brillante y con más seguridad en sí mismo— interrumpe mi autoflagelación.

—¡Ryan! Me alegro de verte. —Me estrecha la mano y se sienta—. ¿Cómo estás? ¿Listo para responder a algunas preguntas?

—Claro —miento—. He revisado tu lista.

—¿Hay algo que debamos evitar? —pregunta, y se endereza las solapas de la chaqueta.

—No. —Frank ya me advirtió sobre la lista de preguntas. Dennis no se ceñirá a ella. Como esta entrevista está pregrabada, siempre puedo decir: «Buen intento, idiota», y editarán la pregunta. El contrato que firmé estipula que puedo eliminar cualquier tema que no esté en la lista, pero depende de mí o de Frank señalarlo.

—Genial —dice Dennis con entusiasmo—. Empecemos.

Un productor se acerca para hablarnos de los tiempos y los ángulos de la cámara. Intento prestar atención, pero no puedo evitar preguntarme qué estará haciendo Jamie ahora mismo y si verá la entrevista esta noche. Pensar en él me hacía feliz. Cuando estaba estresado, siempre imaginaba su sonrisa.

«Todavía es así», me recuerdo. Solo espero que esté sonriendo, donde sea que esté.

Se encienden las luces y Tripp entra a toda prisa para secarnos la cara con un pañuelo de papel una última vez. Me da un apretón en el hombro al salir.

—Rodando —dice entonces el productor.

Dennis Haymaker se gira hacia la cámara.

—Estoy aquí esta noche con Ryan Wesley, delantero novato del equipo ganador de Toronto…

A medida que la introducción avanza, siento que la cara se me congela en una máscara de inseguridad. ¿Cómo se me ocurrió prestarme a hacer esta tontería?

Pero al menos empieza con preguntas suaves.

—¿Desde cuándo juegas al *hockey*?

—Desde siempre —digo con facilidad—. Cuando tenía cinco años, mi madre mandó remodelar mi habitación con los colores de los Bruins porque había pegado cromos por todas las paredes y estaba cansada de decirme que no.

Me remonto a mis primeros años, cuando jugaba en el *Peewee* y en el *Bantam.*[*] Hace siglos que no pienso en esas cosas. Cuento la anécdota de cuando terminé un partido de un torneo con un brazo roto, porque es mi entrevista y puedo hacerme pasar por un chico duro si quiero. Yo era un chico duro.

—Me fastidió perderme la entrega de premios para ir a urgencias. Después de todo, quería ver el trofeo.

Dennis se ríe.

—Uf. ¿Qué pensaban tus padres sobre tu obsesión y el peligro? ¿Alguno de ellos jugaba al *hockey*?

Ahora yo también me río. La idea de mi padre sudando por cualquier cosa que no sean las transacciones financieras me resulta divertida.

—No, Dennis.

—¿Son tus mayores admiradores?

Supongo que ha llegado el momento de hablar.

—No mucho. Mis padres y yo no estamos muy unidos.

—¿Y eso por qué?

«Allá va». Suelto una risa nerviosa.

—La verdad es que nunca hemos estado muy unidos. ¿Aquella vez que me rompí el brazo? No fueron mis padres quienes me llevaron a urgencias.

Dennis parece muy sorprendido por este giro inesperado.

—¿Quién fue?

—El chófer de mi padre. Un tío que se llamaba Reggie. Verás, a mi padre le gustaba verme ganar partidos de *hockey*,

---

[*] Categoría de edad en *hockey*. *Peewee* para doce años y menos, y *Bantam* para catorce años y menos. *(N. de la T.)*

siempre que no le quitara demasiado tiempo de su apretada agenda. Me enviaban a todos los partidos fuera de casa con un chófer. Y Reggie era mi favorito. Miraba las gradas cada vez que marcábamos y lo veía animando. Estaba de pie con su chaqueta azul y gritaba mi nombre. Siempre pensé que le gustaba el *hockey,* pero ahora me pregunto si mi padre le daba veinte dólares extra para que me vitoreasе. No sabía que era una manera extraña de crecer, sin embargo. Tenía diez años, eso era lo normal para mí.

—Entonces... —Dennis tarda un poco en formular su siguiente pregunta—. ¿Tu padre estaba demasiado ocupado para llevarte a urgencias con un brazo roto?

Me encojo de hombros, porque nos estamos desviando del tema.

—No lo sé. Tal vez Reggie me llevó por sentido común. No llevas al hijo del jefe a casa con un hueso roto, ¿no? Es una buena manera de que te despidan. De todos modos, no me importaba quién lo hiciera. Incluso a los diez años sabía que debía ser un hombre y no llorar delante del técnico de rayos X. No me importaba quién estuviera en la sala de espera.

El periodista se aclara la garganta.

—¿De qué otras formas se esperaba que te hicieras un hombre, Ryan?

Esa pregunta no estaba en la lista, por supuesto, pero no detengo la entrevista.

—Bueno, Dennis, se supone que no debes enamorarte de tu compañero de habitación del campamento de *hockey.* Eso también estaba mal visto en la casa de los Wesley, pero nunca se me ha dado bien seguir las reglas.

Se pone serio, como si estuviéramos a punto de discutir el desarme de Irán.

—¿Cuándo les dijiste a tus padres que eras gay?

Tío, ¿estas luces no dan demasiado calor? Resisto a duras penas el impulso de pasarme la mano por la frente.

—Tenía diecinueve años y estaba en la universidad. Me había preparado para recibir gritos y palabrotas, o lo que fuera. Pero se negaron a escucharlo.

—¿Qué dijo tu padre?

—Bueno... —Me aclaro la garganta—. Creo que dijo algo como: «Llevas la pajarita torcida». Y el verano pasado le conté que estaba viviendo con mi novio, y su respuesta fue: «Tengo una conferencia telefónica. Me tengo que ir». Se niega a escuchar cualquier cosa que no le interese.

—¿Cómo te hizo sentir eso?

Casi pongo los ojos en blanco.

—¿Qué esperas que diga? No es lo ideal, pero hay niños cuyas familias los echan a la calle, y otros que son objeto de malos tratos. Así que no me quejo.

—¿Cuándo fue la última vez que tus padres te llamaron por teléfono?

—Eh... —titubeo y me froto la nuca. Me siento incómodo respondiendo a estas preguntas personales, pero para esto me he apuntado—. Creo que hablé con ellos en febrero. Mi padre quería organizar una cena la semana que mi equipo jugaba contra Boston, pero cuando mi novio se puso enfermo y mi cara apareció por todo Internet, anuló el plan.

—Ya veo —comenta Dennis, y mira a la cámara número dos con una cara comprensiva.

Mátame.

—Háblame de tu novio. Debe de ser muy especial. Estás recibiendo muchas críticas por estar con él.

Sonrío, porque me gusta pensar en Jamie, pero estas preguntas van a ser las más difíciles de responder, porque quiero respetar su privacidad.

—Nos hicimos amigos a los trece años, cuando empezamos a ir al mismo campamento de *hockey* cada verano. Es un tío genial y un gran entrenador defensivo. Y, sobre todo, me soporta.

—Pero no siempre fuisteis pareja.

Niego enérgicamente con la cabeza.

—Me costó nueve años confesarle lo que sentía, pero la espera valió la pena. Mira... —Me sorprendo a mí mismo al mirar a la oscuridad del estudio mientras pienso en lo que voy a decir. Como un buen entrevistado, miro a Dennis a los ojos—. Con Jamie, confío en quien soy. Me conoce desde que era un chaval con acné de trece años, cuando discutíamos sobre videojuegos. No me ve como el delantero novato de Toronto. No le importa mi promedio de anotaciones. No trato de impresionar-lo. —«Excepto con mi habilidad para metérmela hasta la garganta, pero no vamos a hablar de eso en el horario de máxima audiencia».

—Es tu familia —sugiere Dennis—. Más que tu verdadera familia.

—Sin duda —concuerdo.

—¿Crees que os casaréis? —pregunta Dennis con una sonrisa—. Espera, ¿te estoy poniendo en un aprieto?

Menudo cabrón. Ha metido el dedo en la llaga solo para subir la audiencia, pero permanezco tranquilo.

—Oh, no es a mí a quien pones en un aprieto, sino a Jamie. Me casaría con él sin pensármelo, y estoy seguro de que lo sabe.

—¿Se lo has preguntado?

Dennis está tentando a la suerte, y es muy consciente de ello. Debería quedar bien con Jamie y abandonar esta línea de preguntas. Pasa un tiempo mientras considero mis opciones.

De perdidos al río.

—No se lo he pedido. Por si no te has dado cuenta, estamos teniendo un año bastante duro. Sería algo así como: «Oye, cariño, sé que desde que aterrizaste en el hospital alguien nos pone una cámara en la cara cada vez que sales de casa y, de repente, todo el mundo quiere diseccionar nuestra sexualidad. Así que, ¿te gustaría que nos casáramos?».

El entrevistador se ríe.

—¿Entonces, estás diciendo que aún no ha llegado el momento adecuado?

—Desde luego que no ha llegado.

Después de eso, Dennis me pregunta sobre *hockey* y mis compañeros de equipo. Y como el *hockey* es la cosa más fácil de la que hablar en el mundo, por fin me relajo.

27

Jamie

La última vez que vine a California disgustado, mi madre me dejó estar de mal humor en paz, pero esta vez no me lo permite.

Ayer la ayudé a llenar los estantes del banco de alimentos de la iglesia durante tres horas, y luego hicimos entregas toda la tarde. Hoy he cortado y dado forma al césped del enorme jardín de un vecino mayor y he podado los rosales de mi madre.

Casi he echado un pulmón en el patio trasero de tanto esfuerzo, pero mamá se ha limitado a darme una palmadita en la espalda y a decirme que siguiera cortando.

Y eso sin contar todo el tiempo que he pasado con mis hermanos.

¿Lo más extraño? Que está funcionando. Todavía no me siento como mi antiguo yo, y ninguno de mis problemas se ha resuelto, pero moverme me ha ayudado mucho. Cuanto más trabajo, menos me preocupo. Y vuelvo a tener hambre. Hemos cenado hace una hora, pero ya estoy buscando algo para picar.

—Ryan llamó anoche.

Me quedo paralizado junto a la encimera de la cocina, con la mano sobre el tarro de las galletas. Mi madre está sentada a la mesa, donde bebe un té con tranquilidad mientras me observa. Me pregunto qué ve en mi expresión. ¿Alegría? ¿Terror? ¿Arrepentimiento? ¿Frustración? Siento todo eso a la vez, así que tengo curiosidad por saber qué emoción es más evidente.

El arrepentimiento, imagino. Porque me arrepiento mucho de cómo me fui de Toronto. Después del desastre en la pista, no podía permanecer en el apartamento un segundo más. Volví a casa y busqué un billete de avión. Cuando encontré uno de última hora a San Francisco, ni siquiera dudé. Y, además, costaba mucho menos que el viaje que Wes quería planear. Un desempleado no puede permitirse un resort en la playa.

No fue culpa de Wes que yo necesitara escapar, pero la mirada en su rostro todavía me persigue.

Cierro la mano alrededor de una de las galletas de siete cereales con pasas de mi madre. Son demasiado saludables, pero es lo que hay.

—¿Qué quería? —pregunto finalmente mientras doy un mordisco.

Mamá suspira.

—Quería saber cómo estás. Parece que no habéis hablado mucho.

Ay. Lo he estado evitando porque me siento culpable y, ahora, me siento peor.

—No, no lo hemos hecho —admito.

—¿Y eso por qué?

—Bueno… —Tomo una servilleta y me uno a ella en la mesa—. No sé cómo explicar cuál es el problema. Me he sentido muy infeliz, pero no quiero que piense que es por su culpa.

Mamá le da vueltas a su taza con expresión pensativa.

—Pero si no se lo dices, asumirá que es culpa suya de todos modos.

De repente, la galleta me sabe a polvo, y no estoy seguro de que sea cosa de la consistencia.

—¿Insinúas es que soy un capullo?

Se ríe.

—No, y no uses esa palabra en mi mesa.

—Lo siento —digo con la boca llena. Me levanto y voy a la nevera a por leche antes de que esta cosa me mate. Y no puedo morir, ¿verdad? No antes de haber aclarado las cosas con Wes. Vacío el resto del cartón en un vaso grande y me la bebo de un trago.

Me mira fijamente cuando regreso a la mesa.

—Entonces, ¿qué vas a hacer?

—¿Hablar con él?

—Aparte de eso. Habrá una razón por la que no eres feliz.

«O una docena de ellas». Mi vida en Toronto es un nudo enredado que no sé cómo desatar. No le he contado a nadie que he recibido varios correos electrónicos de Bill Braddock. El peor llegó antes de que mi avión saliera del aeropuerto en Toronto.

Estimado entrenador Canning:
Lamento informarte de que Danton ha presentado una queja contra ti por el altercado de hoy después del partido. Adjunto encontrarás su formulario de queja firmado. Tienes catorce días para responder antes de que el comité disciplinario tome una decisión final. Dado que estás de baja por enfermedad, no es necesario tomar ninguna otra medida de momento.

    Y, Jamie, por favor, llámame. No has respondido a mis sugerencias anteriores para informar del mal comportamiento de tu compañero. Si no cuentas tu versión de la historia, me resultará difícil ayudarte.

    Tu equipo sigue jugando bien, y espero sinceramente verte patinar con ellos muy pronto.

B. B.

Me envió un par de correos electrónicos de seguimiento, pero me daba mucha vergüenza responder.

—No me va bien en el trabajo —le digo a mamá entre dientes—. Puede que me echen antes del verano.

—Lo siento, cariño —susurra—. Eso le puede pasar a cualquiera, pero estoy segura de que asusta más cuando se trata de tu primer trabajo de verdad.

Siento un escalofrío solo de pensarlo. Cuando conseguí este trabajo pensé: «¡Ya está! Tengo el futuro resuelto».

Pero, al parecer, no es así.

—Si me quedo sin el puesto de entrenador, estoy jodido. Ningún equipo me querrá. Mi visado de trabajo es específico para mi equipo. No puedo presentarme en cualquier sitio y que me contraten. ¿Qué demonios voy a hacer? —Nunca he dicho esto en voz alta. Suena aún peor en la cocina de mis padres que en mi cabeza.

Mi madre se inclina sobre la mesa para apretarme la mano.

—Son cosas que pasan, cariño. No te lo tomes como algo personal.

Pero sí que lo hago. ¿Cómo me lo voy a tomar sino?

—¿Lo sabe Wes? —Cuando niego con la cabeza, su mirada se vuelve más compasiva—. Tienes que hablar con él. Ahora podría ser un buen momento.

Pero no lo es.

—Su gran entrevista se emite esta noche. Me ha enviado un mensaje diciéndome que no pasa nada si no la veo.

—Oh, la veremos —dice mamá alegremente—. ¿Quién querría perdérsela?

Se me revuelve el estómago porque estoy nervioso por Wes. ¿Y si el entrevistador es un imbécil? ¿Y si lo editan para que Wes suene como un idiota? Me siento mal por él. Nunca quiso este tipo de atención.

Mamá se termina el té y comprueba el reloj.

—Y no tendremos que esperar mucho. ¿Hora de hacer las palomitas?

Cuarenta minutos más tarde, estoy sentado en el sofá junto a ella, con las manos inquietas y sudorosas. Mi padre está en su sillón reclinable, donde lee un periódico.

Tal vez no debería verla. El mensaje de Wes decía:

Wes: No ha ido tan mal, y no he dicho nada remotamente personal sobre ti. Lo prometo. Pero no veas la entrevista si te hace sentir incómodo. La vida es demasiado corta, ¿vale? Llámame luego. Te echo de menos.

El teléfono me tortura desde el bolsillo. Lo echo mucho de menos, pero cada vez que me imagino explicándole los problemas que tengo en el trabajo, quiero vomitar. Si me despiden, será más embarazoso que escuchar mi nombre en la televisión. Y si no consigo otro curro, ¿qué pasará? ¿Sufriremos una horrible ruptura a cámara lenta cuando se dé cuenta de que solo puedo conseguir un trabajo en Estados Unidos?

¿Y me arrepentiré de haber renunciado a mi oportunidad en Detroit solo para que me despidan en Toronto?

Soy demasiado joven para tener una crisis de mediana edad, joder.

En ese momento, la cara de Wes aparece en la pantalla. Tiene una expresión de ciervo sorprendido por las luces, y ahora sí que no puedo irme.

—Oh —dice mi madre a mi lado. Se sienta un poco más recta—. ¡Te queremos, Ryan!

—Sabes que no puede oírte, ¿verdad? —pregunta mi padre desde detrás del periódico.

Contengo la respiración durante los primeros diez minutos de la entrevista. La historia del brazo roto me impacta, porque nunca me la había contado. Creo que también conocí a Reggie. Estoy bastante seguro de que llevó a Wes al campamento ese primer verano, y luego lo recogió cuando terminó.

Hasta este momento creo que nunca he entendido realmente lo solo que está Wes en el mundo. Quiero decir... Cuando estamos juntos, no está solo, ¿verdad? Entonces, ¿cómo iba a saberlo?

Oh.

Mierda.

No me fastidies.

Ahora sí que está solo por mi culpa.

A medida que la entrevista avanza, me hundo más y más en el sofá. Mi madre hace unos pequeños sonidos cada vez que Wes hace otro chiste autocrítico o menciona a su padre.

Cuando Wes dice que soy su verdadera familia, me dan ganas de pegarme un puñetazo.

Y cuando el periodista le pregunta si quiere casarse, dejo de respirar por completo.

—¿Te gustaría que nos casáramos? —bromea. Luego se ríe para sí mismo, como si ya estuviera convencido de que es una quimera. Muestra la misma sonrisa arrogante que siempre he visto en su cara; ahora sé cuánto dolor esconde. Ha estado ahí todo el tiempo, pero yo no lo he entendido nunca porque a mi chico se le da muy bien aparentar que tiene confianza en sí mismo.

Mis padres me miran fijamente.

—¿Qué? —gruño.

Mi madre se muerde el labio. Esta mujer, que siempre sabe lo que hay que decir, se queda en silencio por una vez, y eso me hace sentir peor.

No lo soporto más. Me levanto, voy a mi antigua habitación y me siento en una de las camas. Cuando Wes pasaba las Navidades aquí, me resultaba raro despertarme y verlo dormido en la de enfrente. Siempre parecía muy tranquilo.

Joder. ¿Qué he hecho?

Estoy dispuesto a hacer algo al respecto ahora, si no es demasiado tarde. Saco el móvil y encuentro el correo electrónico con el itinerario de Wes. Estará en Dallas por lo menos un día más. Tienen un partido allí mañana por la noche. El *jet* privado no lo llevará de vuelta a Toronto hasta la tarde siguiente.

Pero siempre está FedEx.

Esa idea hace que me levante y rebusque en el armario de mi cuarto. En el estante superior, bajo algunas de las viejas almohadillas de fútbol de Scotty y encuentro algo que me sirve.

Una caja.

No es perfecta. Alguien ha dibujado en ella con un rotulador, pero tiene el tamaño adecuado, como una caja de puros.

Saco algunas de mis viejas tarjetas de *hockey* y luego examino el interior vacío. Quiero que Wes sepa que estoy con él. Cuando reciba esto, lo entenderá. Esta ha sido siempre nuestra forma de decirnos lo mucho que nos importamos. Me avergüenza no haber hecho algo así por él en mucho tiempo.

La última vez, él me envió una caja al lago Champlain, la semana antes de que nos mudáramos juntos. La realidad me atraviesa como una brisa helada del lago Ontario. Fui yo quien rompió la cadena. No él. Yo.

Durante los últimos dos meses, he sentido que yo era el que se esforzaba más en nuestra relación, y él era el novato. Estaba convencido de que poner la lavadora me hacía mejor en el tema.

Pero no es así.

Aunque todavía puedo arreglarlo, ¿no? Sé lo que tengo que hacer.

Pero los minutos pasan mientras miro las esquinas limpias y vacías de la caja, y me pregunto qué queda de mí para meterlo aquí. Hubo un tiempo en que todos nuestros problemas eran lo bastante pequeños como para caber en una caja de este tamaño.

El miedo a la derrota persigue en círculos a mi confianza en mi cabeza mientras se me ocurren ideas que enseguida descarto. Un regalo de broma no servirá esta vez.

Y ya le he dado a Wes toda una vida de Skittles. Necesito darle una señal.

Tiene que ser algo grande. Y debe caber en la caja.

Bien.

Estoy casi listo para rendirme a la desesperación cuando la respuesta me llega de golpe. Y es tan obvia que suelto una carcajada allí mismo, en la habitación vacía.

Saco el móvil y le doy al nombre de mi hermana.

—¡Jamester! —dice ella—. ¿Has visto la entrevista? Oh-Diosmío...

—¡Jess! —la interrumpo—. ¿Te vienes al centro comercial conmigo? Creo que necesito tu ayuda.

—Eh... ¿De verdad me acabas de pedir ayuda? Debo alertar a los medios.

—Cállate. ¿Estás libre o no?

—Recógeme en quince minutos.

Me pongo de pie y abro la puerta de la habitación de un tirón para encontrarme a mi madre, de pie al otro lado, con el puño preparado para llamar.

—¿Me prestas el coche? Es muy importante.

—Por supuesto —contesta sin dudar—. Déjame sacar las llaves del bolso.

28

Wes

Ganamos nuestro segundo partido consecutivo fuera de casa. Aun así, mientras todos los demás se amontonan en el autobús con el ánimo por las nubes, yo me quedo en mi asiento, miro por la ventanilla y pongo lo que Blake ha bautizado oficialmente como mi ceño fruncido de Gruñón, el enanito de Blancanieves.

Pero tengo derecho a estar deprimido, porque todavía no he tenido noticias de Jamie. Ni siquiera sé si ha visto la entrevista; no ha respondido al mensaje que le envié después de que se emitiera. También les mandé un mensaje a Cindy y a Jess, tras el silencio de Jamie, pero ambas respondieron que «no estaban seguras» de si Jamie la había visto.

Ojalá no tuviera que volver a Toronto mañana. Lo único que quiero hacer es subirme a un avión a California y ver a Jamie, pero sé que la dirección del equipo me matará si lo hago. Frank me ha dicho esta mañana que mi entrevista atrajo una increíble cantidad de espectadores. El Departamento de Medios de Comunicación del equipo se ha inundado con más solicitudes de entrevistas, y Frank me quiere en Toronto durante este próximo tramo de partidos en casa. Necesito estar «disponible» en caso de que programe alguna rueda de prensa. No veo por qué eso importa, porque no planeo hablar con más periodistas, a menos que sea sobre *hockey*. Mi vida personal está oficialmente descartada para un futuro próximo.

—Ya vale, Gruñón. —Blake me golpea en el hombro, luego coloca el pulgar y el índice a cada lado de mi boca y, literalmente, me desfrunce el ceño.

—Lo siento —murmuro.

—Pues sí, porque me estás deprimiendo, y sabes que yo no soy feliz a menos que tú seas feliz.

Lo miro fijamente.

—Esa es la cosa más tonta que has dicho hasta la fecha.

—Qué va. He dicho cosas más tontas.

Cierto. Por suerte, me suena el teléfono y me libro de escuchar el discurso de ánimo que ha preparado. Cuando miro la pantalla, veo un número desconocido de Boston. De inmediato, me arrepiento de haberme ilusionado tanto. Tengo todos los números de mis amigos de Boston guardados en el teléfono, así que o bien es un periodista que de alguna manera ha conseguido mi número, o peor, alguien que está relacionado con mi padre.

Pero respondo de todos modos, porque estoy cansado de ser el enanito Gruñón.

—¿Hola? —digo con cautela.

—¿Ryan? —La voz masculina suena extrañamente familiar. Es una voz profunda de barítono con un reconfortante tono áspero. Ostras, ¿dónde he oído esa voz?

—Sí. ¿Quién es?

—Joder, muchacho. ¿No te has cambiado el número después de todos estos años? No me creo que realmente te haya localizado.

Frunzo el ceño.

—¿Quién...? —De repente, me detengo y una ola de nostalgia me invade. «Muchacho». Últimamente, solo la madre de Jamie me llama así. Pero antes de eso, se lo oía a...—. ¿Reggie? —digo, sorprendido—. ¿Eres tú?

—Sí, señor. Me alegra escuchar tu voz, Ryan. Ha pasado mucho tiempo.

Me doy cuenta de que no hablamos desde que me gradué en el instituto, ya que Reggie se jubiló cuando yo estaba en mi último año.

—Demasiado tiempo —digo con voz ronca—. ¿Cómo estás?

—Estoy muy bien. Me encanta la jubilación, pero no te he llamado para hablar de mí. —Hace una pausa—. Vi tu entrevista en la televisión. —Otra pausa—. No me dio ni un centavo.

Trago saliva.

—¿Qué?

—Tu viejo. Dijiste que te preguntabas si él me daba algo de dinero para animarte en los partidos. No lo hacía. —El tono de Reggie es increíblemente suave—. En realidad, casi me despide por eso.

—¿Qué quieres decir? —pregunto, sorprendido de nuevo.

Hace un sonido de disgusto.

—Se supone que los chóferes tienen que esperar en el coche. Cuando te vi en tu primer partido, le mencioné a tu viejo lo bien que habías jugado. Me amenazó con despedirme si volvía a dejar el coche.

Claro que lo habría hecho. Mi padre es un verdadero imbécil.

—Pero... —Frunzo el ceño. Por el rabillo del ojo, veo que Blake escucha atentamente mi parte de la conversación. Ni siquiera trata de disimular—. Pero no dejaste de venir a los partidos.

Reggie se ríe.

—Nadie dijo que fuera inteligente, muchacho. Pero pensé, ¿cómo se iba a enterar el viejo? Yo no lo volvería a mencionar. Y tú tampoco lo hiciste nunca, así que...

Algo dentro de mí se quiebra y me inunda el pecho de emoción. ¿Este hombre se enfrentó a la ira de mi padre —arriesgó su trabajo— solo para verme jugar al *hockey*?

—Siempre me sentía muy orgulloso cuando te veía en el hielo —continúa—. Solo quería que lo supieras. No quería que pensaras que me pagaban por hacerlo, o que era una obligación para mí, porque no lo hicieron, y no lo fue.

Se me forma un nudo en la garganta.

—Oh. Vale.

—También veía tus partidos de la universidad, siempre que los televisaban. ¿Y esta temporada? Por Dios, muchacho, estás batiendo récords a diestro y siniestro. —Su voz es ronca—. Estoy muy orgulloso de ti.

Madre mía. Me voy a echar a llorar. En el autobús. Delante de todos mis compañeros de equipo y mi entrenador.

Parpadeo rápidamente y trato de evitar que las lágrimas se derramen.

—Gracias —susurro.

—Eres un buen chico, Ryan. Siempre lo has sido. —Casi puedo ver la sonrisa torcida en la cara arrugada de Reggie—. Sigue en tu línea, ¿me oyes? Olvídate del viejo. Olvídate de las críticas y de los cotillas entrometidos. Vive tu vida de la manera que quieras y sigue haciendo lo que haces. Quiero que sepas que siempre tendrás gente a tu lado, gente a la que de verdad le importas.

Parpadeo un poco más.

—Gracias —repito.

—Buena victoria la de esta noche —añade, y luego cuelga.

Me tiembla la mano al dejar el teléfono sobre el muslo. Blake me mira con curiosidad.

—¿Quién era?

—Un viejo amigo. —Se me forma otro nudo en la garganta y no sé cómo consigo contestar—. Solo llamaba para saludar.

Blake asiente con la cabeza con fervor.

—Recuerdos del pasado, ¿eh? Son increíbles. Bueno, no siempre. A veces son un asco. ¿Sabes quién me llamó de la nada la semana pasada? Un imbécil que conocí en el instituto. ¿Sabes lo que quería? Que me tirara a su novia.

Estaba completamente preparado para ignorar a Blake. Hasta que oigo eso.

—¿Hablas en serio? —Lo miro boquiabierto.

—Tan serio como la lepra. —Blake me lanza una mirada incrédula—. Resulta que el sueño de esta chica es acostarse con un jugador de *hockey* profesional, y el imbécil pensó que sería un buen regalo de cumpleaños para ella.

—Guau. —De repente, entrecierro los ojos—. Madre mía. Por favor, no me digas que has dicho que sí.

Blake se limita a sonreír.

Gruño. En voz alta.

—Estás muy muy enfermo, Blake Riley.

La sonrisa desaparece cuando rompe a reír.

—Vaya, relájate. Por supuesto que he dicho que no. No soy tan pichabrava.

—Mentira. —La voz de Eriksson llega desde el otro lado del pasillo. Supongo que no era el único cautivado por los recuerdos del pasado de Blake—. Eres un perro, Riley.

224

—¡Guau! —responde Blake.

Eriksson aúlla en respuesta, lo que hace que Forsberg se una, y luego la mitad de mis compañeros los imitan como una panda de lerdos, hasta que el entrenador Hal se levanta de su asiento y dice:

—A callar, idiotas. —Se sienta de nuevo, y lo oigo murmurarle a nuestro coordinador defensivo—: Es como tratar con niños.

Ahogo una carcajada. Sí, supongo que tiene razón. Somos unos niños. Unos niños enormes llenos de testosterona.

Todavía estoy de sorprendente buen humor cuando el autobús llega al hotel donde nos alojamos. Le doy las gracias al conductor y sigo a Blake por las escaleras. Me aflojo la pajarita mientras los zapatos de vestir golpean el suelo. A Frank no le gusta que vaya desaliñado antes de entrar en la intimidad de mi habitación, pero me da igual lo que Frank...

Mierda. Quizá sí me importa. Hay media docena de periodistas en el vestíbulo. Las cámaras parpadean y me ponen un par de micrófonos delante de la cara. Reprimo un gruñido. No estoy de humor para hablar con la prensa, y maldigo a Frank por dentro por no haberme advertido de que la entrevista de anoche haría que los medios de comunicación invadieran nuestro hotel.

Por supuesto, no hacen una sola pregunta sobre el partido de esta noche. Eriksson y Blake me lanzan miradas de solidaridad mientras uno de los periodistas me acosa sobre mi «relación homosexual». Estoy a segundos de decir que una relación es una relación y que no hay necesidad de calificarla como «homosexual», pero de repente siento la mano de Blake en el hombro.

—Bar —murmura.

Aprieto los dientes. Que le den. No necesito un trago en este momento. Lo que necesito es irme a mi habitación.

Mientras sacudo la cabeza, murmuro:

—No tengo ganas de beber...

Blake me interrumpe y dice:

—Bar. —Esta vez suena más firme.

Con el ceño fruncido, desvío la mirada hacia la zona del bar, en el vestíbulo, y mi corazón se eleva y cae en picado simultáneamente.

Jamie.

Jamie está aquí.

Está sentado en una mesa cerca del mostrador. Sus ojos marrones buscan entre la gente hasta que se encuentran con los míos. El corazón me da un vuelco antes de subírseme a la garganta.

¿Qué hace aquí? ¿Y cómo demonios voy a llegar hasta él sin darle a la prensa una sesión de fotos que sin duda nos avergonzará a los dos?

Dudo entre correr hacia él o enviarle un mensaje de texto para que se reúna conmigo arriba, pero Jamie decide por los dos. Mientras lo observo con los ojos muy abiertos, se levanta de la silla con elegancia y viene hacia mí. Sus largos pasos devoran el suelo de mármol bajo las zapatillas. Su pelo rubio se alborota cuando se pasa una mano por él. Lleva algo en la otra mano. Entrecierro los ojos. Ostras. Es la caja. O, mejor dicho, es una caja. No es la que nos intercambiamos varias veces el verano pasado, pero se parece.

Lo miro fijamente mientras me pregunto qué significa esto y por qué no está en California, por qué ha volado hasta Dallas...

Los buitres han olido la sangre.

Varias cabezas curiosas se vuelven hacia él cuando cruza el enorme vestíbulo. Se dispara un *flash,* pero, aun así, no se detiene. Me tiene atrapado en una mirada seria mientras acorta la distancia entre nosotros, y luego está frente a mí, con esos ojos marrones que centellean juguetones a medida que se acerca y...

Me besa.

El pánico y la alegría se apoderan de mí en cuanto sus labios tocan brevemente los míos. No hay lengua. No hay pasión. Pero, cuando retrocede, es imposible pasar por alto el deseo en su rostro. Joder. Espero que las cámaras no hayan captado ese brillo lleno de lujuria, pero Jamie parece completamente ajeno al notorio foco de atención que orbita en torno a nosotros.

—Hola —dice con suavidad.

Milagrosamente, encuentro mi voz.

—Hola. ¿Qué... qué haces aquí? —A mi lado, Blake tiene una sonrisa tan grande que me sorprende que su cara no se parta por la mitad.

—¿Podemos… eh… hablar en privado? —Jamie mira a su alrededor cuando por fin se da cuenta de que toda la gente nos observa.

—P-por supuesto —tartamudeo.

Blake me pone una mano en el hombro.

—Hay más ascensores ahí detrás. —Inclina su gran cabeza hacia la otra punta del bar.

Jamie no pierde el tiempo. Me toma de la mano y tira de mí hacia esa dirección.

Lo sigo, y nos movemos entre las mesas altas hasta que aparecen las puertas del ascensor. La sensación de su mano alrededor de la mía es tan reconfortante que olvido pulsar uno de los botones hasta que me aprieta los dedos.

—¿Me vas a decir qué planta es?

—Eh, nueve. Creo. —Llevamos una noche alojados aquí, pero cuando visitas tantos hoteles como yo, es difícil llevar la cuenta. Busco a tientas la tarjeta de acceso en el bolsillo de la chaqueta.

Jamie sonríe y pulsa el botón.

29

Jamie

Un minuto después entramos en la habitación 909. Cuando la puerta se cierra detrás de nosotros, tengo un momento de verdadera incertidumbre. No es miedo. Sé lo que quiero hacer, pero no sé cómo.

Nunca le he dicho a nadie que quiero pasar el resto de nuestras vidas juntos. Sé que me quiere, pero, aun así, es una conversación arriesgada.

Así que doy una vuelta por la enorme *suite,* con sus elegantes muebles de estilo hípster y las ventanas que van del suelo al techo.

—Bonito lugar —digo mientras contemplo las vistas.

Cuando me giro hacia Wes, me está mirando.

—Ahora es más bonito que antes. —Se quita la chaqueta del traje y la arroja a una silla. No ha encendido ninguna luz, pero su atractivo rostro está iluminado por el resplandor del centro de Dallas. Ryan Wesley con traje, señoras y señores. Hay muy pocas vistas tan impresionantes como esta.

Lo observo. Y todavía tengo la caja en la mano.

—En fin —digo—, te he hecho algo con la ayuda de mi hermana y he tomado un avión. Pero ahora me preocupa que pienses que ha sido una locura.

—Bueno… —Se aclara la garganta—. Te prometo que no lo haré. Me alegro mucho de verte. —Entra en mi espacio personal y me rodea con los brazos—. Pensé que no volverías. Tal vez sea una tontería, pero… —Esconde la cara en mi cuello y toma una gran bocanada de aire.

Muy bien. Así que empezaré con una disculpa. Pongo la mano que tengo libre en su espalda.

—Siento haber sido un idiota. Lo que ha pasado ha sido...
ha sido una mierda. —Elocuente. No.

—No te disculpes. No hiciste nada malo. Me asusté.

—No, sí que lo hice. —Respiro hondo y me apoyo en él—.
Tengo un problema en el trabajo. Lo he fastidiado todo y no
quería decírtelo. Me daba vergüenza, y también estaba preocupado por el dinero. Así que te aparté. La he fastidiado muchísimo, lo sé.

Me recorre la espalda con sus cálidas manos.

—Cariño, estabas demasiado triste para pensar con clari-
dad. Lo único que importa ahora es que estés mejor.

Mi primer impulso es discutir su diagnóstico del problema.
No quiero ser el tío que se desmorona. Pero yo fui ese tío. Y tal
vez mi madre tiene razón al pensar que los esteroides me altera-
ron la química del cuerpo. Pero, sea cual sea la razón, la perdí
hace tiempo. No es justo para Wes que lo niegue.

—Creo que me siento mejor ahora —digo en su lugar.

—Bien. —Me abraza con fuerza—. Eso es todo lo que quiero, ¿vale? Lo único.

No me cabe la menor duda de que lo dice en serio. No sé
cómo he tenido la suerte de encontrar a alguien que me quiera
tanto como Wes. ¿Cuánta gente ha encontrado eso alguna vez?

Entonces, es la hora de ser valiente.

Retrocedo medio paso, con lo que obligo a Wes a soltarme,
y miro la caja que tengo en la mano. Va a pensar que es ridículo.

Respiro hondo y decido que da igual, que no importa. Es
un gesto importante, y me ha llevado hasta Dallas para discul-
parme, ¿no?

Ahora miro la caja como si tuviera una serpiente venenosa.

—¿Voy a poder abrir eso en algún momento o qué? —pregunta Wes entre risas.

Sin decir nada, se la doy. La sopesa en la mano y me mira.

—No pesa —dice—. No suena. —Levanta la tapa para re-
velar el papel de seda con el que lo hemos acolchado. Joder,
probablemente esté roto, lo que hace que la idea sea aún más
estúpida de lo que ya era.

Voy a esconderme debajo de uno de los sillones de cuero de
mil dólares.

La mano de Wes retira el papel. Entrecierra los ojos para ver lo que hay dentro y se lleva la caja hasta la ventana para verla mejor.

—¿Está hecho de Skittles morados?

—Sí. —Mi voz suena áspera.

Lo toma con dos dedos y la forma circular de dos centímetros se perfila contra las luces de la ciudad.

—¿Es un...? —Se calla la pregunta, como si temiera equivocarse.

—Anillo —acabo por él—. Tú... yo... —Tengo la boca como papel de lija—. En esa entrevista, dijiste que querías... —Respiro hondo— Casarte algún día. Y creo que es algo que deberíamos hacer.

Tras soltar estas palabras, permanece tan inmóvil durante un segundo que podría ser una figura de un museo de cera. El anillo —en toda su torpe gloria— sigue sujeto en alto. Jess y yo gastamos un montón de Skittles y de paciencia antes de averiguar cuál de sus pegamentos para manualidades valdría, y cuánto tiempo teníamos que esperar antes de añadir cada cuenta. Anoche todo parecía muy dulce y divertido.

Ahora no estoy seguro.

Wes inclina la barbilla, y algo se me revuelve en el estómago. Está iluminado a contraluz contra el paisaje urbano, así que no le veo la cara. Me acerco unos pasos, aunque temo haberla cagado de verdad. Pero tengo que saberlo.

Abre la boca, pero no sale nada. Y entonces sus ojos se llenan de lágrimas, brillantes a la luz de la ventana.

—¿En serio? —dice con voz ronca.

Le quito el estúpido anillo de la mano y lo dejo en la caja, que coloco en el escritorio.

—Sí. Quiero decir, no ahora mismo. Si necesitas algo de tiempo para pensarlo...

Dos fuertes manos me agarran por la camisa y me arrastran a sus brazos.

—Yo no... —Respira hondo, y suena más a un sollozo ahogado—. No necesito tiempo para pensarlo. Quiero casarme contigo este verano antes de que cambies de opinión. —Me rodea con los brazos y elimina todo el espacio que hay entre

230

nosotros. Apoya la cabeza en mi hombro. Siento que su pecho tiembla un par de veces mientras intenta controlarse.

—Oye —susurro—, no voy a cambiar de opinión.

—Pero... —Se aclara la garganta una vez más—. Es una decisión más importante para ti que para mí. Podrías tener, ya sabes, una esposa e hijos. Una familia.

—Cariño, tengo una familia. Una grande. Nunca me ha dado por pensar en mudarme a las afueras y procrear.

—Pero podrías —insiste con la voz ronca—. Quería darte un tiempo para que te acostumbraras a la idea de estar conmigo y no tener... eso.

—¿Quién dice que no podemos? —señalo.

Parpadea.

—Si decidimos que queremos tener hijos algún día, hay formas de hacerlo, cariño. Adopción. Vientres de alquiler. —Le doy un pequeño pellizco en el culo—. Deja de actuar como si me estuvieras condenando a una vida de miseria sin hijos.

Eso le hace reír.

—Te quiero —digo con firmeza—. Nunca he dejado de hacerlo, incluso cuando las cosas no iban bien. Y entonces vi tu entrevista y supe que necesitaba estar aquí. El billete de avión no era muy barato, pero...

Se echa hacia atrás para mirarme. Está un poco triste, pero nunca lo he visto más guapo.

—Voy a enviarle a ese periodista una buena botella de *whisky*. Y una caja de habanos.

Entonces me besa. Sabe a lágrimas y a Wes. Me sumerjo en él. Cómo echaba esto de menos. Me besa como si tratara de decirme algo. Y por fin sé lo que es.

Se supone que debemos estar juntos. ¿Por qué no hacerlo oficial?

De repente, mi cuerpo decide que hay muchas formas de estar juntos. Me aprieto contra su torso y profundizo el beso. Me agarra de las caderas y gime.

Solo un nanosegundo después, le tiro de la pajarita y le desabrocho la camisa. Él me baja la cremallera de los vaqueros y me lleva hacia la cama. Antes de que pueda parpadear, estoy de espaldas, sin ropa, con los vaqueros por los tobillos y la boca caliente de Wes me succiona el pene con fuerza.

El placer se extiende desde mi miembro hasta el escroto. Enredo las manos en su pelo alborotado y empujo más profundamente en su boca, impresionado por el entusiasmo, la pasión, que le pone a la mamada. Me lame, chupa y mordisquea cada centímetro de mí, y gimo cuando se mete el dedo en la boca antes de arrastrarlo por el pliegue de mi trasero.

Ante la juguetona penetración, sacudo las caderas hacia arriba. Wes se ríe y lo introduce más adentro, hasta que la yema me acaricia la próstata. Todo mi cuerpo tiembla. Me hormiguea. Arde. Pasa un largo tiempo torturándome con la boca y el dedo, no, los dedos. Ahora tiene dos dentro de mí, y está frotando ese lugar sensible que hace que vea chiribitas.

—Wes —murmuro.

Levanta la cabeza. Sus ojos grises están llenos de deseo.

—¿Ummm? —dice perezosamente.

—Deja de provocarme y métemela de una vez, no me jodas —le digo con rudeza.

—¿Que te la meta, pero que no te joda? ¿En qué quedamos?

—Uno es un verbo y la otra, una expresión. —Mi voz suena tan tensa como todos los músculos de mi cuerpo. Estoy a punto de explotar si no hace que me corra.

Su risa me calienta el muslo.

—Me encanta el lenguaje, tío. Es muy creativo.

—¿Estamos teniendo esta conversación ahora? —gruño cuando hunde los dientes en el interior de mi muslo. Sus dedos siguen dentro de mí, pero ya no se mueven.

—¿De qué prefieres hablar? —Pestañea sin inocencia ninguna, pues sabe exactamente lo cerca que estoy del límite.

—De nada —balbuceo—. ¡Prefiero no hablar de nada!

Wes chasquea la lengua.

—Eso no es un buen augurio para nuestro inminente matrimonio, cariño. La comunicación es clave.

Lo fulmino con la mirada.

—Entonces dile a tu boca que empiece a comunicarse con mi polla, tío. Porque, si no haces que me corra en los próximos cinco segundos, voy a...

—¿Vas a qué? —se burla, y yo gimo consternado cuando desliza los dedos fuera de mí. Entre risas, Wes se sube sobre mi cuerpo, me agarra los dos brazos y me los sube por encima de la cabeza—. Dime qué vas a hacer, Canning.

—Yo... —Se me nubla la vista. Es difícil pensar cuando está frotando la parte inferior de su pantalón sobre mi dolorosa erección. Trato de liberarme de su agarre, pero mi chico es un cabrón muy fuerte. Me sujeta las muñecas con una mano contra el cabecero de la cama. Con la otra, me acaricia el pecho desnudo y los dedos me rozan ligeramente un pezón.

Se mueve contra mí hasta que gruño de impaciencia, pero no puedo mover las manos. No puedo quitarle los pantalones ni agarrarle la polla. No puedo hacer nada más que quedarme tumbado mientras este hombre, grande y hermoso, se frota contra mí como si fuera su muñeco sexual.

Tiene los ojos tan entrecerrados que solo veo una ranura plateada que brilla hacia mí. Entonces, se lame los labios y un escalofrío me recorre la columna vertebral. Conozco esa mirada. Me encanta esa mirada.

Wes se baja los pantalones. Su dura erección me golpea los abdominales.

—Quiero tocarte —le ruego.

—No. —Su tono es autoritario, lo que solo intensifica la emoción—. Tengo que sujetarte para que no vuelvas a salir corriendo. —Me da otro beso largo para dejármelo claro. Y cuando por fin me suelta las muñecas, se baja de la cama antes de que pueda alcanzarlo—. No te muevas —susurra, y yo me quedo quieto mientras observo, casi con fascinación, cómo recorre la habitación hasta el lugar donde dejó la cartera. La abre, saca uno de sus prácticos paquetes de lubricante de viaje y vuelve a la cama—. Los brazos sobre la cabeza.

Obedezco. Lanza mis vaqueros a un lado, se coloca entre mis piernas y me agarra las muñecas de nuevo. Con la otra mano, se lubrica el pene y lo dirige al lugar que tanto le desea.

—Fóllame, joder —le ruego.

Me mira divertido.

—No voy a follarte.

233

Gimo de nuevo. Mierda. Si planea torturarme otra vez, perderé la cabeza de verdad...

—Voy a hacerte el amor —termina.

Se me acelera la respiración.

Con una sonrisa, Wes deja caer su boca sobre la mía. Nuestros labios se cierran en el momento en que él se desliza lentamente dentro de mí. El ardor del placer me hace jadear, pero él se traga el sonido con un suave y dulce beso que coincide con las suaves y dulces caricias de su pene. Me llena. Me completa. Mi pene es una lanza de acero contra mi vientre, y lucho contra el lazo de sus dedos alrededor de mis muñecas.

—Necesito tocarme —suplico.

Wes me muerde ligeramente el labio inferior.

—Ese es mi trabajo, ¿recuerdas? —Y entonces, me rodea con el puño y me da una rápida caricia mientras empuja con fuerza dentro de mí.

El orgasmo me toma por sorpresa. Pensé que duraría más, al menos una docena de embestidas, pero no, me corro, y es glorioso. Todo mi mundo se reduce a él. Mi mejor amigo. Mi amante. Mi... prometido... oh, guau, nunca pensé que esa palabra sería tan excitante, pero sin duda lo es. La polla me palpita con más fuerza, y otro chorro cae sobre mi vientre ante la idea de pasar el resto de mi vida con este hombre.

Wes continúa haciéndome el amor, lenta y lánguidamente, como si estuviera saboreando cada segundo. Cuando finalmente se corre, no lo hace con una fuerte explosión de felicidad, sino con un suave balanceo de caderas y un gemido de satisfacción. Entonces, se derrumba sobre mí, sus labios provocan a los míos en un tierno beso tras otro, y sus manos me acarician los pectorales y los hombros antes de hacer lo mismo con el pelo.

Después, nos quedamos pegados el uno al otro; Wes se acurruca abrazado a mí, cada uno perdido en sus propios pensamientos. Por casualidad, miro el reloj, que marca la 1:37 de la madrugada.

—Debes de estar cansado —susurro. Ha jugado un partido hace unas horas—. ¿Cuándo sale el autobús del hotel? —En su itinerario figuraba un vuelo mañana por la mañana.

—¿A las siete y media?

—Deberíamos dormir —digo, a pesar de que estoy excitado.

—O podrías contarme lo del trabajo.

Gruño.

—Lo haré, lo prometo. ¿Pero tiene que ser ahora? ¿No puedo quedarme en mi «lugar feliz»?

Se ríe contra mi nuca.

—¿No estaba yo dentro de tu «lugar feliz»?

—Estás siendo muy literal esta noche. —Me levanto y camino hacia el baño de hotel más grande que he visto. Me limpio un poco, luego le llevo una toallita húmeda a Wes y me deslizo de nuevo en la cama con él.

—En serio —dice mientras se limpia esos impresionantes abdominales—. ¿Qué has hecho que es tan terrible?

—Empotré a Danton contra la pared.

—¡Aleluya!

—No. No debería haberlo hecho. Tengo más autocontrol que eso. Tratamos de enseñar a estos niños cómo tener un espíritu deportivo, ¿verdad? Entonces, ¿por qué ignoro todos los consejos de mi jefe sobre cómo tratar a Danton y lo agredo? Es la cosa más estúpida que he hecho en mi vida.

Wes se queda en silencio un momento.

—Sin embargo, esa es la cuestión. No eres tan tonto. Nada indica que vayas a hacerlo de nuevo. Échale la culpa a la medicación. Di que fue una casualidad, mantén la cabeza alta y presenta esa queja que Bill te pide.

—Así que puedo salvar mi trabajo o mi conciencia, pero no ambos.

Me besa la nuca.

—Salva tu trabajo, cariño, y luego dale un respiro a tu conciencia. ¿De verdad crees que esos niños estarán mejor si ese imbécil gana?

Y aquí es donde me doy cuenta por enésima vez en veinticuatro horas de lo mucho que quiero a Wes. El hecho de estar aquí tumbado, acurrucado contra su cuerpo desnudo mientras analizo el desastre de mi carrera, es la mejor terapia que existe. Hay una razón por la que confío en él. Puede que no siempre veamos los problemas de la misma manera, pero es muy inteligente.

—Iré el lunes y reconoceré mi error —decido—. Quiero ese trabajo. Me lo merezco.

Su enorme mano me acaricia la cadera.

—Claro que sí.

Nos quedamos en silencio de nuevo y, después de un rato, creo que Wes está dormido. Pero entonces me sorprende cuando habla de nuevo:

—¿Podemos hablar de tu otro tema favorito?

—¿De lo mal que se te dan las tareas domésticas?

Se ríe.

—Vale, de tu otro tema.

—¿Cuál?

—El dinero.

—Dios, ¿por qué?

—Porque cuando termine la temporada, celebraremos una boda y luego disfrutaremos de unas espectaculares vacaciones. Quiero planearlo sin que te preocupes por los gastos. Todavía nos quedan unas semanas agotadoras por delante. Será más fácil cada vez que mire el salvapantallas que descargue de la playa a la que vayamos.

No sé qué decir.

—No tiene por qué ser caro.

Wes me mordisquea el cuello antes de que pueda contestar.

—La privacidad cuesta dinero. Y yo lo tengo. —Me tira del hombro, así que tengo que girarme para mirarlo—. ¿Sabes cómo me hice rico?

Niego con la cabeza.

—Al despertarme una mañana y descubrir que mi abuelo había muerto y me había dejado un montón de dinero. El idiota de mi padre tampoco puede tocar mi herencia. El viejo sabía que papá era un cabrón codicioso. —Sonríe—. Todo es cuestión de suerte, ¿vale? Y aunque me hubiera ganado cada centavo cavando zanjas, no hay nada que no quisiera compartir contigo. Nada de nada.

Se inclina y me besa mientras lo asimilo. Me da un segundo beso, y luego un tercero. Pensaba que ya lo había entendido todo, pero hay más cosas que puedes aprender a las dos menos cuarto de la madrugada mientras tu novio se abre paso lentamente en tu boca y te acaricia la lengua con la suya.

He pasado demasiadas semanas preocupado por aceptar la ayuda de Wes, porque no quería parecer débil, y durante todo ese tiempo él ha estado desesperado por demostrarme lo mucho que me quiere.

Al darme cuenta, un gemido sale de lo más profundo de mi pecho.

—¿Qué? —pregunta, y me acaricia la mejilla.

—Te quiero.

—¿Pero...? —se ríe.

—Pero soy un imbécil. Tener tu pene en el culo nunca ha insultado mi virilidad, pero que pagaras la factura del hospital me volvió loco.

Wes se ríe y luego me muerde la oreja.

—Si lo preparo de manera que todo nuestro cheque del alquiler salga automáticamente de mi herencia, ¿enloquecerías? Porque eso es lo que quiero hacer. Porque, cuando compres la comida, no tendré que pedirte que guardes los recibos. ¿Y si dejáramos de llevar la cuenta? ¿No es eso lo que hace la gente casada?

—¿Supongo? —Todas las implicaciones de casarme con Wes amenazan con hacer que me explote la cabeza.

Él debe de sentirlo también, porque vuelve a besarme. Al final, nos quedamos dormidos así, cara a cara, entrelazados.

Cuando la alarma de Wes suena a las seis y media, ambos gruñimos. Él pulsa el botón de «repetir» y yo entierro la cara en la almohada. Permanecemos medio dormidos durante un rato mientras acariciamos la cálida piel del otro. El sexo parece una buena idea, pero ambos estamos demasiado cansados para ello. Y cuando su alarma suena por tercera vez, protesta y se levanta.

Pero yo no. Mi vuelo no sale hasta dentro de cuatro horas. Así que me quedo dormido mientras escucho a Wes ducharse y hacer la maleta. De repente, alguien llama a la puerta con fuerza.

—¡Tíos! ¡Tengo vitamina C!

Mierda. Wes le abre la puerta a Blake. Y la habitación se llena de las charlas de Blake. Sin embargo, la vitamina C es café, y el olor despierta mi conciencia.

—¿Quién es un dormilón? —canturrea Blake, que se deja caer en el lado vacío de la cama de Wes—. ¡Cafeína, Bomba J! Te he traído un capuchino.

—Haces que sea difícil odiarte —murmuro contra la almohada.

—Eso es lo que dice todo el mundo. —Me agarra el hombro desnudo con uno de sus grandes guantes y me sacude.

—Para. —Tiro de las sábanas con fuerza—. O no te invitaré a la boda.

—¿A la...? ¡AY, DIOS!

Es evidente que he cometido un enorme error táctico, porque ahora Blake Riley —y los noventa y pico kilos que pesa con el traje— se pone en pie y empieza a saltar sobre la cama. Abro la boca para gritarle, pero es difícil pronunciar una palabra cuando él grita.

—¡Síííí! —Y sus saltos hacen que me sacuda como un par de zapatos en una secadora.

—¡Ya... Ya... BASTA! —grito.

Y Wes no ayuda porque, por alguna razón, está hablando por el teléfono del hotel. Cuelga justo cuando oigo un horrible crujido, como si la madera se partiera en dos. La cama se hunde de una manera extraña, y Blake acaba en el suelo.

—¡No te preocupes! ¡Estoy bien! —grita desde algún lugar de la costosa moqueta.

Wes y yo nos miramos con una expresión que combina el humor y el horror.

—Blake, has roto la cama —dice Wes con un suspiro—. Eso va a tu cuenta, no a la mía.

—No será la primera vez —contesta mientras se levanta del suelo y se endereza la pajarita.

—Al menos, has roto un mueble y no a mi prometido. Ya hemos pasado bastante tiempo en los hospitales.

—Me alegro mucho por vosotros. —Agarra a Wes y lo alza del suelo para abrazarlo.

Wes me mira por encima del hombro de Blake y pone los ojos en blanco. Cuando sus pies tocan el suelo de nuevo, empuja a Blake hacia el pasillo.

—Toma el ascensor, ¿vale? Tenemos que irnos.

Blake nos dedica una gran sonrisa.

—Despídete de él con un beso ahora, ¡pero no por mucho tiempo! —Se lleva su taza de café y luego sale bailando de la habitación.

—Uf —dice Wes, mirando a su alrededor. Es como las secuelas de un tornado: un silencio repentino y algunos destrozos. Todavía estoy en la cama, pero esta se inclina de forma incómoda. Mi novio la rodea para posarse con mucho cuidado en el borde, junto a mí—. Tengo que irme.

—Lo sé. Te veo esta noche. El billete más barato hace escala en Chicago. Así que tardaré un poco.

Coloca una mano en mi pelo y pasa los dedos a través de él.

—No pierdas el enlace. Te estaré esperando. —Me dedica una sonrisa *sexy*.

Mi pene se anima al oír eso.

—No te preocupes. —Lo atraigo para darle un beso. Sabe a pasta de dientes.

—Mmm —dice cuando por fin nos separamos—. Escucha, el servicio de habitaciones vendrá en una hora. Mi difunto abuelo quiere que disfrutes de un buen desayuno antes de tu vuelo.

Sonrío mientras me besa por segunda vez.

—Dale las gracias de mi parte.

Wes suspira y me recorre la mejilla con el pulgar.

—Hasta luego.

—Por supuesto.

Cuando la puerta se cierra tras él, todavía estoy sonriendo.

30

Jamie

Dejo la maleta en el pasillo, cierro la puerta principal y me tambaleo mientras entro en el salón. Me siento como un hombre que ha pasado todo un año en el extranjero, en lugar de una mísera semana en la costa oeste. Pero me alegro de volver a casa. Y el apartamento huele genial, al *aftershave* de Wes y... ¿a limpiador de pino? ¿Alguien ha limpiado mientras yo estaba fuera?

Madre mía, alguien lo ha hecho. Los suelos están relucientes, las encimeras de la cocina están impecables, y no hay ni una mota de polvo sobre ninguna superficie. De repente, me siento como uno de los tres osos a los que Ricitos de Oro se la jugó: «Alguien ha estado limpiando mi casa...».

—¿Wes? —lo llamo con cautela.

—Dormitorio. —Es la respuesta amortiguada de mi novio.

No, mi novio no. Mi... ¿prometido? Madre mía. Todavía me parece surrealista pensarlo.

Aparece un momento después, con unos pantalones de deporte que se deslizan deliciosamente por sus caderas. Admiro su torso desnudo, sus muchos tatuajes, su piel lisa y dorada. Está guapísimo. Y parece que ha recuperado algo de peso. Anoche no me di cuenta porque estaba demasiado ocupado siendo penetrado, pero los pectorales y los bíceps están visiblemente más esculpidos que hace unos meses.

—¿Qué tal el vuelo? —Se encoge de hombros y se pone una camiseta que cubre su espectacular pecho. Luego se acerca para darme un beso.

Levanto el brazo para masajearme la nuca.

—Aburrido. Me quedé dormido en una posición extraña, así que ahora el cuello me está matando.

Wes me quita el abrigo y lo arroja sobre uno de los taburetes de la cocina. Por una vez, no le echo en cara que no use el perchero del pasillo. Estoy demasiado contento de verlo.

—Ve a darte una ducha caliente —me ordena—. Te prepararé algo de comer y luego te daré un masaje en el cuello. —Me guiña un ojo—. Entre otras cosas.

—Eso —digo, y lo acerco a mí—… suena… —Rozo sus labios con los míos, y los dos nos estremecemos—… genial.

Mientras sonríe, me da una palmada en el culo y me empuja hacia el pasillo. Camino hacia nuestro dormitorio, me desnudo y, luego, me meto en la ducha para quitarme el olor a café rancio que me acompaña desde que he salido del aeropuerto. Me pregunto qué estará preparando para comer. Quiero a ese hombre, de verdad, pero cocinar no es su fuerte. Ni siquiera puede freír un huevo sin carbonizarlo.

Por supuesto, un olor a quemado me asalta la nariz cuando salgo diez minutos después. Un tímido Wes me espera junto a la cocina.

—He intentado hacer un sándwich de queso fundido —murmura.

Miro lo que queda del destrozado y ennegrecido pan con queso que se solidifica en mi mejor sartén de hierro fundido. Entonces, me echo a reír.

—No pasa nada, cariño. De todas formas, no tengo hambre. Pasemos a la parte del masaje. —Le doy un beso en la mejilla y apago los fogones—. Pero te doy un aprobado raspado por el esfuerzo.

Se alegra.

—Qué bien. ¿Y has visto que he limpiado? Me he pasado el día arreglando el apartamento para ti.

—¿En serio?

Me dedica una sonrisa de listillo.

—Vale, no. Me he pasado dos horas y media viendo la grabación con el equipo. Pero por eso he contratado a una agradable mujer que se llama Evenka para que venga una vez a la semana a hacer la limpieza y la colada. Blake jura que tiene poderes mágicos para limpiar. —Me agarra del hombro—. ¿Podemos quedarnos con ella? ¿Por favor? —pregunta como un niño que ha traído a casa un cachorro.

Tengo el habitual impulso de decir que no en función del gasto, así que pienso en su abuelo muerto y respiro hondo.

—Claro.

—¡Sí! —Me toma de la mano y me arrastra hasta el sofá—. ¿Vemos *Banshee?* —sugiere.

—Oh, sí.

Wes agarra el mando a distancia y me lo lanza. Luego corre a la cocina a por dos refrescos, porque se supone que todavía no puedo tomar alcohol. Pero ni siquiera me quejo, porque estoy muy contento de estar aquí.

Cuando se sienta, nos unimos como dos imanes que se realinean. Su cabeza está sobre mi pecho, mi brazo lo rodea y nuestras piernas están enredadas. Estoy a punto de darle a reproducir, cuando Wes se ríe.

—¿Te puedes creer que he recibido un correo electrónico del Departamento de Viajes sobre una factura por la cama rota?

—¿Tan pronto?

—Espera, que hay más. Debajo hay un correo del Departamento de Relaciones Públicas con un enlace a un blog de cotilleos. No solo tienen una foto nuestra besándonos en el vestíbulo, también tienen una de la cama rota.

—¿Qué? —grito.

Me toma la mano y la besa.

—Sí. Deben de haber pagado a un empleado del hotel por esa pequeña joyita. Pero es solo una foto de un mueble, Canning. Me importa más que me quieran cobrar ochocientos dólares. Así que he escrito un correo electrónico, tanto a Viajes como a Relaciones Públicas, diciéndoles que se lo cobren a Blake porque su culo gordo lo rompió. Y nunca adivinarás lo que me han contestado. —Se ríe—. El club lo va a pagar porque no quieren que el hotel tenga constancia de que había un tercer tío en esa habitación. El Departamento de Relaciones Públicas no tiene ningún problema con nosotros, pero el rumor de un trío les supera.

—Oh, Dios —digo mientras Wes se ríe—. Estás tentado, ¿verdad? Puedo oír cómo tu mente cavila. Quieres reclutar a Blake para hacer falsas fotos incriminatorias.

—Me conoces demasiado bien. ¿Y por qué conformarse con un trío? Emborrachamos a Eriksson y Forsberg con *whisky* y montamos una orgía. Estoy pensando… en una pelea de almohadas desnudos.

Le pellizco el culo.

—Mientras tanto, yo estoy aquí, intentando mantener mi trabajo con niños, pero no te cortes.

Se recuesta y me besa la barbilla.

—Solo bromeaba.

—Sí, claro. —Le doy a *play* para empezar nuestra serie, pero no dejo de sonreír. La vida con Wes nunca es aburrida. Incluso cuando seamos viejos, canosos y con los culos caídos, él seguirá siendo divertido. Y mío.

Nos tomamos los refrescos y vemos la televisión. Son las siete de la tarde, y es posible que haya una docena de cosas con las que deberíamos ponernos al día: llamadas, correos, facturas… Pero lo ignoramos todo, porque estamos solos en casa, y estamos juntos, y eso es lo único que nos importa ahora.

Wes huele tan bien… A champú de cítricos y a hogar. Me pasa los dedos por el pelo, y cuando se ríe mientras mira la pantalla, el sonido vibra dentro de mi propio pecho. Le paso la palma de la mano por el cuello y por el ancho músculo del hombro. La sensación es tan buena que tengo que darle un apretón. Trazo el tatuaje que sale de la manga de su camiseta. Luego me acerco y se la subo hasta los pectorales para poner una mano en la piel firme de su vientre.

La serie sigue reproduciéndose, pero no me entero de nada. Lo siento vivo y tan sólido contra mí que tengo que inclinarme hacia delante y besarle la nuca.

—Mmm —digo. Es genial estar en casa.

Mientras le mordisqueo el cuello, Wes suspira y se queda relajado contra mí.

—Se supone que debería estar dándote un masaje —me recuerda.

—Estoy mucho mejor. —Le acaricio un lado del cuello mientras lamo con suavidad la piel bajo su oreja.

—Joder —murmura—. Qué gusto. —Se da la vuelta de golpe y, un segundo después, nuestros labios están pegados. Su cálido aliento en mi rostro es todo lo que necesito. Inclino la cabeza para que nuestra conexión sea más perfecta, y él se abre

243

para mí. Nuestras lenguas se enredan. Él se acerca más y mete una rodilla entre las mías.

Y todo es perfecto.

La mano de Wes vaga por mi costado y luego por debajo de la camisa. Desliza la palma por mis costillas, y desearía no llevar ropa, porque quiero sentir su piel sobre la mía. Pero no quiero dejar de besarlo, así que eso tendrá que esperar.

—Te quiero mucho —dice entre besos.

Emito un gruñido ininteligible para hacerle saber que yo también. Luego tomo aire y encadeno algunas palabras:

—Sigamos en el dormitorio.

Él gime en respuesta, y presiona sus caderas contra las mías. ¡Bingo! Los dos queremos lo mismo. Pero ahora nuestros besos son aún más profundos. Estoy demasiado ocupado explorando su boca para levantarme y hacer algo sobre el feliz dolor de mis pelotas.

Así que permanecemos tumbados mientras nos tocamos el uno al otro y nos besamos cuando suena el telefonillo.

Wes gruñe, pero seguimos.

Pero suena otra vez. Y Wes se separa a regañadientes. Ambos sabemos que, quienquiera que haya llamado, es posible que esté subiendo ahora.

—¿Crees que Blake ha perdido la llave? —pregunto, con la voz ronca.

Él resopla.

—Es probable.

—Si viene aquí, no nos libraremos de él.

Wes suspira y se acomoda de nuevo el pantalón de chándal.

—¿Tal vez sea un paquete? —Lo dice con un tono esperanzado, pero, en realidad, no hemos pedido nada.

Me reclino en el sofá y doy un trago a mi bebida mientras él responde al timbre.

—Vale, gracias —dice Wes—. Que suba.

—¿Quién va a subir? —pregunto alarmado.

—Katie Hewitt. La esposa de mi compañero de equipo. Al parecer, nos trae una lasaña.

—Una... ¿en serio?

—Eso es lo que ha dicho el portero. Y también algo así como: «Esto huele muy bien, señor Wesley».

—¿Pero por qué?

Wes se encoge de hombros.

—Supongo que estamos a punto de averiguarlo.

Me paso las manos por lo que probablemente sea un «pelo de después follar».

Alguien golpea la puerta y Wes la abre de un tirón.

—Hola, vaya. Buenas noches, Katie. Hola, Hewitt. Creía que estaríais disfrutando de la noche libre.

Wes retrocede para dejar pasar a una mujer con un abundante y brillante cabello y una bandeja enorme de lasaña.

—¡Enhorabuena por el compromiso! —grita, y luego se gira hacia su marido y lo mira como si la hubiera traicionado—. ¡Ben! ¡Se suponía que lo ibas a gritar conmigo!

—Lo he olvidado —murmura Hewitt.

Contengo una carcajada, pero se me escapa cuando Katie esquiva a Wes y entra trotando en la cocina como si fuera la dueña de la casa. Oigo cómo la puerta del horno se abre y se cierra.

Me levanto para saludar a nuestros invitados, y Katie se acerca a toda prisa y me toma la cara con las dos manos. Sus uñas son muy rojas y brillantes, como si fueran garras barnizadas.

—¡Enhorabuena por el compromiso! ¡Me alegro mucho por vosotros! Sé que habéis estado fuera una semana, así que imaginé que no habíais tenido tiempo de comprar nada, por lo que mi primer regalo de compromiso es comida. —Sonríe y, luego, me abraza.

Dios, esta mujer tiene tanta energía que asusta.

—Gracias —digo, realmente emocionado—. Apreciamos mucho… un momento, ¿cómo que tu primer regalo? —¿Cuántos regalos planea darnos esta chica?

Hewitt debe de haberme leído la mente, porque suspira y dice:

—Tío, vas a recibir entregas semanales hasta la boda. Hazte a la idea.

Wes se ríe.

—No es necesario —le contesta a Katie, que le hace un gesto para restarle importancia con una de sus cuidadas manos.

—Me gusta ir de compras —añade ella con firmeza.

—Le gusta ir de compras —confirma su marido.

Katie me agarra la mano y tira de mí hacia el sofá. Luego se lanza a mi lado.

—Dime cómo estás. ¿Te has recuperado del todo? ¿Todavía tienes pesadillas sobre tu estancia en el hospital? Cuando me levantaron los pechos, ¡las enfermeras fueron muuuuy malas conmigo!

—Eh. —De repente me cuesta mucho no mirarle las tetas. Cuando dice que se las levantó, imagino unas grúas haciendo el trabajo—. He estado en mejores lugares, eso seguro. Pero mi madre y mi hermana estuvieron allí casi todo el tiempo. Y me encuentro muy bien. La tos no ha desaparecido del todo, pero estoy mucho mejor.

Katie me toma de la mano y me da un apretón.

—¡Estoy tan contenta!

—Gracias. —Miro a mi alrededor y veo que en el otro extremo de la habitación Wes y Hewitt están apoyados sobre la encimera de la cocina, bebiendo cervezas—. Tío, ¿dónde está la mía?

Wes levanta una ceja, la que tiene el *piercing* atravesado. Está muy *sexy* cuando hace eso, pero no me gusta que lo haga para negarme una cerveza.

—Qué tontería —argumento—. Eso es como los teléfonos móviles y los sistemas de navegación de las aerolíneas. Una cosa no interfiere con la otra.

Katie se ríe, y todavía lo hace cuando suena el telefonillo. Estoy a medio camino cuando Katie ha corrido hacia el aparato.

—Que suban —le dice a nuestro portero.

Un minuto después, tres personas más han entrado en nuestro apartamento. Conozco al veterano Lukoczik y a su mujer, Estrella, que trae una gran cacerola llena de muslos de pollo a la barbacoa.

—¡Enhorabuena por el compromiso! ¡Voy a calentar esto! —canturrea Estrella mientras se dirige a la cocina.

Eriksson entra después de ellos, con unos cuatro litros de zumo de naranja recién exprimido y una expresión avergonzada.

—Hola —dice, y me ofrece la mano—. Katie dijo que trajera comida, pero yo no cocino.

—No pasa nada —respondo mientras nos estrechamos la mano. Luego observo cómo recorre el apartamento con la mirada. Su curiosidad me llama la atención, porque me encantaría saber qué esperaba. Si un apartamento gay debe tener un aspecto determinado, nadie nos ha pasado el manual.

—¿Quieres una birra? —Tal vez debería ofrecerle un Cosmopolitan en broma. Nota mental: comprar un poco de zumo de arándanos para asustar a los compañeros de equipo de Wes.

—Claro. Sí que me apetece una.

Entro en lo que ahora es una cocina abarrotada. Wes está parado contra la encimera, en mi camino. Así que le doy un amistoso empujón en el trasero para que se mueva. Cuando le toco, todas las mujeres sonríen como si acabara de hacer algo bonito.

Qué raro.

Busco una cerveza para Eriksson y se la paso. Luego, abro un par más para Estrella y su marido. Llevo una semana sin entrar en la cocina y Katie tiene razón: la nevera está vacía. Wes, por supuesto, ha decidido ir hoy a comprar cervezas en lugar de comida, pero no puedo enfadarme, porque estoy muy contento de volver a sentirme yo mismo.

Tardo unos minutos en reunir los platos y los cubiertos. Aun así, Katie se acerca como si fuera una mamá gallina para ayudarme en esta sencilla tarea.

—No queríamos que trabajaras —se queja—. ¡Ese era el objetivo de traerte la cena! ¡Ve a celebrarlo!

Estoy más que conmovido. Es un gran detalle por parte de los compañeros de equipo de Wes venir a felicitarnos y a darnos de comer, aunque los dos estamos un poco aturdidos. Echo una ojeada furtiva a Wes, y veo que me mira de la misma forma. Los dos sonreímos y apartamos la mirada. Me muero de ganas de tenerlo a solas, más tarde. No solo quiero terminar lo que hemos empezado en el sofá, sino que quiero escuchar lo que piensa sobre esta invasión inesperada.

Estrella me prepara una taza de té de hierbas, el que mi madre dejó tras su visita. No me gusta demasiado el té, pero me lo tomo de todos modos porque está desesperada por ser de ayuda. Por algún milagro, también lo pone en mi taza favorita. La que nos hizo mi madre.

—¿Así que eres de California? —pregunta mientras me pone la taza en la mano—. Lo siento, lo leí en el periódico.

Es de locos.

—Sí. Echo de menos el clima de allí.

—Me lo imagino. Soy de Madrid. Luko y yo nos conocimos cuando pasé un año trabajando en Nueva York.

—Ah. —Luko comenzó su carrera con los Rangers.

—Pensaba que Nueva York era fría. Hasta que nos mudamos aquí.

—Cierto. —A veces se me olvida lo transitoria que es esta vida. Estas mujeres tienen que hacer las maletas y mudarse cuando sus maridos cambian de equipo.

Tal vez esa vaya a ser mi vida ahora. Me tomo un segundo para pensar en ello. ¿Me molesta? Vuelvo a mirar a Wes, que inclina la cabeza hacia atrás para reírse de algo que ha dicho Hewitt. Necesito esa risa y a ese hombre. Así que, dondequiera que vaya, yo también querré estar. Vale la pena.

—¿Vas a los partidos? —pregunta—. No te he visto en el palco.

Me río.

—Bueno, Wesley tiene un par de asientos. Pero soy el único que los usa.

Su rostro se suaviza mientras piensa en el motivo. Entonces me agarra de la muñeca.

—¡El próximo partido te vienes arriba con nosotras! Las WAGS tenemos que estar juntas, ¿no?

Me encojo por dentro. Ya he oído el término: WAGS. *Wifes and girlfriends*, es decir, las parejas de los jugadores. Pero... ¡tengo pene, joder!

Creo que me lee la mente —o quizá ve mi expresión de horror—, porque frunce el ceño.

—Mierda. Creo que hay que añadir algo para cuando es un novio.

—Y también para cuando es un marido —lo corrijo con una sonrisa—. Pero ya no quedaría tan pegadizo.

—Lo digo en serio —me insta—. Siéntate arriba con nosotras en el próximo partido. Beberemos Mai Tais y agotaremos las tarjetas de crédito de los chicos pidiendo aperitivos.

Me río, pero ella habla en serio.

—Suena divertido —digo.

La comida del horno huele muy bien ahora, lo que significa que ya debe de estar caliente. Agarro unos trapos y abro la puerta de un tirón. Dejo los dos platos sobre los fogones, por seguridad. Pero el movimiento desencadena los últimos restos de mi tos. Así que lanzo los trapos sobre las asas calientes de los cacharros y salgo rápidamente de la cocina, tosiendo en la curva del codo.

Al oírme, Wes deja la cerveza y se acerca. Le advierto con una mirada severa, ya que no puedo hablar: «Como me des unas palmaditas en la espalda como a un niño pequeño, te mato», le digo con la mirada.

Se contiene —chico listo— y se dirige hacia la comida. Saca dos espátulas de un cajón. La primera la pone en la bandeja del pollo. Pero luego veo que mete la segunda en la lasaña, como si fuera a cortarla para servirla.

Me aclaro la garganta desesperadamente para decir: «Cuidado, está caliente», cuando veo que lleva la mano hacia el mango de la sartén…

Y no me da tiempo a moverme lo bastante rápido. Su mano agarra el borde abrasador.

—¡Joder! —grita, y salta hacia atrás.

Abro el agua fría, lo agarro por el codo y lo arrastro hacia el fregadero. Le tomo la mano quemada y, después de comprobar la temperatura, la meto bajo el agua fría.

—Cariño, en serio. ¿Otra vez? Un paño de cocina sobre el mango no está de decoración, es…

—Una señal. Lo sé —dice con los dientes apretados—. Lo he olvidado.

—¿Es grave? —Levanto la vista y veo a cinco personas que nos observan fascinadas.

—Eh —dice él, cuando se da cuenta de lo mismo. Se aparta de mí y se mira la mano. Está roja y se le está formando una ampolla blanca en la parte inferior del pulgar.

Le agarro la mano y se la meto bajo el agua de nuevo.

—Al menos no es tu mano de disparar.

Se oye una risa nerviosa y Wes suspira.

El único sonido es el del agua que cae en la pila. Y una especie de terquedad me mantiene pegado a Wes. Quiero gritar: «¡Mirad, a veces los hombres se tocan!». Nunca hemos salido como pareja, va a ser difícil acostumbrarse a esto.

La puerta se abre de nuevo. Esta vez es Blake, y ha utilizado su llave.

—¡Chicos! —grita—. ¡Huelo la lasaña de Katie! —Nos mira a Wes y a mí—. Joder. ¿Te has vuelto a quemar, novato?

Mi novio gruñe entre dientes, y Katie y Estrella entran en acción: cortan la lasaña sin quemarse y reparten platos.

No hay bastantes sitios para todos. Me siento mal por ocupar un lugar en el sofá, pero Estrella me aparca allí con un plato y mi taza de té. Ella y Katie siguen charlando conmigo. Son muy agradables, pero me siento como si me estuvieran reclutando para un club.

—¡Hewitt! —grita Blake desde la encimera—. ¿Te has enterado? Voy a organizar la boda.

Me giro para buscar a Wes, y mi mirada alarmada choca con la suya.

—De eso nada —le dice a su compañero de equipo—. Lo único que tienes que hacer es mantener esa gran bocaza cerrada durante la ceremonia.

Blake frunce el ceño.

—¡Lo haría bien! ¡Entiendo de flores!

—Nombra cinco flores que pondrías en los centros de mesa —ordena Wes, mientras yo ahogo una carcajada. Si Wes puede nombrar cinco flores, me rapo al cero.

—Eh... Rosas, tulipanes, narcisos...

—¿Narcisos? —exclama Katie—. Mantenlo alejado de tu boda, Ryan. Te daré el número del organizador de bodas que Ben y yo contratamos.

—De todos modos, no puede ser el organizador —digo—. Mi hermana Jess ha decidido convertirse en organizadora de fiestas. Así que ella se encargará de todo.

A Blake le pasa algo en la cara cuando pronuncio el nombre de Jess. Es raro. Debieron de molestarse mucho el uno al otro cuando me estuvieron cuidando.

Después de que todo el mundo haya comido, recogen los platos y los lavan en la cocina. Y no me dejan ayudar. Acabo en el sofá junto a Hewitt y Eriksson, y los tres tratamos de superar las mejores historias de «lanzarse frente al disco» del otro. Como portero, bloquear tiros era técnicamente la parte principal de mi trabajo, pero sus historias son bastante entretenidas.

—No miento, bloqueé el maldito tiro con el culo —me cuenta Hewitt—. Me salió un moratón del tamaño de un pomelo que me duró semanas.

Eriksson se ríe.

—Oye, eres un defensa. Tu deber es sacrificar cualquier parte de tu cuerpo por la causa.

—Vale, tengo una historia que supera eso —digo—. Tenía dieciséis años y era el último entrenamiento del campamento de *hockey*. En el tercer período, mi equipo ganaba por uno y luchaba por mantener la ventaja. El ala izquierda del equipo contrario me lanzó un tiro con efecto. Lo detuve, pero a uno de mis defensas lo empujaron y, de repente, nos enredamos en el *crease** y el disco quedó suelto. De alguna manera, perdí el palo… y el guante. Sin embargo, vi como el disco volvía hacia mí, y ni siquiera me paré a pensarlo… Lo alejé de un golpe con el antebrazo desnudo.

Eriksson y Hewitt parecen impresionados.

—Tío, eso es una locura. ¿Te rompiste el brazo?

Suspiro.

—En dos lugares.

—Eso es duro —dice Eriksson, que silba en voz baja.

—¿Les estás contando la vez que te rompiste el brazo intentando ser Superman? —dice Wes desde detrás del sofá, para nada impresionado.

—Sí —respondo.

—Me voy a casar con un loco —informa Wes a sus compañeros de equipo.

Resoplo.

—¡Ja! Lo dice el tío que se escabulló a las cuatro de la mañana para nadar desnudo y luego se cortó el pie. Y no olvidemos las vacunas contra el tétanos por caerte de las vallas

---

* Es una zona especial del hielo que se encuentra delante de cada portería y está diseñada para que el portero pueda actuar sin interferencias. *(N. de la T.)*

que intentaste escalar, y ese clavo oxidado que pisaste mientras caminabas descalzo, porque estabas borracho. Y el tío que...

—Vale, vale, tú ganas —dice Wes, que alza las manos en señal de rendición—. Los dos estamos locos. —Se vuelve hacia Blake, que parlotea sobre sus propias aventuras nadando desnudo, mientras yo sigo hablando de *hockey* con Hewitt y Eriksson.

Para cuando Katie anuncia que es hora de irse, estoy un poco impactado, pero no puedo negar que me lo he pasado muy bien conociendo a los compañeros de Wes y a sus WAGS.

—Gracias por todo —les digo a Katie y a Estrella mientras las acompaño a la puerta.

Una a una me abrazan como si fuéramos amigos de toda la vida.

—Cuídate, Jamie.

—¡Envíame un mensaje de texto antes del partido de los Sharks! ¡Te guardaremos una bebida!

Doy unas rápidas buenas noches a los compañeros de Wes y, cuando la puerta se cierra por fin tras ellos —incluso Blake capta la indirecta y se va—, me giro para mirar a Wes.

—Eso ha sido... —Mi voz se desvanece.

Él vacila y mide mi expresión.

—Tienen buenas intenciones —dice con suavidad.

—Lo sé. Es... genial. —Una sonrisa se dibuja en mis labios—. Antes o después iba a pasar, ¿no? —Wes y yo siempre habíamos esperado el día en que no tuviéramos que escondernos, pero nunca pensé en cómo encajaríamos en el equipo. Todavía no estoy seguro, pero no podemos negar que esta noche ha sido un éxito rotundo.

—Sí. —Él también sonríe—. Ha estado bien. Por primera vez desde que empezó la temporada, me he sentido como si... —Frunce el ceño como si buscara la palabra correcta.

—Fueras parte del equipo —le digo con voz suave.

Asiente con la cabeza.

—Sí. Eso.

Se me encoge el corazón mientras pongo ambas manos en sus mejillas y le acaricio la incipiente oscura barba.

—Lo eres —le digo—. Eres parte de este equipo. Tu lugar está con estas personas. Tu lugar está a mi lado.

Sus ojos plateados se humedecen de golpe.

—Te quiero, Canning.

—Yo también te quiero, Wesley.

Pero, en el fondo de mi mente, me pregunto a dónde pertenezco. O más bien, dónde terminaré. Wes es mi hogar. Él es mi corazón, pero no puede ser mi todo. La incertidumbre que rodea mi futuro laboral me corroe por dentro. Mañana tengo que ir a reunirme con Bill, tal vez enfrentarme a Danton y ver a los chicos que han estado jugando tan bien sin mí.

No tengo ni idea de lo que me depara el día de mañana, pero esta noche… Me encuentro con los preciosos ojos de Wes, y una sonrisa se forma en mis labios a pesar del desasosiego que me provoca el trabajo. Esta noche, estoy con el hombre al que quiero, y eso es lo único que importa.

31

Jamie

El lunes entro en la pista a las nueve de la mañana. El olor familiar del hielo y el sudor me golpea de inmediato, y lo siento en el estómago. Este trabajo significa mucho para mí. Si lo pierdo, sé que superaré la decepción. No me hundirá.

Pero sí que será una putada.

En el metro, he ensayado mi discurso de disculpa, y estoy preparado para afrontar las consecuencias. Así que voy directo a la desordenada oficina de Bill Braddock y llamo a la puerta.

Cuando levanta la vista del escritorio, primero parece sorprendido, y luego sonríe.

La tensión en mi pecho se alivia un poco.

—¿Tienes un segundo?

—¿Para ti? Por supuesto. Cierra la puerta, entrenador.

Mi cerebro hace un esfuerzo extra para decodificar esas frases cortas. Todavía me llama «entrenador», así que eso es bueno. Pero cuando la puerta se cierra, me pregunto si seguiré teniendo ese título cuando la vuelva a abrir.

—Tienes mejor aspecto —señala cuando me siento en la silla de visitas.

—Me encuentro mejor —digo de inmediato—. Por fin me he deshecho de los medicamentos. Estoy haciendo algo de ejercicio. Las cosas están mejorando. —Todo esto es cierto, pero quizá parezca que exagero.

—¿Has ido ya al médico para que te dé el alta?

Niego con la cabeza.

—Llegué anoche y venir a verte era mi prioridad. Pero pediré la primera cita que me den.

—Bien. —Toma un disco, el único tipo de pisapapeles que un entrenador tiene en su escritorio, y lo hace girar entre los dedos—. Me disculpo de nuevo por no haberte escuchado cuando me dijiste que tu coentrenador usaba un lenguaje hiriente.

Mi primer impulso es decirle: «No pasa nada, señor». Pero he reflexionado un poco más y ahora estoy ligeramente enfadado conmigo mismo por haberlo dejado pasar.

—Estoy preparado para presentar ese informe —digo en cambio—. Me gustaría hacer oficial mi queja. —Aunque no me siento personalmente atacado por el lenguaje de Danton, es mi trabajo impedir que otro entrenador llame «maricón» cada dos por tres a sus chicos. Aunque señalar con el dedo me haga sentir incómodo—. Intentamos educar a jóvenes admirables, y no deberían escuchar a una figura de autoridad decir insultos de este tipo.

Braddock asiente enérgicamente.

—Eso es muy cierto. Sin embargo, tengo que imprimirte un nuevo formulario. En lugar de presentar una queja, puedes optar por presentar una carta de apoyo a otra queja.

Busco en mi mente e intento recordar de qué está hablando, pero no encuentro nada. La única queja que conozco es la que se ha presentado contra mí.

—¿Qué quieres decir?

Sonríe.

—Alguien ha presentado una queja contra el lenguaje de Danton, y van a llevarla al comité disciplinario el mismo día que la que él ha hecho contra ti.

Un cosquilleo me recorre la espalda.

—¿Quién la ha presentado?

—Tu equipo. Hasta el último jugador. Se enteraron de la queja de Danton, ya conoces este lugar, es una fábrica de cotilleos, y se enfadaron. Irrumpieron en mi oficina después del entrenamiento y exigieron discutir en tu nombre. Así que les puse al corriente de nuestro sistema disciplinario y canalizaron su desagrado en una queja adecuada.

Por primera vez en diez días me siento un poco mareado.

—¿En serio?

Alza la mano derecha.

—Te lo juro por Dios. Su queja tiene ocho páginas y detalla muchos ejemplos de lenguaje inapropiado y homófobo. Y también algunos insultos raciales. Me bebí un gran vaso de *whisky* después de leerla. No tenía ni idea de que las cosas fueran tan mal.

Tengo que apretar la mandíbula para no decir «te lo dije».

—Así que... —Se aclara la garganta—. Por favor, presenta un informe con tu propia experiencia, y la añadiremos al expediente. El comité se toma en serio todas las quejas.

—Incluida la que hay contra mí —añado.

—Sí, pero estoy seguro de que el comité reconocerá tu intachable historial laboral con nosotros y en tu anterior puesto en el Campamento Elites. Y luego está el asunto de las quejas contra Danton, y tu problema temporal de salud. Es posible que se inclinen por hacerte una advertencia. Pueden hacer eso en una primera falta.

Las palabras «primera falta» me ponen algo nervioso. Esos términos no deberían aplicarse a mí. Nunca.

Bill junta las manos y me observa fijamente.

—Hay algo más que quiero comentarte. Una sugerencia que podría hacer al comité cuando consideren cómo resolver la queja contra ti.

—¿Qué es? —Si conoce un truco para sacarme del apuro, soy todo oídos.

—Nunca hemos hecho ninguna formación sobre diversidad con nuestro personal, y quiero empezar ahora. A cambio de cerrar la queja contra ti con una simple advertencia en tu expediente, ¿qué te parecería hablar con el personal sobre tus experiencias?

—¿Mis... experiencias?

—Con la homofobia. Podrías hablar sobre cómo es ser un deportista gay. Cuéntales tu historia. La cura para luchar contra los prejuicios es encontrar puntos en común, ¿no? Quiero que mis empleados entiendan tu perspectiva personal, porque quizá no sea tan única como ellos piensan. Podrías hacer algo bueno al compartir tus vivencias.

Mi cabeza se llena de inmediato de objeciones: «Técnicamente no soy gay. Soy bisexual. No tengo una larga experiencia con la homofobia. En total, llevo unas pocas semanas fuera del armario. No soy un experto».

Y, aunque lo fuera, odio compartir asuntos privados en el trabajo.

Pero estoy aquí para salvar mi puesto. Un empleo que me encanta, así que hago lo que me prometí que haría.

—Estaré encantado de hablar con el personal —le aseguro a Bill.

Él sonríe.

—Estupendo. Volveré a hablar de esto después de la reunión disciplinaria de la semana que viene. Mientras tanto, por favor, consigue esa nota del médico. Tu equipo te necesita, sobre todo porque hemos suspendido al señor Danton a la espera de su acción disciplinaria.

Me siento más recto en la silla.

—¿Quién entrena al equipo?

—Gilles está un poco ocupado cubriendo tanto a su equipo como al tuyo con la ayuda de Frazier. Pero, que no cunda el pánico. Te necesitan, aunque pueden mantenerse a flote una semana más hasta que esto pase.

Me estrecha la mano y salgo por la puerta antes de darme cuenta de lo seguro que ha sonado sobre mi reincorporación. Eso me tranquiliza. Solo son las nueve y media, y camino por la acera cubierta de nieve. Es probable que Wes ya esté en la pista de patinaje, pero no en el hielo. Así que intento llamarlo al móvil.

—¡Hola! —contesta al primer tono—. ¿Cómo ha ido?

—No muy mal. Creo que sobreviviré. —Le cuento lo del informe que presentaron mis jugadores.

—Madre mía. ¡Eso es genial!

—¿Verdad? Adoro a esos chicos. Sin embargo, hay un inconveniente. Bill quiere que me ofrezca para hablar con la plantilla sobre mis experiencias con la homofobia. Ya sabes, porque soy un experto. —Me río solo de imaginarlo—. Va a ser la reunión más corta de la historia.

—¿Quieres que te ayude?

Casi digo que no por pura costumbre. Otra vez esas palabras, pero me detengo justo a tiempo.

—¿Qué quieres decir? —pregunto en su lugar.

—Podría hablarles de cómo era ser un jugador de *hockey* gay cuando nadie lo sabía. Me pasé el primer año de la universidad aterrorizado por lo que podrían hacerme si lo descubrían. Si os ayuda a ti y a tu jefe, me pasaría por allí y contaría esa historia.

Ralentizo el paso y dejo de caminar.

—¿En serio? —Me imagino a Wes entrando en la sala de conferencias y las miradas de todos cuando el novato más exitoso de Toronto en una década atraviese la puerta.

—Claro. ¿Por qué no? Frank Donovan me hará dar ese discurso al equipo en algún momento. Esto puede ser mi calentamiento.

—Vaya. Vale. Sí. Te haré la cena todas las noches durante una semana si me sacas de este apuro.

—Canning. —Su voz se vuelve profunda y lenta—. ¿Qué tal si elijo mi propia recompensa?

—Eso, eh, también me vale.

Se ríe.

—Te quiero. Ahora tengo que salir a la pista. ¿Comemos más tarde? —Juega contra los Sharks esta noche; un partido en casa, por lo que me tomaré unas bebidas con sombrilla con las WAGS en algún palco.

Pero, primero, como con mi chico.

—Claro. Nos vemos en casa.

Cuelgo y me dirijo al metro. Siento un gran alivio y me pregunto cuál de los platos favoritos de Wes debería hacer para comer.

32

Jamie

Una semana después, el jurado me declara inocente.

Vale, me he puesto melodramático. No hubo jurado, solo un comité. Y no hubo veredicto, solo una «decisión oficial» que decía que mis acciones hacia Danton podían haber sido provocadas y exacerbadas por la medicación que estaba tomando. Mi expediente personal ahora incluye una advertencia, pero, para mi alivio, no se ha tomado ninguna otra medida disciplinaria. A pesar de que Wes se ha pasado toda la semana diciéndome que no me preocupe, no he dejado de imaginar los peores escenarios, y me alegro de poder respirar tranquilo por fin.

El lunes por la tarde, al entrar en el estadio, respiro el aire fresco y siento el frío en la cara. Los chicos ya están en el hielo y patinan para calentar. Danton no está a la vista. Cuando he hablado con Bill esta mañana, me ha dicho que Danton sigue de baja hasta que se resuelva su queja. No he preguntado por qué mi «caso» se ha resuelto primero. Simplemente estoy agradecido de que haya sido así.

Los jugadores me ven en cuanto me acerco a la pista. Varios de los chicos me saludan, unos cuantos gritan: «¡Bienvenido, entrenador Canning!», pero solo uno se acerca patinando. Es Dunlop, que se quita el casco cuando se detiene.

—¡Entrenador! —Tiene las mejillas rojas por el esfuerzo. O tal vez de la alegría. Me gusta pensar que es lo segundo.

—Dunlop —lo saludo con una gran sonrisa y una palmada en el hombro. Luego, lo suelto de inmediato. Es posible que, durante un tiempo, vaya a prestar demasiada atención a la forma en que el equipo interactúa conmigo. Wes dice que en todos los grupos hay alguien incapaz de superar los prejuicios sobre la sexualidad, y así son las cosas—. Os he echado de menos, chicos —le digo.

—Yo también. —Suena incómodo, y se sonroja—. ¿Te encuentras bien?

—De maravilla —le aseguro—. Pero te voy a dar un consejo: nunca pilles una neumonía.

Se ríe.

—Intentaré recordarlo.

Salto por encima del muro y patino en unos cuantos círculos rápidos. Joder, qué bien sienta estar de nuevo en el hielo. Le hago un gesto con la cabeza a Dunlop para que me siga, y nos deslizamos hasta la red. Mi portero pone su casco encima, todavía con una sonrisa bobalicona.

—¿Has visto nuestro récord? —pregunta.

—Jod... —me corrijo rápidamente—. Claro que sí. Cuatro partidos seguidos ganando, ¿eh? Lo estáis petando. Lo estás petando.

Desvía la mirada, pero no antes de que vea el destello de satisfacción en sus ojos.

—Dos paradas —dice tímidamente—. Y solo me metieron un gol en el último partido.

—Lo sé. Estoy orgulloso de ti. —A pesar de mi genuina felicidad porque el equipo vuelva a estar en marcha, no puedo evitar esa punzada de inseguridad. No los he visto ganar cuatro partidos consecutivos cuando yo estaba aquí—. Parece que el entrenador Gilles te ha enseñado algunos trucos nuevos —digo suavemente.

Dunlop frunce el ceño.

—Ah, ¿sí?

—He visto algunos de los partidos. Tu confianza se ha disparado desde que me fui. —Ahora me siento incómodo. ¿Por qué estoy poniendo mis propias inseguridades a los pies de este pobre chico?

Me mira de nuevo extrañado.

—¿Crees que lo estoy haciendo mejor porque te fuiste? Eso es una tontería, entrenador. ¿Sabes lo que pasó cuando te pusiste enfermo?

Me toca fruncir el ceño.

—Todos estábamos muy preocupados —murmura mientras se mira los patines—. Y yo pensé: «Mierda, tengo que ponerme las pilas porque el entrenador Canning no necesita algo más de lo que preocuparse». Me refiero a que no hacíamos más que perder. —Se sonroja de nuevo—. Pensé que, si ganábamos, tal vez te recuperarías más rápido.

Me cuesta mantener la mandíbula cerrada. ¿Este chico mejoró su juego porque no quería que me preocupara de que el equipo perdiera? Me avergüenzo cuando siento que me escuecen los ojos, así que toso de manera varonil y digo:

—Bueno, sea lo que sea lo que estás haciendo, sigue así. Estás jugando como un campeón.

Suena un silbato. Gilles está en la línea azul, y les grita instrucciones a algunos de nuestros delanteros. Cuando me ve, sonríe y me indica con la cabeza que me una a él.

Me acerco patinando, y los chicos con los que él estaba trabajando se quedan en silencio.

¿Esto va a ser raro? Dunlop me ha recibido sin problema, pero ¿y si los demás no?

Toso para despejar la aspereza de mi garganta y llamo al resto del equipo. Todos me miran fijamente y esperan, expectantes. Doy una palmada. Después dudo.

—Bueno... —empiezo con torpeza—. Se acerca otro torneo, así que tenemos que trabajar un poco. Pero, antes de empezar, ¿alguien me quiere hacer alguna pregunta?

Hay un largo silencio.

Barrie levanta la mano, y yo contengo la respiración.

—¿Ryan Wesley vendrá a alguno de nuestros partidos?

Parpadeo sorprendido. De acuerdo. No me esperaba eso. Y cuando observo las caras de los niños, no veo horror ni asco. Solo curiosidad. Me basta con eso. Sin embargo, no puedo evitar preguntarme... Si me casara con un tío cualquiera, ¿tendrían más problemas con esto? Quizá no deba preocuparme. De hecho, aceptaré su apoyo en cualquiera de sus formas.

—No estoy seguro —respondo—. Miraré nuestro horario de partidos y el suyo, y veré si puede venir, pero sé que Wes estaría encantado de asistir si su horario se lo permite.

Las caras de todos ellos se iluminan.

—¿Algo más? —pregunto. Cuando nadie habla, vuelvo a dar una palmada—. Muy bien, pues vamos a trabajar. —Se ponen serios y clavan la mirada en mí mientras esperan a que comience el entrenamiento.

Joder, da gusto estar de vuelta.

El entrenamiento termina a las seis y media. Mientras camino a los vestuarios para cambiarme, le envío un mensaje a Wes para saber si ya ha salido. Me recoge esta tarde porque vamos a cenar con sus compañeros de equipo, así que me he traído ropa para cambiarme en la pista. En lugar de los vaqueros y la sudadera con capucha con los que he entrenado, me pongo una camisa azul, una chaqueta azul marino y unos pantalones caquis.

Mi vestimenta llama la atención de Gilles, que se está poniendo —cómo no— una camisa a cuadros.

—¿Vas a un club de campo o algo así? —se burla.

—A una cena con mi... —Me detengo bruscamente. He estado a punto de decir «mi compañero de piso», pero supongo que es un hábito que tengo que romper. Wes y yo ya no nos escondemos—. Con mi novio —termino. Supongo que podría haber dicho prometido, pero aún no les he contado a mis compañeros del trabajo que nos hemos comprometido, y no es una bomba que realmente quiera soltar en mi primer día de vuelta.

Gilles me mira con pesar.

—Debiste de pensar que éramos unos idiotas al llevarte a ese bar. Y cuando ligamos con esas chicas... —Suspira, parece tan avergonzado que no puedo evitar sonreír.

—Oye, no sabíais que vivía con un chico.

Arquea una ceja.

—No, no lo sabíamos. Alguien no nos lo dijo.

—No era algo que pudiera anunciar —admito—. Wes... su carrera... necesitábamos mantener la relación en secreto.

Gilles asiente.

—Lo entiendo, pero, aun así, me sentí como un imbécil.

Ostras. Esa nunca fue mi intención.

—Lo siento. Fue una situación horrible. Pero ya se acabó. Ya es oficial. —Cambio el peso de pierna con torpeza—. Y sé que algunas personas no pueden aceptar o comprender mi relación con...

—Yo no soy una de ellas —me interrumpe.

Titubeo.

—¿No?

—No. Mi hermana tiene novia.

—Oh.

—Sí. Mis padres están en el PFLAG* y todo eso.

—Genial —digo, aunque no estoy muy seguro de lo que significa. Soy el peor tío *queer* de la historia. Que alguien me pase un manual de instrucciones—. Bueno, gracias por decírmelo. El caso es que me gustaría volver a ir al bar con vosotros. En realidad, no me gustaba deciros que «no» tantas veces, pero ha sido un año raro.

—Está bien. —Sonríe—. Pero solo si juegas a los dardos en mi equipo, porque Frazier no es tan bueno como cree.

Sacudo la cabeza.

—Estaba muy concentrado en la diana esa noche para mantener las manos de esa chica lejos de mi culo.

Se ríe.

—Vimos a tu... eh... Vimos a Ryan Wesley en el bar, ¿verdad? No me lo imaginé por la borrachera.

El recuerdo me hace estremecer.

—Estuvo allí. Fue bastante incómodo.

—Sí. Bueno, la próxima vez, lo invitaremos.

—Buena idea.

El teléfono me vibra en la mano. Es un mensaje de Wes:

Wes: Estoy en el aparcamiento.

Le respondo:

Yo: Ya salgo.

---

* *Parents, Families, and Friends of Lesbians and Gays* (PFLAG). Es una organización de familiares y amigos de lesbianas, gais, bisexuales y transexuales, (LGBT), fundada en 1972 en Nueva York. *(N. de la T.)*

Aparece otro mensaje. Dice:

Wes: Mi polla está muy dura ahora mismo.

Ahogo una risita, y eso hace que Gilles se ría.
—Diviértete en la cena —dice antes de salir del vestuario.
Respondo a Wes:

Yo: ¿Cómo de dura está?

Wes: ¿Me arrestarán si me tomo una foto del pene en el coche ahora mismo?

Se me escapa una carcajada y le respondo:

Yo: Claro. Pero no puedes ir a la cárcel esta noche. Tenemos planes para cenar.

Me pongo los zapatos de vestir, meto el resto de la ropa en la taquilla y salgo al aparcamiento, donde me espera el todoterreno de Wes. La nieve del suelo está un poco derretida, así que tengo cuidado de no salpicar y estropear los zapatos, pero me alegra ver que por fin empieza a derretirse. Sin embargo, parece que da mala suerte celebrarlo. Anoche Blake me advirtió de que siempre se producen una o dos ventiscas en marzo. A veces, incluso en abril y mayo. Blake lo llama «la maldición del invierno».

Wes me saluda con una sonrisa *sexy* mientras me deslizo en el asiento del copiloto. Me inclino para besarlo y luego miro su entrepierna.

—Mentiroso —le digo—. Ni siquiera tienes una media erección.

Se frota la ingle y se lame los labios.

—Puedo cambiarlo. Dame un segundo.

Me río.

—Déjalo, ¿a dónde nos dirigimos?

Se aleja de la acera y disfruto de la vista de sus fuertes manos sobre el volante. Me pregunto si sabe que tengo un fetiche con ellas.

—A un lugar de la guía Michelin que le gusta a Forsberg. Estoy seguro de que será increíble. Y no nos dejan pagar, así que tienes que pedir lo más caro del menú. Eso es lo que hacen estos idiotas.

—Es bueno saberlo.

El equipo nos lleva a cenar por el cumpleaños de Wes. Por lo general, celebran los cumpleaños cuando están de viaje por algún partido, pero esta vez todo el equipo se ha tomado una noche lejos de sus familias para que yo también pueda estar.

Cuando Wes se detiene frente al restaurante, un aparcacoches uniformado toma las llaves y le llama «señor».

De hecho, cuando entramos veo que es uno de los lugares con más clase en los que he estado en Toronto. La recepcionista del restaurante nos acompaña a través de un elegante bar y baja unas escaleras. Estamos en una bodega de verdad, con hileras de estantes triangulares construidos a lo largo de unas paredes revestidas de piedra para guardar las botellas de vino. En el centro de la bodega hay una sala privada acristalada con una mesa para veinticuatro hombres que no conozco. Y la mayoría de ellos ya están allí, bebiéndose el primer cóctel de la noche.

—¡Hola! —gritan varias voces a la vez cuando nos acercamos. Se me ocurre que quien haya elegido este lugar es un genio (rico). Una cena de jugadores de *hockey* puede ser bastante ruidosa. Así que, ¿por qué no celebrarla en una cámara insonorizada en el sótano más bonito de Toronto?

Estoy delante de Wes, así que entro en la habitación primero, pero luego me detengo para que me alcance. Está justo detrás de mí y pone la mano en mi omóplato.

—Buenas noches, señoritas —dice a la habitación—. ¿Dónde queréis que nos sentemos?

—¡Aquí! —grita Blake, que señala dos asientos juntos en el centro de la larga mesa—. Que comiencen los juegos.

Nos sentamos, y un camarero con un traje más bonito que cualquiera de los míos se acerca para tomar nota de nuestras bebidas. Me planteo pedir algo afrutado de broma, pero entonces tendría que bebérmelo de verdad. Así que pido una Griffon Ale en su lugar.

—Yo quiero un Manhattan. Que sea seco, sin fruta.

—¿En serio? —Wes nunca pide una bebida mixta.

Mi prometido se encoge de hombros.

—Es la bebida de mi padre, y cuando entro en un lugar como este, siempre pienso en él. —Wes se echa hacia atrás en su silla y olfatea el aire—. ¿Hueles eso? Cuero viejo y dinero.

Eriksson se ríe.

—¿Conozco a tu padre?

—No. —Wes sacude la servilleta—. Y nunca lo harás. Solo hablaba con él tres o cuatro veces al año antes de mi Gran Entrevista Gay. Ahora está fuera de mi vida, para siempre.

Se produce un silencio de sorpresa.

—¿Y tu madre? —pregunta Blake.

—Ella no se atrevería a llevarle la contraria. Ella se lo pierde. —Da una palmada—. ¿Qué está bueno aquí?

Pedimos cantidades ingentes de comida deliciosa. Elijo un filete, como la mayoría de la mesa. Blake pide costillas de cordero, y no puedo evitar sorprenderme.

—Sabes que eso es una oveja, ¿verdad?

Me mira como si tuviera un coeficiente intelectual de cincuenta.

—Tío. La mejor defensa es un buen ataque.

Así es.

Llegan una gran cantidad de aperitivos. Alguien ha pedido tres de todo para la mesa. Hablamos de cómo se están desarrollando los *playoffs* mientras devoramos una montaña de cóctel de camarones, un océano de ostras y un montón de tartar de atún.

Esto es vida. Lo es.

Wes

Empiezo a notar el efecto del alcohol cuando Hewitt se levanta y tira la servilleta en su silla.

—Disculpadme un momento, chicos. —Sale de la habitación. El baño de hombres debe de estar arriba. No creo que tengan uno aquí abajo.

Me olvido de que se ha ido hasta que vuelve unos minutos después. Y tengo que mirarlo dos veces.

Lleva mi camisa, la de cuadros verdes brillantes que compré en Vancouver.

—Esa es… ¿De dónde la has sacado? —balbuceo. De hecho, me miro el pecho para comprobar que todavía llevo la mía.

Hewitt se encoge de hombros.

—Ya te dije que a mi mujer le gusta ir de compras. Debió de ver la tuya y le gustó.

Bueno, juraría que no la llevaba antes. Pero hay mucha gente aquí, así que quizá no me haya percatado. Doy otro sorbo al Manhattan y siento el ardor que el alcohol me produce en la garganta. Recorro la sala con la mirada mientras observo los rostros de los jugadores iluminados por la luz de las velas, y la excelente comida y bebida. La cuestión es que a mi padre le encantaría esta cena. Mucho. Y, si no fuera tan imbécil, podría estar aquí ahora mismo.

Como he dicho antes: él se lo pierde.

El *sommelier* entra con cuatro botellas diferentes de vino tinto bajo el brazo.

—Nadie ha elegido un blanco, ¿verdad? —pregunta.

—Joder, no —digo demasiado alto, pero es mi fiesta—. Incluso tu homosexual local necesita un fuerte tinto con su filete.

El tipo del vino parece sorprendido, pero mis compañeros de equipo se ríen como si fueran a mearse encima.

Eriksson levanta la mano.

—Pero yo he pedido el pescado.

—Es culpa tuya —dice alguien, y entonces acribillan a Eriksson con las servilletas de cóctel arrugadas.

Otra noche más con los mejores de Toronto.

Eriksson se pone de pie.

—Entonces, iré a pedir algo al bar. —Sale a grandes zancadas de la sala.

Jamie habla de estrategia defensiva con Lemming, y no quiero interrumpir la conversación. Tal vez, Lemming supere su incomodidad con el tema de la homosexualidad siempre y cuando hable con otro defensa, así que le quito a Jamie la botella de cerveza vacía de la mano y se la cambio por un vaso de tinto.

—Está bien, yo también quiero un marido si me ponen bebidas en la mano —bromea Forsberg.

—Y precisamente por eso se va a casar conmigo. —Le guiño el ojo.

A media frase, Jamie estira la mano para darme una colleja juguetona en la cabeza y luego termina su reflexión sobre la trampa de la zona neutral.

—Así que... —pregunta Hewitt, a quien le queda genial mi camisa—. ¿Cómo se casan dos tíos? ¿Cómo... quién camina hacia el altar?

Jamie y yo intercambiamos una mirada asustada. Porque no hemos tenido esta conversación. Todo eso se lo dejamos a Jess.

—Eh —digo—. ¿Canning? ¿Alguna idea?

Se encoge de hombros.

—¿Quién necesita un altar? Creo que solo tendremos un juez, o algo así, y lo haremos en el pórtico de mis padres. Luego comeremos muchas costillas. A mi madre se le da genial utilizar el horno para ahumar carnes.

Los ojos de Hewitt se abren un poco más. Casi veo cómo la bombilla se enciende sobre su cabeza.

—Entonces, si los que se casan son dos hombres, la comida será mejor que en una boda típica.

—Y la cerveza —añade alguien.

—Eso no quita que haya pastel —argumenta Blake—. Creo que no es legal sin pastel. Lo he leído en alguna parte.

Entonces, Eriksson vuelve a la sala. Sin una copa. Pero lleva puesta —agarraos fuerte— la camisa. La camisa «gay» verde brillante.

—Madre mía —digo despacio. Le doy un codazo a Jamie para llamar su atención—. Cariño, ¿lo estás viendo? Me están tomando el pelo.

Gira su apuesto rostro. Eriksson está de pie al final de la mesa y flexiona los brazos como un culturista que dirige el tráfico.

—¡Oh, Dios! —se ríe Jamie—. Necesito una foto. —Saca el teléfono—. Poneos ahí los tres.

Jamie toma la foto. Unos minutos después, Blake se escabulle de la habitación y vuelve con la camiseta de la talla XL, o la que use esa bestia. Y caigo en la cuenta de que mis compañeros de equipo se han gastado unos cuantos cientos de dólares cada uno, más el envío exprés, para hacer esto. ¿Es estúpido que esté emocionado por esta locura?

Me estoy convirtiendo en un blando.

—Blake —mascullo—. ¿Cómo narices has hecho esto?

Toma un trago de vino.

—Usé mi llave. La busqué en tu apartamento para averiguar quién fabrica esa maldita cosa. Me llevó media hora encontrarla porque tuve que rebuscar. Tío, deberías aprender a hacer bien la maleta.

Jamie me golpea en el bíceps.

—¿Ves?

—Conseguí la marca y miré en Google. Fue facilísimo, la verdad.

Forsberg se levanta.

—Soy el siguiente. Además, tengo que ir al baño. —Sale corriendo de la habitación y vuelve unos minutos después, vestido de verde.

Y, madre mía, cuando se reúnen un montón de estas camisas en una sala pequeña... Quizá sí es un color un poco chillón. Pero solo por la iluminación de este restaurante.

Uno a uno, incluso después de que lleguen los platos principales, todos los jugadores abandonan la sala y regresan con la camisa. Sigo bebiendo, más feliz y sentimental con cada sorbo de vino.

Incluso tienen una para Jamie. Es el último en salir, y regresa vestido de verde cítrico y con una gran sonrisa.

—Ahora necesitamos la foto —dice—. Le he pedido al camarero que nos la haga.

Y así es como Canning y yo acabamos con una gran foto enmarcada en la pared de nuestro salón, con todo el equipo de Toronto vestidos con cuadritos muy chillones. Juro que el color es un poco más intenso en la foto impresa que en la realidad, porque la foto es un poco cegadora. Pero Jamie se ríe cada vez que lo insinúo.

Sin embargo, ahí estamos, veinte sonrisas, teñidas de rojo por el vino, saludando a la cámara como idiotas. Blake está en la última fila, con la servilleta atada alrededor de la cabeza como si fuera un pañuelo. Tengo una mano en el hombro de

Jamie, justo en el centro de la imagen. Su sonrisa es tan relajada y genuina como el día que lo conocí. Y yo me veo... centrado. No es una palabra que haya usado antes para describirme, pero todo lo que me importa está en esa foto: el hombre de mis sueños y mis compañeros de equipo. He cambiado la sonrisa arrogante por una tan brillante que apenas me reconozco.

Pero no cabe duda alguna de que el que está ahí arriba soy yo. Somos nosotros. Y es perfecto.

Sigue a Wonderbooks
en www.wonderbooks.es
en nuestras redes sociales
y suscríbete a nuestra *newsletter*.

Acerca tu teléfono móvil a los códigos QR
y empieza a disfrutar de información anti-
cipada sobre nuestras novedades y contenidos y ofertas exclusivas.